U0897519

# 不死之徒

The undead

于雷 著

北京联合出版公司
Beijing United Publishing Co.,Ltd.

图书在版编目（CIP）数据

不死之徒 / 于雷著 . -- 北京 : 北京联合出版公司，2023.6（2023.8 重印）

ISBN 978-7-5596-6875-2

Ⅰ. ①不… Ⅱ. ①于… Ⅲ. ①侦探小说—中国—当代 Ⅳ. ① I247.5

中国国家版本馆 CIP 数据核字（2023）第 075112 号

不死之徒

作　　者：于　雷
出 品 人：赵红仕
选题策划：雁北堂（北京）文化传媒有限公司
责任编辑：周　杨
特约策划：王黎黎
特约编辑：张雪迎
封面设计：胡十二郎
版式设计：冉冉工作室

北京联合出版公司出版
（北京市西城区德外大街 83 号楼 9 层　100088）
天津雅图印刷有限公司印刷　新华书店经销
字数 246 千字　880 毫米 × 1230 毫米　1/32　9.5 印张
2023 年 6 月第 1 版　2023 年 8 月第 2 次印刷
ISBN 978-7-5596-6875-2
定价：48.00 元

# 目录

# 目录

女孩醒来的时候，
发现自己被绑在锈迹斑斑的医疗床上，
血从手臂汩汩流出。

女孩惊恐地看去，
只见黑暗中，一双闪着血光的眼睛，
正兴奋地注视着她……

# 第一章 怪尸

8月，虽说已经立秋，但太阳依旧火辣辣地炙烤着城市。一栋公寓楼里，周瞳百无聊赖地窝在沙发上，看着天花板发呆。

周瞳是南渡市启光中学的历史老师，但看起来没半点老师的样子，更像是个整日无所事事的街溜子。他皮肤黝黑，五官棱角分明，浓密的眉毛叛逆地向上扬起，睫毛下是一双幽暗深邃的眼睛，整个人显得狂野不羁，透着邪气。

今年这个暑假让周瞳有些糟心。原本他和妻子严咏洁定好去旅行，但登机前十五分钟，妻子突然接到单位电话，接手一项紧急任务，假期被取消。周瞳只得一个人灰溜溜地把行李拎回了家。

说起妻子严咏洁，周瞳怕是几本书都写不完。虽然经常生气妻子放他鸽子，但他还是以妻子为荣。

严咏洁是南渡市公安局刑侦支队特别行动组的组长，专门协助侦破市里各种疑难案件。周瞳经常在熟人和朋友们面前吹嘘妻子是中国的女福尔摩斯。其实这些并不是周瞳的心里话，他的心里话藏在心里，根本不敢说出来。那些话要是传到严咏洁耳朵里，那他少不了要吃点苦头。

有一次周瞳和朋友聚会，喝大了，无意间说起妻子："我老婆其实不适合做警察，光有武力，脑子不行，她适合开武馆，把中华武学发扬光大……"

周瞳说这话的时候，严咏洁正将烂醉如泥的他拖上出租车。

那是 12 月的寒冬，回到家后，严咏洁用冷水帮他醒了酒。接下来，就是一个无法述说的、有些悲伤的漫漫长夜。

周瞳其实并不是小看妻子，只是他这个人狂傲惯了，当然，他也确实有些自大的本钱。他和严咏洁结婚之前，曾协助警方破获了几起疑难案件。

他自认为自己有做侦探的天赋，也喜欢研究这些事情，不过仅仅限于研究。因为在他看来，这种工作就是在漆黑一片的深渊里游荡，不知道什么时候就会被黑暗吞噬，他更愿意在阳光明媚的校园里教书育人。

周瞳长叹一口气，从沙发里站起来，冲了杯咖啡，找了本喜欢的小说，晃荡着走进了书房。路过书房里的落地镜时，他看到镜子里那个打着赤膊、穿着大短裤的男人，不由得笑了笑：还真有些地痞无赖的气质。

周瞳喝了口咖啡，坐下来翻书，没等他看两页，门外就响起了敲门声。

"谁啊？"周瞳一边说，一边不耐烦地走到门口，打开了门。

门外躺着一个约莫一人大小的纸箱，像是货运送来的冰箱。周瞳很确定自己没买新家电，严咏洁应该也没闲工夫买。他探头左右看了看，可是除了这个大纸箱，门口什么也没有。

"人呢？这快递也太不负责了吧。"周瞳喊了几声，但没人应他。

箱子四周没有快递单据，只有三个鲜红的大字——"周瞳收"。这箱子不像快递，更像是某个人专门送来的。

周瞳用手推了推箱子，里面有东西，但并不是电器之类的玩意儿，没那么沉。

如果是平常，这种没有来历的东西，周瞳会直接扔进垃圾桶。但如今这么大个箱子想要扔掉不容易，而且，他闻到了血腥味 ——那三个红字是用人血写成的。

关于人血和动物血，周瞳不需要去化验，也能区分其中细微的差别。他曾经下狠心研究过，知道人血有一种特别的咸腥味是动物所不具备的。

严咏洁也很好奇周瞳是怎么做到这一点的。

“多练习。”周瞳坏笑道。

“变态！”严咏洁倒不是说笑，正常人确实不会专门研究这种事情。

周瞳沉吟片刻，在考虑是立刻报警，还是先看看再说。犹豫许久，最终还是好奇心获胜了。

他回房间戴了一副手套，把箱子拖进家里，关好门，沿着边线，用剪刀小心翼翼地剪开箱子一侧的透明胶带。

箱子被轻轻打开，一股腥臭味扑鼻而来。

那是一具腐烂的干尸。白色的蛆虫遍布全尸，在尸体不同部位蠕动着。如果不仔细看，还以为面前放着的是个活物。

虽然见过不少死状凄惨的尸体，但是看到这番情形，周瞳还是皱了下眉头。

虽然他学的是历史，但大学时可没少去医学院旁听。医学院的教授一度以为他就是自己学院的学生，因为从未见他参加考试，起了疑心，一查才知道这是个历史系的学生。正所谓有教无类，周瞳也不干扰正常教学，教授们也就没去理会他。

周瞳在医学院偷师时，一节没落的就是解剖课，尤其是局部解剖实验课。本来这类课是不对外开放的，由于周瞳在医学院混出来点小名声，上课能带动学生积极性，学院才破格批准他旁听。既然有机会解剖尸体，周瞳绝不甘心站在一旁干瞪眼。一有学生害怕，或受不住味道呕吐，他总能瞅准时机，厚着脸皮说服老师让自己接下重任。

有同学问他，既然对医学这么感兴趣怎么不来读医，甚至有医学院的教授愿意为他出面帮他转系，但周瞳只是熟练地摘下沾满福尔马林的手套，淡淡地说道："我对医学没兴趣，只对尸体感兴趣。"

同学们一度以为自己会在未来某天的新闻推送里看到周瞳被捕的消息，当然这只是个玩笑。但大家怎么也没想到，会看到他因协助警方破案而受到嘉奖的消息。

就在老师和同学们以为周瞳毕业后会考警校的时候，他竟然又出人意料地去中学做了老师。朋友们又问他为什么去做老师，以前怎么没看出来他有为人师表的志向。

"校长是我亲戚。"周瞳扬扬得意，对于走后门不以为耻，反以为荣。

看着面前的尸体，周瞳一手捂着鼻子蹲下来，另一只手在尸体上摸索。他捡起一条蛆虫闻了闻，又放回原来的位置。接着从口袋里摸出手机，对着尸体一顿狂拍，然后从尸体边上捡起一小块脱落的人体组织，用塑料袋装好。做完这一切，他才脱下手套，扔进垃圾桶，拨打了报警电话。

周瞳知道不管送来尸体的人是不是凶手，对方都是冲着自己来的。既然找上门来，躲怕是躲不过了。即使不愿意，他也只能硬着头皮上，否则恐怕麻烦不断，永无宁日。

而且，这么无聊的暑假，不做点什么，也实在说不过去。

● ● ●

没多久，片区民警就来到周瞳家，确认情况属实后立即上报，南光分局刑侦大队马上接手了案件。

周瞳家里立刻变得热闹起来，各个房间里都被安排了警察。他也早有心理准备，收拾好易碎的贵重物品，乖乖站到了屋子外面。

负责案件的警官是李兴雯，刑侦大队的副队长，一位备受赞誉的女警，也是周瞳的老熟人。

一年前，周瞳曾协助她破获两起大案。也是因为这两起案子，李兴雯年纪轻轻就被破格提拔成了副队长。

可两人并未因此成为好友，甚至连打招呼都带着尴尬。周瞳很怕看见李兴雯，对于这件事，他倒是坦诚，原因只有一个：最难消受美人恩。

可现在他们两人都没有回避的可能，周瞳只好认命，乖乖地向李兴雯讲了一遍自己的遭遇。

“尸体你动过没有？”

“绝对没有，一发现，我就立刻报警了。”周瞳说谎的时候从来不眨眼。

李兴雯虽然对周瞳的话深感怀疑，但也没有证据指责他。

“你确定没看见送纸箱的人吗？”

“李警官，我很清楚市民的责任，绝不可能向你们隐瞒任何有价值的线索。”

“你觉得对方为什么会把尸体送到你这里来？”李兴雯盯着周瞳，怀疑的目光毫不掩饰地落在对方身上。

“我也希望能尽快知道这个问题的答案，拜托您了，李队长。”周瞳立即挺直身板，一本正经地说道。

“真有你的，走到哪里麻烦就跟到哪里，又是一起命案。”李兴雯一边说，一边抬头看了看楼道的监控摄像头。

“我有预感，监控可能拍不到什么东西。”周瞳倒不是未卜先知，只是他注意到摄像头上那盏本该闪烁的绿色小灯，直到现在都是红色。监控系统很有可能出了问题。

“警方有做事的程序和方法……”李兴雯刚想训斥周瞳，这时候，之前被她安排去保安室调取监控录像的警员回来了。

“李队，监控系统被人破坏了，从昨晚开始就没有任何录像。”警员低声在李兴雯身边说道。

“李队长，警方如果需要我协助，麻烦给我学校发个函。”周瞳努力克制着自己的得意。

“少装——”李兴雯脱口而出，意识到还有其他同事在旁边，急忙改了口，“你是报案人，而且罪犯明显是冲着你来的，我们有需要的时候自然会找你。”

“那你们先忙，忙完帮我锁门就好。”周瞳看了看屋子里还在忙碌的法医和警察，知道没几个小时，自己是回不了家了。

“家里除了你，还有其他人吗？”李兴雯明知故问。

“哦，严咏洁出差了。你不说我还忘了，家里出这么大事，我还没向她汇报呢。”周瞳一边往外走，一边拿出电话自言自语。

李兴雯看着周瞳离去的背影，叹了口气，回过身，把注意力集中到公寓里那具骇人的尸体上。

周瞳本来想给严咏洁打个电话，说说这邪门事情，不过想了想，还是忍住了。严咏洁如今在外面办案，如果告诉她这件事，不免给她增添新的烦扰，等她回来再说不迟。

他从自己家里落荒而逃，倒不完全是因为警方要在屋里取证，还有另外两个原因：一是他看不得李兴雯那水汪汪的眼神，二是为了查案。

这个主动把尸体送过来的人，一定十分了解他，究竟是挑衅，还是另有所图，现在还说不清。正所谓兵来将挡水来土掩，担心害怕是没用的，只有一条路——找出真相。

周瞳摸了摸口袋里的塑料袋，里面装着一小块干枯的身体组织。他捡这东西不是为了验DNA，这方面警方更专业，他们很快就能找出死者身份。他之所以留下这块人体组织，是为了查清楚死者的死因。

目前，周瞳唯一能够确定的是死者为男性，其他都是未知。其中，最让他不得其解的是死亡时间。

他仔细检查过尸体，尸体中的蛆虫已经吃尽内脏，要达到这种程度，至少需要一个月以上的时间。换言之，死者死亡时间已经超过了一个月。但令人费解的是，死者口腔里的牙齿和牙龈都十分完好，舌头甚至都还没有腐化，蛆虫也没有进入脑部组织，以此推断的话，死亡时间又不超过二十四小时。

如此矛盾的情况出现在同一具尸体上是不符合常理的。周瞳站在门外的时候，注意到法医发现这一情况时，脸上露出了惊诧疑惑的表情。

“这是一个谜语吗？”周瞳自言自语道，忽然感觉脊背发凉。

他转过身，背后没有人。可直觉告诉他，有人在某个看不见的角落默默注视着他。街对面是鳞次栉比的楼宇，那个送来尸体的人恐怕就隐藏在其中吧。周瞳抹了把额头的汗，嘴里咕哝了一句：“好毒的太阳。”

周瞳拦下一辆出租车，打算去一趟自己的母校。那里的医学院有最先进的设备，还有一个老熟人，或许能帮上他的忙。

出租车看起来有些老旧，但冷气十分给力。周瞳一坐进车，就忍不住打了个冷战。

司机用纱巾和冰袖把自己裹得严严实实，想是怕太阳晒黑皮肤。周瞳看不见司机的脸，但从背影来看，应该是名窈窕的女性。

“去海王大学。”周瞳舒服地靠在后座上。

司机含混地“嗯”了一声，踩下油门，车缓缓开动。周瞳闭上眼睛，从这里去海王大学至少要四十分钟的车程，他打算眯一会儿。

大概过了五六分钟，车驶上高架。周瞳忽然睁开眼：“美女，你不是开出租的吧？找我有什么事？”

前面的司机显然没有想到周瞳会这么说，脚下猛踩了一下刹车，车“咣当”一声，差点熄了火。

“别惊讶，继续开。”高架上车水马龙，周瞳怕这位司机走神撞车，“首先，出租车司机有三样常备物资——水壶、毛巾和墨镜，你一样都没有。其次，虽然你包得很严实，但脖子、手指这些露出来的地方，一点也没有风吹日晒的痕迹，出租车司机可是份苦差事。而且，你用爱马仕的纱巾来防晒，会不会太奢侈了？最后，我一小时前就在窗口看到你这辆车停在楼下巷子里，我一下楼你就从巷子里开出来了，如果你说你不是专门在楼下等我，我都不相信。”

“不愧是周瞳。”女司机的语调里并没有被揭穿的慌张，反而透着喜悦。

“尸体是你送过来的吗？”周瞳直截了当地问。

“不错，怎么样？惊不惊喜，刺不刺激？”女司机兴奋地说道。

周瞳一愣，他随口一问，没想到对方承认得如此爽快。这个女人如果不是疯子，那么就是狂徒。

“人是你杀的吗？”周瞳这几年一直在学习武术，严咏洁也教过他一些基本的防身功夫，只要对方承认杀人，他就准备先下手为强。

“当然不是！”女司机这时已经把车驶出高架，在路边停了下来。

“那尸体是哪里来的？死者又是谁？”周瞳坐直身体，戒备地看了下四周。

“先不说这些，自我介绍一下。”女司机回过头，扯下丝巾，一张美丽清雅的面孔出现在周瞳眼前，“我是天合国际生物有限公司总裁，袁子淇。”

袁子淇优雅地从包里取出一张烫金名片，递给周瞳。周瞳接过名片的一刹那，想起自己在电视、报纸和杂志上都见过袁子淇，难怪第一眼就觉得面熟。

天合国际生物公司是一家在全球都赫赫有名的生物制药企业，前不久创始人袁天合去世，企业由他唯一的孙女袁子淇接手，一时间闹得沸沸扬扬。许多人质疑如此年轻的袁子淇是否有能力承担如此巨大的责任。

那段时间，各大媒体没少报道袁子淇。她自己也频频出镜，经常接受采访，平复股东情绪，企业股票最终由暴跌转为暴涨，社会各界对这位年轻的总裁都给予了积极的评价。

“贵企业做事的风格实在令人匪夷所思。”周瞳忍不住讥讽道。

“这样比较有趣。”袁子淇不以为意，反而笑容满面，好像她正在谈论的是某个游戏，或者八卦新闻。

“有趣？你可是把一具尸体送到了我家。我已经报警了，现在警方恐怕正以谋杀案的程序进行调查。我想，你未来大概要花很多时间向警方和媒体解释这件有趣的事情了。”

“警方做事要讲证据，这样的恶作剧怎么可能和我有关系呢？”袁子淇神态轻松地说道。

她的意思很明显，作为一个大公司的总裁，许多事并不用她亲自去做。即使去做的人被抓到，也很难和她扯上关系。

周瞳看着袁子淇，明白对方早已准备好一切，自己无须再费心思猜测推理，让她把想说的说完，自然就明白了。

“作为侦探，你不打算问点什么吗？”袁子淇见周瞳一言不发，有些失望。

“纠正一下，我是一位人民教师，不是什么侦探，而且中国也没有侦探这个职业。美女既然都布置得这么周全了，我洗耳恭听，大家节约点时间。”周瞳摊开手，希望袁子淇能尽快进入主题。

“没有侦探？这我还真不知道，太可惜了。我在网上看过几本侦探小说，特别喜欢，本来以为是作者瞎编的，后来才知道竟然全部是以你经历过的真实事件为原型创作的，这简直太让人意外了。”袁子淇说话的样子，就像个追星少女。

周瞳也看过那个作者写的小说，创作素材来自作者的警察朋友，故事内容半真半假。不过这时候扯这些话，眼前这个袁子淇不知道是天真幼稚，还是装疯卖傻。

“看你这表情，我还是言归正传吧。”袁子淇收起笑容，倒还真有几分总裁的气场，“那具尸体，是我们公司聘请的一名科考雇员。”

袁子淇在接下来的十分钟里，给周瞳讲述了一个恐怖离奇的故事。

● ● ●

天合国际生物有限公司会经常资助或雇用一些科考团队进行野生动植物的考察，他们开发的产品，无论是药物、美容产品还是饮用品等，都以“纯天然提取，大自然的馈赠品”作为核心理念。正因为如此，对天然动植物的研究，是天合生物公司赖以生存发展的重要手段。

三个多月前，天合生物公司资助了一名叫吴波的独立植物学家前往墨沱进行考察，对该地区的稀有植物进行梳理归类，并收集样本。这本是一项极其寻常的工作，类似的考察，天合生物公司每年至少有几十例。对于公司而言，这种资助的回报就是可以和科学家们共享他们最新的研究成果，并将其用于商业开发。

吴波虽然年仅三十三岁，却是一名十分优秀的植物学家，在某大学做研究员。天合生物公司不仅资助了吴波这次科考所需的费用和器材，还为吴波安排了两名助手。考察路线是从普镇的松林口进入原始森林，然后徒步五天，进入墨沱县。

出发那天下起了小雨，吴波早早起床整理好装备。他抬头看看天，不由得露出担忧的神色。

“吴老师，别担心，我们来过好几次了，你紧紧跟着我们就行了。”助手孟博文是个热心肠的小伙子，虎背熊腰，一双拳头能打死黄牛。

“别吹牛了，看见蚂蟥你就腿发软。”一个戴着眼镜的女孩背着一个比她本人更大的背包，从车上走下来。

“这你就不懂了，大象还不和老鼠斗呢！”孟博文脸一红，忙弯下腰检查自己的绑腿是否牢固。一会儿要是有蚂蟥钻进去，那他就更没面子了。

“吴老师，墨沱这条线我们走了好几次了，您这次主要是想收集什么植物？路上，我也可以帮忙看着。”女孩叫刘晶晶，是天合生物公司的研究员，虽然名义上是考察助手，实际上是公司派来监督的“眼睛”。

“朱山骨，听说过吗？”吴波冷笑道。

“朱山骨？俗称吗？学名叫什么？”刘晶晶扶了扶眼镜，在脑海里搜索这个名字，却一无所获。

“据我所知，朱山骨就这一个名字……你也不用问了，没有记载。你们是协助我，路上听吩咐就好了。”吴波语气生硬。

孟博文和刘晶晶算是自讨没趣。公司有交代，一切听吴波安排，让他们尽心尽力做好辅助工作。

第一段是上山路，坡度非常陡，而且全是碎石，又下着小雨，他们可以说是上五步退三步。

经过半天的攀爬，三人终于到了垭口，从这里开始，就是下山的路了。下山比上山更艰难，直到傍晚，他们才来到宿营点帕扎。

孟博文和刘晶晶已经是第三次走这条路了，尽管十分熟悉，但也走得相当吃力。倒是吴波令他们有些意外，看起来文弱的他，竟然身手敏捷，体力过人，即使比起孟博文也丝毫不差。

这时雨水已停，三人搭好帐篷，点起篝火。

这一路上，刘晶晶收集了不少植物标本，甚至有一些以前未有的发现。她很兴奋，吃过东西后，就开始整理这些样本。

吴波却有些奇怪，一路上心不在焉，或者说对沿途的植物毫无兴趣，倒像是来旅游的，只顾着拍照、看地图，然后在自己的本子上画些乱七八糟的东西。

刘晶晶一度怀疑吴波是个骗子，也不知道他是怎么说服公司高层对其研究进行资助的。她一边在心里暗暗想，一边拿着一株红色的、好像蘑菇一样的植物发愁，一时间不知道该如何写标签。

“蛇菰科植物筒鞘蛇菰。”吴波站在她身后，随口说道。

刘晶晶被吴波一提醒，这才想了起来，立刻写在标签上。

“因为酷似毛笔，民间叫‘文王一支笔’，传说周文王曾用它当笔写诗作画、批阅公文，不过这应该是后人胡诌的。这种植物为寄生植物，常寄生在其他植物的根部，所以又有‘借母还胎’的别名。”吴波侃侃而谈，随手又拿起刘晶晶尚未分类的几株植物说了起来。

刘晶晶这时才彻底信服，不再掩饰心底的好奇：“朱山骨到底是什么？不怕吴老师您笑话，我搜遍网络也没查到有这种东西。”

“你见过最长寿的人多少岁？”吴波突然不着边际地问道。

“九十多吧，我老家的一位老奶奶。”刘晶晶想了想，说道。

“历史上记载的最长寿的一个人，活了四百四十三岁。”吴波笑了笑。

“四百四十三岁？说笑吧。”刘晶晶摇摇头，表示不相信。

“真有，这个我知道！”孟博文一边吃着速食罐头，一边走过来，“好像是个唐朝人，姓陈吧。我当年在一本书里看过，当时也是吓了一跳。”

“不错，陈俊。他是永泰县梧桐乡汤埕村人，生于唐朝，大概是公元881年，死于元朝泰定甲子年，也就是公元1324年，享年四百四十三岁，是历史记载中最长寿的人。”吴波说着，眼睛里闪着光。

“我不信，人怎么可能活这么久？这要么是瞎掰的，要么是记载有误。”刘晶晶摇头，这超出了她的科学认知。

吴波摇摇头，坐在篝火边上，倒了一杯热茶，讲了一段民间传说。

话说地府里有个小鬼，有一次把穿生死簿的细绳弄断了，情急之下，就从生死簿上撕了张纸捻成细绳，代替断掉的那根。这撕下来的，便是陈俊的生死时间表。阎罗王的生死簿上没了陈俊的名字，陈俊自然就逍遥于死亡之外了。

可阎罗王是个办事认真的人，他为了找出这个“漏死”的人，就派了两个小鬼，变成小童，提着一筐黑炭在温泉边洗濯。

陈俊见了好奇，便凑上去询问。小鬼回答：“我们在‘洗白炭’。”

陈俊哈哈大笑：“我陈俊活了四百四十三岁，没见过能把黑炭洗成白炭的。”

当天中午，陈俊就死了。

陈俊去世后，乡邻们将他的遗骨塑像安放在汤泉庙里作为纪念。其生平事迹被刻在一块木牌上，从元朝一直保留到清代。陈俊的名字和传说至今仍在永泰县一带广为流传。

“这种事当故事听听就好。”刘晶晶笑着说道。

“传说当然只是趣闻，哄骗老百姓罢了。其实陈俊之所以能活到四百四十三岁，就是因为吃了朱山骨。”吴波终于说出了朱山骨的来历。

一时间，孟博文和刘晶晶都不知该做何反应。一方面，他们不愿相信这种毫无科学根据的天方夜谭；另一方面，他们又觉得公司花这么多钱支持吴波考察，恐怕不是空穴来风，所以都等着吴波继续往下讲。

“祈幽灵以取鉴，指九天以为正。”吴波自言自语般轻声念道。

“什么意思？”孟博文问。

吴波摇摇头，并没有解释，只是说道：“我在机缘巧合下得到一本古籍，为陈俊手书，名曰《朱山骨》。不知道为何，这本书不传于后人。书中，他自言其长寿正是因为服用了朱山骨。根据记载，朱山骨应该就在墨沱这一地区。”

“吴老师，我相信你不会骗人，公司支持你的研究肯定也有理由，但我个人还是不相信世界上有这种东西。”刘晶晶从小到大所接受的教育，以及坚定的科学精神，都让她很难相信这种近乎传说的事情。

吴波笑了笑，喝了一大口茶，乐观地说：“不管怎样，试着找一下吧。”

三人休息了一晚。按照原本计划，第二天他们应该从帕扎前往江密。但是吴波不打算走这条路，他决心要走南边无人涉足的区域。

孟博文和刘晶晶一听吴波要往南走，脸顿时变了色。

如果往南走，那么他们将远离雅林江和徒步路线，进入蛮荒之地。那些密不透风的丛林，能让里面的人失去辨别方向的能力；一些特殊地区，磁场的干扰甚至能让指南针失效。冒险者们因偏离路线而失踪、丧命的报道层出不穷。

孟博文和刘晶晶极力劝阻，但是吴波心意已决，即使他们不去，他一个人也要走。无奈之下，孟博文和刘晶晶只能跟随。虽然他们并不认为吴波能找到传说中的朱山骨，但毕竟受雇于公司，他们需要确保吴波的人身安全和考察成果。

吴波并没有像无头苍蝇一样在丛林里乱钻，而是捧着个笔记本，依据本子上稀奇古怪的各种图形和数字确认着方位。

刘晶晶凑上前去，好奇地问吴波这些不似地图也不似经纬的东西是什么。吴波说，这些是古书里的方位图，依据《周易》编撰。依图所记，就能找到朱山骨的下落。

孟博文和刘晶晶是读古文都费劲的人，《周易》对他们而言简直就是天书。既然吴波不是乱碰运气，他们心里也稍安了些。

在丛林里整整走了一天，四周逐渐昏暗下来，三人决定开出一小块空地，整理装备，就地过夜。因为地方狭小，他们只支了两顶帐篷，吴波和孟博文挤一个，刘晶晶单独睡。三个人走了一天，都十分疲惫，吃完东西就早早睡下了。

半夜里，刘晶晶忽然被一阵嘈杂的声音惊醒了。

她以为是野生动物，急忙打开帐篷里的应急灯。这种特制的应急灯发出的红光，可以驱赶野兽。

她把帐篷拉开一条小缝，借着光往外看，却没看到任何动物。森林里寂静得犹如太平间。吴波他们的帐篷还是黑乎乎的。

“这两个人未免睡得太沉了。”刘晶晶在心里嘀咕，裹好衣服，打算出去看看。

她拿着手电筒走出帐篷，夜里寒风如刀，她不由得打了个寒战。茂密的丛林在红光的映衬下，显得更加诡异可怖。

她用手电筒照了照吴波和孟博文的帐篷，轻轻拍了拍支架。帐篷晃了晃。

“吴老师、老孟？”

帐篷里没有回应。

刘晶晶感觉有些不对劲。帐篷只能从里面打开，可里面一片死寂。她顾不得多想，一脚踹开支架，把帐篷掀翻开来。

吴波和孟博文都不在帐篷里，但是他们的背包和物品还在。

“吴波、老孟！”刘晶晶放声大喊，颤抖的声音在丛林里回荡不息。

● ● ●

“刘晶晶？这么俗气的名字，你是临时想的吧？”周瞳忽然打断了袁子淇。

袁子淇正讲到关键处，被周瞳一句话拉回现实。

“什么俗气？”

“刘晶晶就是你吧，袁总。”

“为什么这么说？”袁子淇眨眨眼睛，脸上闪过一丝狡黠。

“讲故事的人要牢记自己是局外人，但你讲得太投入，很多细节如果不是身临其境是无法知道的，所以，你是局中人。”周瞳说着向后靠了靠，让自己的身体变得更舒展，“你要庆幸我在过一个无聊的暑假，否则就凭你这样遮遮掩掩的态度，我早就闪人了。”

袁子淇被周瞳点破，并没有显出任何尴尬，反而调笑道：“你说你这么聪明，你妻子严咏洁怎么受得了？人嘛，总要有点秘密才好。”

“聪明的人知道什么时候该不聪明，你还是继续讲你的故事吧。”周瞳很确定，一个公司的总裁亲自参加自己公司资助的科考项目，绝对不是一时兴起，至少说明吴波所说的事情并不是完全杜撰的。

袁子淇深吸一口气，继续往下讲。当然，“刘晶晶”也恢复了她的真实身份。

● ● ●

袁子淇拿着手电，一边呼喊，一边在丛林里搜寻吴波二人。

吴波和孟博文怎么会不声不响就离开呢？吴波暂且不说，孟博文是自己最信赖的保镖，也是知道自己真实身份的人，绝不可能一声不响就抛下自己离开。难道他们遇到了危险？可帐篷附近并没有打斗的痕迹，也没有野兽的踪迹。

最初的慌乱过去，袁子淇慢慢冷静下来。如果真是有什么紧急情况让两人无声消失，那么露营地也不再安全了。

四周传来几声“咕咕”的鸟叫，丛林里荡起回声。

她当下决定收拾装备，轻装上阵，返回帕扎。那里能够找到手机信号，就能安排救援。为了防止迷路，他们沿路都做有标记，她于是沿着这些路标往回走。

几经周折，她终于在天将黑时回到帕扎，爬上高处，找到了手机信号。

两架直升机在三小时后抵达。十几人的搜寻队，带着最先进的装备从天而降。

袁子淇带着他们再次回到与吴波他们失散的地方。经过三天的搜索，搜救队在不远处的一个岩洞里找到一具尸体。

这具尸体十分诡异，头部以下已经完全腐烂，蛆虫连内脏都啃食一空，然而头部的状态相对完好。

“那么这究竟是谁的尸体，吴波还是孟博文？”周瞳问道。

“孟博文，就是今天早上送到你那里的那具。”袁子淇的语气里没有对死者的敬畏和悲伤，仿佛在说一件物品，而不是一个曾经鲜活的生命。

"吴波呢？"

"至今下落不明。"

"所以你找到我，是想干吗？"周瞳摸摸下巴问道。

"自然是请帅哥你帮忙，找到吴波的下落，还有孟博文死亡的真相。"

"我觉得吴波和孟博文对你而言应该无关紧要，你怕是想找朱山骨吧？"周瞳看穿了袁子淇的真实目的，"我建议你尽快报警。"

"尸体如今在警方手里，他们调查后，会来公司了解情况，到时候自然会有人积极配合警方处理。"袁子淇语气轻松，笑着对周瞳说。

"那么就等警方的调查结果吧。"周瞳拉开车门，准备离开。

"你不听听我开出的条件吗？"

"没必要。"周瞳走下了车。

袁子淇没想到他说走就走，急忙跟着下了车。"如果你不感兴趣，就没必要取下尸体上的组织，也不会想着去医学院化验。"袁子淇不相信周瞳对此毫无兴趣。

"真不陪你疯了……"周瞳背对着袁子淇挥挥手，不客气地向她告别。

这时，旁边忽然窜出一个穿白色T恤的人，二话不说，挥起拳头就朝周瞳打来。

周瞳这几年跟着严咏洁学古拳法，除了练习挨打，也学了不少打人的功夫。严咏洁曾经非常得意地告诉他，寻常人他可以一个打五个，一般的练家子也能打两个。除非遇到高手，否则逃命总是没问题的。

拳未到，拳风已裹挟着热气扑面而来。

周瞳自知遇到了高手，本能退后避开，用右手拍掉了对方的拳头。

白衣人看一拳未中，早已快速变招，左脚弹踢，疾如闪电。

这是跆拳道的招数。周瞳意识到这一点，立刻使出古拳法中压制跆拳道的功夫。电光石火之间，周瞳已经和来人缠斗在一起，拳来脚去，像在拍武打片。

袁子淇靠在车边，笑嘻嘻地看着他们。

周瞳的古拳法虽然高明，但毕竟是半路出家，学艺不精，遇到白衣人这样的高手，能过几招已是难得。

显然，白衣人也没想到周瞳竟然会如此高明的拳法，一时间被震住。几招过后，他发现周瞳不过虚有其表。

“不要打，不要打……”这时，远处跑过来一个戴着眼镜的胖子，一边往这里跑，一边大声喊。

“住手！”一旁的袁子淇终于出声阻止。

白衣人闻声停手，一动一静之间宛如行云流水，丝毫不露痕迹。

周瞳这边就惨烈了一些：大汗淋漓，肩膀被拳擦中，隐隐作痛。好在袁子淇及时叫停，不然自己怕是要血溅当场。

“金叔叔，不要为难他。”袁子淇说着，走到周瞳身边。

周瞳这才有机会看清那个“金叔叔”的模样。他看起来三十多岁，国字脸，单眼皮，目光炯炯有神，身形矫健，对袁子淇恭恭敬敬，看起来像保镖。

“金叔叔”退到一边，不再吭声。

这时候，戴眼镜的胖子也终于跑到他们跟前。

“刘青特？”这实在出乎周瞳的意料。

“周，周瞳……好久不见。”刘青特一边抹汗，一边气喘吁吁打着招呼，一脸尴尬。

周瞳顿时恍然大悟：“我说这风马牛不相及的大美女怎么会来找我，原来是你小子把我给卖了。”

“不是，不是，我让袁总来拜托你。我约好和她一起来，没想到她不走寻常路，我发现不对劲立刻赶过来了……”刘青特急得语无伦次，又是解释又是赔罪。

周瞳轻哼一声，放过了刘青特。

“是我自己的主意，这个真不怪刘老师。”袁子淇好心澄清道。

“周瞳，这次你可真要帮帮我。吴波是我妹夫，我侄子可才两岁，我妹妹天天以泪洗面，我想来想去，这事恐怕只有你能解决。”刘青特说着把周瞳拉到一边，避开袁子淇和白衣人小声说道，“别看他们有钱有人，但已经无计可施。你只管把我妹夫找出来，别去管什么‘朱山骨’。”

“真是你妹夫？”周瞳问道。

“对天发誓！我还敢骗你？”刘青特举手赌誓。

“好，我答应你，这事我会去调查。”周瞳没办法拒绝刘青特，毕竟两人同生共死的情谊摆在那里，也算是没有血缘的家人了。

“我可全指望你了！”闻言，刘青特眼泪止不住地往外涌。

“那就太好了。你需要多少钱、什么设备，或者其他东西，只管开口。”一旁的袁子淇插嘴道。

“我并没有说要和你们合作，我需要先去了解了解真实的情况。”周瞳尤其加重了“真实”二字。

“我相信我们会合作的。”袁子淇对周瞳的话不以为意，依旧十分自信。

周瞳不再理会这个行事疯狂的女人，转过头对刘青特说：“你开车送我去海王大学。”

“好，好。我的车就在前面。”刘青特说着，又把目光投向袁子淇，“袁总，有什么问题我再和你联系，麻烦你了。”

袁子淇点点头。

周瞳迫不及待地拉着刘青特离开。他们经过白衣人的时候，白衣人伸手拦住他们。周瞳向对方投去疑问的眼神。

“我叫金焕恩。”白衣人自我介绍，语音有点生硬。

“金叔叔是我的保镖。”袁子淇介绍道。

“哦，幸会幸会。”周瞳拱拱手，他知道这金焕恩是个狠人。

“你，什么拳法？”金焕恩问道。

周瞳一愣，没想到这金焕恩是个武痴，对自己刚才用的拳法念念不忘。

“中国古拳法。”周瞳倒也不瞒他。自己虽然只是三脚猫，但这套拳法可不含糊。

金焕恩沉默片刻，摇摇头。他从没听说过这种拳法。

“拳法很好，但是你不好。”

“我学着玩玩，勉强和你过过手，等我师父回来，你就知道有多厉害了。”周瞳随口打了个哈哈，想挫一下金焕恩的傲气，没想到这一句话，日后会给严咏洁带来那么大的麻烦。

周瞳和刘青特上了车，开始追问他事情的根源。刘青特叹口气，原原本本说了经过。

● ● ●

吴波说起来也是他们的校友，都是海王大学毕业的。吴波虽不是历史系的，但对历史比较痴迷，机缘巧合，与历史系的刘青特变成了好朋友。几年前，刘青特的妹妹和吴波好上了，两人更是亲上加亲。

吴波和妹妹的生活原本简单幸福，一个留校专注学术研究，一个专职在家照顾孩子。不久前，妹夫吴波忽然对陈俊长寿一事充满兴趣，开始废寝忘食地研究古籍，希望能收集更多资料。他也因为这个来找刘青特谈过几次，刘青特劝妹夫不要把心思花在这种事情上。一来虽然此事有县志记载，但真实性存疑；二来学校绝不会支持，没有经费，不给时间，想深入研究也没机会，没想到吴波态度十分坚决。

刘青特也不是糊涂人，问妹夫为什么想研究这件事情。吴波刚开始对这个问题有些迟疑，刘青特毕竟是自己的好友兼大舅子，犹豫片刻，他给刘青特看了一本古籍。

这本古籍年代久远，是用羊皮制成。其损坏较为严重，封皮残缺，似乎被火烧过，难以辨认书名。内页的颜料有所褪色，但还能辨识出大概的文字。著书之人以陈俊自称，书中记录了他远赴逻娑的一段奇特经历，精彩绝伦到宛如一部冒险小说。

书中说陈俊青年之时，偶遇一逻娑商人，那商人辗转于逻娑与长安两地之间，靠贩卖特产谋生。一来一去，利润颇丰，只是旅途遥远，艰险重重。陈俊马术精湛，商人想雇他御马，陈俊刚好手头拮据，欣然答应，与商人一同前往逻娑。

然而商人并未走当时已然成熟的商路，反而往人迹罕至的西南而行，沿着雅林江逆流而上。陈俊不解，商人只言是为采购稀有货物带回逻娑，并答应给陈俊双倍报酬。

一路上各种艰难险阻，商队都化险为夷。然而，在今墨沱的位置，他们的商队突遇“妖邪”，死伤惨重，陈俊拼死护着商人逃出。

商人非但不愿离开，反而带着陈俊继续深入丛林。他们几经波折，九死一生，终于发现了一个奇异的洞穴。

洞穴内有十几朵血色红花，商人见之大喜，告诉陈俊这些花名为朱山骨，一朵可换万金。陈俊只当商人疯了。这几日断水断粮，所谓万金比不上一口水和一个馍。

恍惚中，陈俊闻到阵阵肉香从红花盛开之处传来。他忍不住抓了一把吞进嘴里。商人大惊失色，让陈俊赶紧吐出来。可吞进肚子里的东西，哪里说吐就吐得出来。何况这花味道不差，足以果腹。

见陈俊不为所动，商人性情大变，竟然拔出刀来，扬言要把陈俊腹中的花取出来。

陈俊穷途末路，最终杀了商人，逃了出来。

书中记载，陈俊吃过朱山骨后气力大涨，年近百岁宛如青壮，容颜不老。他把这段事撰写成书，并用《周易》之法把当年发现朱山骨的地方记录下来。陈俊在三百余岁时，又去了一次洞穴，但再未发现朱山骨，失望而归。

这本书传奇色彩浓厚，文笔粗浅，更像是不入流文人的消遣之文。故而在刘青特看来，这本书是古籍不假，但内容可信度不高，他还是劝吴波要理智。

但吴波并没听进去，他依旧向学校申请课题和经费，毫不意外，学校对这种玄而又玄的研究直接否决，根本不给吴波申辩的机会。

吴波始终不死心，当他得知天合生物公司每年都有资助计划时，便写了申请。

刘青特没想到的是，天合生物公司竟然批准了吴波的申请，甚至拨了一大笔钱，安排人协助吴波的项目。

然而，吴波就此一去不返，消失了踪影。

可怜刘青特的妹妹整天抱着孩子以泪洗面。刘青特就这么一个妹妹，自然要挺身而出去找天合生物公司弄个清楚。天合生物公司不但没有推托，反而由袁子淇亲自出面接待了刘青特，告知了他整个事情的经过，并支付了安顿费，同时承诺尽全力搜寻吴波的下落。

刘青特三天两头往天合生物公司跑，一来二去也就和袁子淇熟络起来。可天合生物公司的搜寻一直没有进展，三个月过去，吴波依旧毫无消息，生不见人，死不见尸。

刘青特这才在情急之下推荐了周瞳。不同于毫无根据的道听途说，亲眼见过周瞳破解重重谜团的他，对周瞳是打心底里佩服。

“别拍马屁了。都多久以前的事了，不值一提。”周瞳嘴上这么说，但还是毫不掩饰地在副驾驶座上大笑起来。

“我们有一年多没碰面了吧？我记得上次见面还是在你和严咏洁的婚礼上。”说话间，车已经到了大学门口，刘青特放缓了速度。

“还是你好，自由自在。老实说，你是不是看上袁子淇了？”周瞳调笑道。

“一个天一个地，我哪敢有那个心思。”刘青特嘴上否认，脸却突然红了。

“天也好、地也好，真也好、假也好，这女人可不简单，我劝你多留神。”周瞳提醒道。

刘青特没说话，直点头。

“左转，去医学院，找傅老头！”

海王大学的毕业生，没有人不知道傅教授的坏脾气。他的难缠可是出了名的，很少有学生敢去触他的霉头。不过，这位赫赫有名的老教授，也是医学院的扛把子，专业能力首屈一指。

刘青特听到周瞳要去找傅教授，顿时一个急刹车。

“傅老头……不，不，傅老教授能见你？”

“为什么不见？”周瞳不解。

刘青特有些难以置信地看着周瞳。可对面的人一脸无辜，根本不能理解他此刻复杂的心理。

● ● ●

傅教授今年八十一岁，原来是医学院的院长，后来从行政的位置上退下来，专心钻研学术。他为人刚正不阿，常常不苟言笑，三句话必要训人，无论是学校的老师还是同学都对他又敬又怕。

周瞳还在海王大学读书的时候，常去傅教授的课上蹭课，当初发现他并非本专业学生的人，正是傅教授。

当所有学生都以为周瞳会被傅教授带去办公室骂个狗血淋头时，却发现两人竟然在办公室里有说有笑，仿佛忘年交。路过办公室门口的学生们见到这一幕，都不敢相信自己的眼睛。有的博士生在医学院待了近十年，都没见过傅教授笑过。

更离谱的事情是，傅教授居然想把周瞳从历史系调来医学院。还好周瞳一口拒绝，才避免了校长的难堪。学校里都传周瞳和傅教授是亲戚，但他们都一口否认。每当被问到两人间的关系时，周瞳总是笑而不语，令一众师生猜测纷纷。

自打两人相识，周瞳总会时不时地提点东西来看望傅教授，和他聊聊天，谈论一些医学上的“疑难杂症”。

刘青特战战兢兢地跟在周瞳身后，进了办公室的门。

“小周过来了？来，来，刚好开了西瓜，一起来吃。”傅教授一见来人，立即热情招手。

只见傅教授的办公桌上，正摆着八九块刚切好的西瓜。

“傅老，您这挺会享受啊。”周瞳也不客气，拿起一块西瓜就啃，边吃边招呼旁边的刘青特，“老刘，你也来一块。”

刘青特刚想伸手拿瓜，就见一旁的傅教授直盯着他看。他连忙站直，把手插进口袋，说道：“我不吃了，刚吃过饭，饱着呢。”

周瞳吃完瓜，擦了擦嘴上和手上的西瓜汁，这才进入正题：“傅老，这次来是想请您帮个忙，我遇到了一件棘手的事。”

傅教授闻言，眼睛一亮：“说吧，老夫自当为你答疑解惑。”

周瞳把尸体情况向傅教授详细说明，傅教授听完皱紧了眉：“三个多月的时间，头部不腐烂，保持死亡后二十四小时内的状态，这怎么可能？”

周瞳把手机里的照片调了出来。傅教授仔细查看了所有照片，神情变得凝重起来。据他所知，目前还没有什么有效的药物和措施能做到这种地步。

如果采用冷冻的方法，首先要做到在头身不分离的前提下单独对头部进行低温处理。但冷冻人体会有一个显著的问题，就是死者的皮肤会出现解冻效应，简而言之就是皮肤会松弛脱落。可从照片上看，这具尸体没有冷冻过的痕迹。

“不能让我现场看一下尸体吗？”傅教授把手机还给周瞳。

“尸体在警方那里，不会让我们接触的。不过样本里该有的都有了。”周瞳拿出存放尸体样本的塑料袋，里面有他收集的头、身两个部位的人体组织。

“不早说，我去实验室。”傅教授就像孩子拿到心爱的玩具，“你要不要一起来？”

"我这水平就不给傅老拖后腿了。"周瞳笑笑，又拿起一块西瓜。

"那好，我去实验室了，你自便。"傅教授兴奋地拿着样本就往实验室跑。任何新奇的医学发现，对他而言无疑都是宝藏。

"傅教授还挺逗。"刘青特喘了口气，拿了块西瓜，大口啃起来。

"你不是不吃吗？"

"刚才不想吃，现在渴了。"

● ● ●

跟傅教授道别后，周瞳和刘青特从医学院出来，上了车。

"接下来怎么搞？"刘青特没有主意，只得看向周瞳。

"既然要找你妹夫，我总要见见你妹妹。你看方便吗？"

"当然方便，她就住在教职工宿舍，离这里不远。"刘青特说着，发动了汽车。

学校为解决已婚教职工的住房问题，特意建了三栋宿舍楼，以极低的价格租给教职工。房子虽然不大，但足够一家三口居住。因为价格便宜，上班又近，很多没买房的教职工都住在那里。

"吴波没买房啊？"周瞳随口问道。

"没，他一门心思扑在学术上，安贫乐道啊。就是委屈了我妹妹……对了，待会儿你说话稍微委婉一点，我妹妹对找到他还抱有很大期望。"刘青特叹着气回答道。

"明白。"周瞳点点头。

吴波的妻子刘敏是个清瘦斯文的妇女，戴着眼镜，神情忧郁。两人到达时，她刚哄孩子睡下。

"泽泽还好吧？"刘青特看了眼摇篮里熟睡的孩子。

"最近有点感冒，吃了药好些了。"刘敏轻声说道。

"这是我的好朋友周瞳，你还记得吧？这次我专门请他来帮我们找吴波。"刘青特介绍道。

刘敏有些激动，但还是极力克制自己的情绪：“周老师，您能帮我找到吴波吗？”

“我会尽力的。关于吴波研究的东西，你知道些什么吗？”周瞳不太会安慰人，所以干脆直入正题。

“我带您去看。”刘敏带两人去到书房。她说吴波在家的时候，大部分时间都在里面研究他的课题。

书房很局促，除了一张桌子和一把椅子，其他全都是书。三个人想要站进去，都几乎找不到下脚的地方。

“这里都保留着他离开时的样子，他最近看的书和写的资料都在桌子上和抽屉里。”刘敏指着书桌说道。

“方便看吗？”周瞳问道。

“当然，周老师您随意。”刘敏说道。

周瞳点点头，刚走到书桌旁，一件特别的东西瞬间吸引了他的目光。

那是一套类似圆规和三角尺样式的工具，铜制的，拿在手里有些沉。上面没有数字刻度，而是一些古文字的排列。周瞳好歹也是学历史的，可是这些文字见也没见过。

这些工具下面压着几张手绘的地形图。图纸上是乱七八糟的文字和符号，看不出画的什么地方。周瞳猜想，应该是墨沱地区的地形图。

书桌两边都是唐代到元代的各种史书、杂记和县志，里面有些常见书，有些是周瞳从未见过的，甚至都没听过名字。

“老刘，这玩意儿你知道是什么吗？”周瞳拿起一个铜制工具问道。

“我听吴波说过，这个是浑天分经仪，用来看风水的，他这个是仿制的。”

“你会用吗？”

刘青特摇摇头：“我只知道好像是根据《周易》的六十四卦来标识的，但具体怎么用我还真不知道，吴波也没说。”

刘敏突然开口道："我见他用这个东西的时候，一直在翻这本书。"

吴波工作的时候不喜欢被打扰，不过刘敏还是会来给他送点茶水和小吃，怕他光顾着工作，熬坏了身体。虽然她不懂吴波的研究，但是偶尔也会瞧几眼。

刘敏翻了翻桌面，找出压在图纸下的一本线装书。破旧的封面上写着三个大字 ——撼龙经。

这本书周瞳虽然没读过，但是有所耳闻。《撼龙经》为唐代风水大师杨筠松所著。杨筠松是风水形法派的鼻祖，被历代形法派风水学家尊为宗师。《撼龙经》一书中记载了寻龙捉脉之法，指导风水师怎样选择聚气旺财之地，是龙脉风水最权威的圣典，也是研究风水的学者们必读的书。吴波手头这书是古本，看年代最少也是清代传下来的。

"老刘，那本羊皮书怎么没看见？"周瞳看了半天，没看到刘青特说的那本记载陈俊寻找朱山骨的古书。

"妹妹，你见过吗？"

"你们说的是那本没名字的书吗？"刘敏问道。

"对，就是那本。"刘青特点点头。

"吴波把它当个宝，出门的时候带上了。"刘敏神色黯然地说。

"我想把桌面这些书、工具和图纸都带回去研究研究。"周瞳说道。

"好的，我去拿个袋子装起来。"说着，刘敏去屋外拿了一个手提袋，帮周瞳把所有东西都装了进去。

"老刘，我先走了，有什么事我们再联系。"

刘青特兄妹俩把周瞳送到楼下。

刘敏还是没忍住，眼圈一红："周，周老师，您觉得我家吴波还活着吗？"

周瞳有些头大，这个问题实在难说。他只好安慰道："我还没法回答这个问题。无论如何，现在还不到放弃的时候。"

周瞳告辞后转身离开，刘敏的眼泪终于止不住流了下来。

# 第二章 计中计

王晓晓是最后一个下班的。今天遇到一个难缠的客人，好不容易把对方哄好送走，这才换了衣服出门。

KTV 的工作避不开喝酒，今晚她又喝了不少，整个人昏昏沉沉，胃里也空荡荡的，就在附近的消夜摊吃了碗馄饨。暖汤和食物下肚，总算好了许多，整个人也精神不少。她拎起包，准备回宿舍休息。

从 KTV 到宿舍并不远，有两条路可走：一条是大马路，但要绕个圈，大约十分钟路程；另一条是小路，走直线，大概五分钟。只是小路虽近，但深夜里灯光昏暗，又没什么人，地上到处是垃圾和脏水，散发着一股臭味。

王晓晓胆子小，每晚下班都是走大路。但今天她打算走小路，这样能快一点回宿舍休息，因为明天一早有事情要办。

一双银色高跟鞋踏着小巷的石板路，在夜晚的空寂里荡着“嗒嗒”的回声。地上的污水偶尔溅起，洒在鞋子上。

早知道小巷子这么难走，还不如走大路。她看着满地的污水与垃圾，满心抱怨。巷子里的阴冷昏暗让她心悸，总觉得看不见的暗处会突然跳出一个匪徒。可是，重新回大路更耽误时间，她只能硬着头皮低头加速。

人就是这样，怕什么来什么。

巷子里并非一条路，而是四通八达，王晓晓正经过一个巷子口，忽然听到后面有脚步声，“啪啪啪”的，清晰而富有节奏。

她不由得倒吸一口凉气，立刻加快脚步，身后的“啪啪”声也快了起来。她放慢脚步，“啪啪”声也慢下来。

王晓晓鼓起勇气，猛地回头看去。

后面没有人。

她心里更慌了。脚步声到底是从哪里来的？她左顾右盼，终于在几秒钟后确认——声音不是来自身后，而是头顶。

王晓晓慢慢抬起头，只见一个赤身裸体的女人，被倒挂在阳台上。女人似乎无法说话，不断用手拍打着身后的墙壁，发出“啪啪”的声音。

更令人胆寒的是，女人的脖子上好像被人戳了一个大洞，鲜血正源源不断地流出来。女人下面有一个奇怪的黑影，正仰着头，张着嘴，贪婪地吞咽着。

王晓晓再也无法控制自己的恐惧，叫了出来。

黑影突然转过头来，一副罗刹恶鬼面具上沾着腥红的血，一双泛着青光的眼睛透过面具上的两个窟窿，阴森森地注视着楼下的王晓晓。

王晓晓吓得魂飞魄散，连滚带爬地往前跑，再也不敢抬头。

她狼狈不堪地跑出巷子，浑身上下沾满了馊水和垃圾，她早已顾不得自己这副人不人鬼不鬼的样子，放声大叫起来。

“杀人了！杀人，吃……报警！快报警！”王晓晓仿佛疯子一样大喊大叫。一旁的路人见状，忙拨打了报警电话。

十分钟后，一辆巡逻警车鸣笛而至。

两位民警从车上下来。王晓晓看到警察，立刻扑上去，拉着警察的手，述说自己看到的事情，但她仍旧不甚冷静，说话前言不搭后语。

两位民警优先安抚了王晓晓的情绪，她渐渐平复下来，然后拉着民警就往巷子里走，说她在巷子里看见有人杀人。

民警跟着王晓晓来到巷子内，可三人来来回回走了三四趟，也没找到那个阳台，更没看到倒吊的女人和喝人血的面具人。

“这位同志，你是不是喝酒了？”一位民警问道，他早就闻到王晓晓嘴里的酒气了。

王晓晓一愣，她知道民警的意思，可她的酒早就吓醒了。

“不是，警官，我真的，真的看到了……”

“这样吧，你先跟我们回局里做个笔录。”出警的民警还是怀疑王晓晓醉酒或吸毒产生了幻觉。

王晓晓跟着两位民警去了公安局，不但做了笔录，还做了药检和酒测。一直折腾到天亮，她被民警一番教育后，才走出了公安局。

难道真是自己的幻觉？王晓晓自己都开始怀疑自己的记忆，可她看得如此真切，怎么可能是幻觉？但和警察走了至少三趟，她确实连血迹也没见一滴。

王晓晓越想越觉得身体发寒。莫非是撞邪了？她打了个哆嗦。就在这时，昨晚接警的两位民警走了出来，他们并没有注意到靠在墙角的王晓晓。

“真是倒霉，碰到一个报假案的。”

“那种地方工作的女孩啊……”

两位民警聊着天，越走越远，后面的话王晓晓没听到，不过那一句“那种地方工作的女孩”着实刺激到了她。王晓晓一口气闷在胸口，决定再去一次那条后巷。白天看得清楚，她要去弄个明白，还自己一个清白。

白天的小巷没有晚上那么狰狞，偶尔能看到几个赶路的人在小巷里穿梭。

王晓晓心里镇定了不少，她一边在巷子里搜寻，一边努力回想昨晚的细节，希望能找到那个阳台。就在这时，她忽然想起，阳台上好像挂着一个红色风铃，样子像寺庙里敲打的钟。想到这一点，王晓晓精神为之一振。

白天光线明亮，王晓晓开始搜寻哪家的阳台上挂着风铃。很快，一个古钟形风铃进入她的视野。

就是这里！

王晓晓记下位置，从巷子里出来，想到前面街道找公寓楼入口。待她终于走到楼下，才发现这栋楼是准备拆迁的大楼，陈旧的墙上写着大大的“拆”字。楼的前面还被施工单位用红砖砌了围墙，防止有人进出。

围墙不足一人高，王晓晓一咬牙翻了过去，走进了楼梯口。楼里乱七八糟地散落着丢弃的物品，地面上积满灰尘，楼内的房间门大多敞开着，有些已经被拆除。

王晓晓沿着楼梯爬上三楼，进入过道，走至左手边第五间房。布满灰尘的房门紧闭着，两边还贴着破旧的春联。王晓晓深吸一口气，伸出手推了推门。

门“嘎吱”一声开了道缝。屋内很空，客厅里只摆着桌椅，角落里有一些杂物，看起来并没有人。

“有人吗？”王晓晓喊了一声，声音在空荡的楼道里泛着回声。

没有人回话，只有远处角落里传来两声狗叫。

王晓晓小心翼翼地推门而进。这是一个典型的两室两厅的房子，两间卧室的门虚掩着，厨房的拉门是关着的，卫生间里散发出腥臭味。客厅和阳台中间隔着一道拉门，拉门正半开着。

屋子不透光，即使是在白天，依旧显得阴冷。王晓晓径直走到阳台，抬起头向上看去。那女人应该就是被挂在这个位置，上面的晾衣杆上有弯曲和刮擦脱漆的痕迹。

她蹲下身子，打量着地上的脏污，忽然浑身一颤，差点一屁股坐倒在地。

角落里洒落着红色的血点，密密麻麻，诡异的样子让她汗毛直竖。

“我没看错……我没看错……”

王晓晓慌乱地从口袋里掏出手机，哆哆嗦嗦地去拨报警电话。就在她按下拨号键的一刹那，一只冰冷有力的手忽然掐住了她的喉咙。

手机跌落在地，发出“嘟嘟”的声音。

● ● ●

李兴雯是第一次看不懂法医的尸检报告：既不能准确估算尸体的死亡时间，也无法确认死亡原因。唯一值得庆幸的事情是尸体的 DNA 检测结果顺利出来了。

死者名叫孟博文，男性，二十七岁，在天合生物公司保安部工作。天合生物公司曾经在三个多月前报案，声称孟博文在一次科研考察活动中失踪，失踪地点是远在千里之外的青贡墨沱地区。与孟博文同时失踪的还有一位大学研究员，名叫吴波，现在依旧下落不明。

正是因为天合生物公司报案，死者的 DNA 才能这么快比对出来。

摆在李兴雯面前的选择很有限，一是调查孟博文的失踪，二是弄清楚周瞳和这件事有什么关联，为什么会有人把尸体送到他那里。

李兴雯也找周瞳谈过几次话，但周瞳只道不清楚。虽然她能感觉到周瞳有什么事情瞒着她，但他不说，她也无可奈何。

天合生物公司那边的几次调查，都是由公司的外宣职员和法律顾问来应付他们，虽然热情周到，但全是套路，问不出任何事情。

她如今也不是初出茅庐的小女警了，明白和大公司打交道不容易，对方有钱有势，除非她手上有确凿证据，否则人家根本不会当回事。她要想查孟博文失踪的事情，公司这边显然行不通，只能从他的私人关系入手。

这天，她正在办公室里整理资料，队长方远过来找她。

方远今年五十七岁，一头银发，浓眉大眼，体形健壮，走起路来虎虎生风。这位老刑警是从外地来到南光分局刑侦大队做队长的，工作经验丰富，为人随和，关爱下属，深受队里警员的爱戴。

“方队。”李兴雯看到队长进来，立刻站了起来。

“坐，坐，别这么拘束。”方远挥手说道。

李兴雯确实有些拘谨，方远刚上任不久，她自己也是刚被提拔，两个人在工作上从未有过磨合。特别是她对自己担任副队长一事一直不够自信，所以丝毫不敢大意。

“方队，那具尸体的案件还在调查，暂时没有进展……”李兴雯以为方队是来了解这件事情的，不过她还没开始说就被方队打断了。

“这个案子和那个叫周瞳的人有关系，恐怕没那么简单。”方队说到这里皱皱眉头，“我听说你和周瞳关系不错？”

李兴雯本想否认，不过自己以前破的几个大案确实和周瞳有关系，也不好意思不认账，她点点头道：“方队请放心，公是公，私是私，如果案件牵扯到他，我绝不会因私忘公。”

“没这么严重，我相信你的能力。我虽然不喜欢这个人，但是也知道他绝不会作奸犯科。”方远摇摇头。

李兴雯一愣，好奇地问道：“方队，您和周瞳有过节儿？”

方远笑了笑：“我一把年纪，快退休的人，怎么和他有过节儿。说实话，我都没见过他。我不喜欢他，是因为侦破罪案，把违法者绳之以法是我们的责任所在，而不是靠他的小聪明。外面一些乱七八糟的人也就罢了，警方内部的人也神化他，无疑是对我们自己努力的亵渎。”

李兴雯对方远的话深以为然。那些琐碎繁复的工作日常不为大众所见，人们只喜欢传奇故事。但是，自己毕竟亲眼见过周瞳冒着生命危险为警方破案提供过帮助，并不仅仅是耍小聪明，所以心里摇摆不定。

“方队，您是专门来和我说周瞳的吗？”

“那倒不是，这里有个案子，我觉得你比较适合。上周五，一名女子在八井里红旗小区楼被杀。她被杀前一晚曾报案说在八井里目睹一起谋杀案，但出警的民警什么都没发现，就带她回去做了笔录。第二天一早，这名女子出来后又去了八井里，进了红旗小区，在红旗小区305室被杀。”方远从包里拿出一份案件材料，递给李兴雯。

“红旗小区那里不是要拆迁吗？”

“详细的情况，你可以看看卷宗。死者叫王晓晓，在KTV上班，接触人员比较复杂，她的死也很蹊跷。”

李兴雯打开卷宗，首先映入眼帘的是死者死亡现场的照片。死者全裸倒在房屋内，皮肤格外苍白，不见一丝血色，喉咙上被开了一个洞，洞口有残留的血迹。

“死者身上的血液被抽干了……我就不多说了，详细的报告都在里面，凶手手段极其残忍，而且极有可能涉及多起谋杀，你组织人员全力侦破此案。”方远命令道。

“是。”李兴雯立正敬礼。

“有什么情况随时向我汇报。”方远说着准备离开，走到门口的时候回过头来，“周瞳的案子我来办，你把精力放在这件案子上。”

“是。”李兴雯悻悻应道。

● ● ●

周瞳这几天也没闲着，一门心思钻研从吴波家里带回来的稀奇工具、图纸和书籍。刚开始只是为了破案，随着研究的深入，他越来越觉得有趣。

这些东西绝不是样子货，只要知道了它们的使用方法，就可以像经纬度一样来确定位置，绘制地图。他由衷感叹古时候那些风水师的聪明才智，不管他们的目的如何，他们不借助任何科技设备就能完成精度极高的测绘工作，就非常了不起。

这些日子，严咏洁也给他打过几次电话，但他决口不提家里的状况，只和严咏洁说些风花雪月的话，逗她开心，让她减轻一点压力。

周瞳虽然从不主动问严咏洁办案的事情，但他能感觉到她这次办的案子有些棘手。往日里他说笑话，严咏洁心领神会后总会爽朗大笑，可这段时间，严咏洁兴致不高。

严咏洁不主动向他说，他想帮忙也使不上力。他明白警方有纪律，不能随便透露案情，即使是自己的亲人和朋友。他只能尽量让严咏洁在其他方面少担心，并反反复复叮嘱她注意安全。

这几天最让周瞳头痛的还是李兴雯。她来找过他好几次，问他有关那具尸体的问题。周瞳没有告诉李兴雯关于袁子淇的事情。他知道，如果让李兴雯知道袁子淇找过自己，她肯定会找人二十四小时盯梢。他打算自己有点眉目了，再向李兴雯报告。

经过两天的研究，周瞳已经掌握了浑天分经仪的用法，因为缺少几张关键位置的图纸，他目前也无法定位吴波的目的地，只能暂时作罢。

这天一早，傅教授打来电话，化验有了初步结果，电话里说不清，让周瞳来医学院一趟。周瞳不敢耽搁，立刻换了衣服，赶往海王大学。

现在正值暑假，学校里没什么人，医学院大楼里空荡荡的。周瞳在保安处做了登记，直奔十二楼傅教授的办公室。

他来到电梯间，发现电梯出了故障。

这栋大楼有些年头了，也算个历史建筑。周瞳还在学校读书的时候，这大楼的电梯就经常出问题，简直是家常便饭。周瞳无奈，只能走楼梯。

外面日光恼人，里面的楼梯间却黑乎乎的。声控灯年久失修，不太灵敏，要用力跺脚才有反应。周瞳只好用手机当手电筒，三步并作两步往上走。

周瞳上到六楼，楼上突然传来“哐”的一声，好像有人推门进了楼梯间。他没在意，毕竟电梯坏了，楼里的人上下只能走楼梯。他正准备抬腿继续爬，却听见楼上再次传来声响。

周瞳用手机的灯光照过去，只见一个人影从楼梯上滚下来。那人身形有些熟悉，周瞳急忙上前，抱住那人，定睛一看，不由得浑身颤抖。

是傅教授。

此刻，傅教授已经没了呼吸，瞪着眼睛，望着周瞳。脖子上有道明显的勒痕。

“周瞳，阻止我，不然我会杀更多人。”一个低沉的声音从楼上传来，不带一丝温度。

周瞳深吸一口气，蹲下来，为傅教授合上眼睛，注视着楼上那片黑暗。

“你是谁？”

没有回应。

“装神弄鬼！”

通过声音，周瞳确定对方就在七楼。他话音一落，就以迅雷不及掩耳的速度冲上楼，然而只扑了一个空。根本没有人。

“我在这里。”

八楼又响起了那机械般的声音。周瞳知道自己被耍了，因为他在七楼发现一个小音箱。

“我在这里……我在这里……”声音在楼梯间飘荡。

周瞳不再纠结这些声音，立刻奔向十二楼。对方不在这里，他没必要接着耗下去。

“十一点前，一个人到流沙林。不要报警，否则下一个死的就是刘青特。”声音再次响起。

“疯子！放开我！啊！——”音箱里传来刘青特的惨叫。

周瞳看看时间，现在是九点五十分。此刻，他已经到了十二楼，一把推开门，直奔办公室。

办公室里井然有序，只有电脑屏幕一闪一闪，旁边的打印机不停地打印着文档，可出来的都是白纸。现场没有打斗的痕迹，很显然，傅教授毫无防备，灾祸是突然而至。

周瞳感觉呼吸有些困难，他与傅教授情同父子，又是忘年交，如今傅教授因为自己遭此厄运，他心如刀绞。

傅教授刚给自己打完电话，就被人杀害。傅教授到底发现了什么，让凶手不惜一切代价，杀人灭口？还有刘青特，他又为何被绑架？

周瞳拨打刘青特的电话，无人接听。

"流沙林吗？"周瞳看了看手表，留给他的时间不多了，他必须尽快做出决定。

● ● ●

流沙林在市区外，那里既没有流沙，也没有树林，没人考证名字是怎么来的，大家只是约定俗成地这么叫。那里只有一座废弃的矿山，山上连根草都没有。

山上搭建的挖矿设施虽然残破，但依旧牢牢钉在矿上，四面八方都是矿洞和轨道，也不知道这些洞能通向哪里。早些年有调皮的孩子到洞里玩，就再没出来过。村里许多人去寻，也没找到人。村民们都说矿山下面有另一个世界，走远了就回不来了。

后来为了安全，附近的村民把矿洞用木板封了起来，又编了些吓人的故事讲给孩子们听。自那以后，这里渐渐就成了荒地。

从海王大学到流沙林开车至少要四十分钟，周瞳赶到流沙林的时候，已经是十点四十二分，离约定时间还有十八分钟。

此时太阳暴晒，整个矿山就像一个火炉，烤得人汗如雨下。周瞳随意擦了下额头的汗，望着眼前巨大的矿山，不知该往何处去。

"十一点前？……十一点前！除了时间，还有方向！"周瞳正对矿山，朝着十一点的方向前进，没走几步，他的面前就出现了一个矿洞。

“刘青特！老刘！你在吗？”周瞳扯着喉咙，对着黑乎乎的矿洞喊道。

“我在！周瞳，我在这里！”洞里传来刘青特的声音，急切而又惊喜。

“你别急，我下来找你。”周瞳扒开虚掩的木板，走进矿洞。

矿洞里有风，地上还有水渍，比外面凉快许多。一进矿洞，周瞳就打开了手机背光灯，不过能照到的范围极小，视线仍旧狭窄。

没走几步，周瞳就遇到了分岔口。

“老刘，说句话。”

“我在这儿，这儿……”

周瞳仔细分辨着方向，往左手边的矿洞继续前进。十几米后又是岔口，周瞳怕越走岔口越多，出来时迷失方向，所以一边走一边在每个自己进入的洞口都做好记号。

“周瞳，你快点，时间，时间不多了……”刘青特的声音有些颤抖。

周瞳看看手表，还有五分钟。应该不远了，他加快了脚步。

一个狭小的洞口出现在眼前，周瞳弯腰进入，眼前出现一团火光，一个约莫六七十平方米大小的洞穴赫然出现在眼前。洞穴四周插着火把，中间有一张白色的病床，床单洁白如新，床架却锈迹斑斑。

刘青特被绑在床上，他的头顶悬着一把采矿用的铁锹。铁锹已经没有了后面的杆子，只剩下铁锹头，铲头被磨得锋利无比，摇曳的火光在上面抖动，令人不寒而栗。

铁锹的尾部被绳子和滑轮挂住，被磨过的尖角垂直悬在刘青特脖子上方，一旦绳子断裂，铁锹落下，刘青特立刻头身分离。

绳子另外一端被钉子固定在地上，旁边一根蜡烛正在燃烧，绳子在蜡烛一半的位置，眼下火焰的高度已经十分接近绳子，再有片刻，就会把绳子烧断。

周瞳急忙上前，可怎么也解不开刘青特身上的锁链，他只能用力推床。刘青特眼睛盯着头顶的铁锹，冷汗直冒，吓得说不出一句话。

可铁床四角深深陷在地面人为挖出的凹洞里，就像嵌在地上一样，再加上刘青特的体重，至少有两百多斤，想要把床推开基本不可能。

蜡烛的火已经烧到了绳子，紧绷的绳子发出“吱吱”声。

“周，周瞳……快点……”刘青特脸色苍白。

周瞳知道再不能有半点犹豫，他使出浑身力气，低吼一声，把床整个推翻。床翻倒的同时，铁锹落下，重重砸在铁床一侧，“铛”的一声弹开，溅起石屑和灰尘。

“没事儿吧？”周瞳蹲下来，查看刘青特的情况。

床架一侧已经变形，好在离刘青特的脖子还有几厘米距离。刘青特的一只手臂重重撞到地上，痛得他嗷嗷直叫，不过总比头身分家好得多。

周瞳费了好大一会儿工夫才把刘青特从床上弄下来。

“你算是捡回一条命。”周瞳抹了抹汗，要是自己路上稍有犹豫，恐怕就只能带着刘青特的尸首出去了。

刘青特坐在地上，轻轻揉着手臂。好在只是外伤，并没有伤到骨头。

“这个死变态！”刘青特骂道。

“什么人把你绑来的？”周瞳问道。

“不知道，一个戴面具的男人。”刘青特伸出手臂，一脸后怕，“他还在我身上吸血。”

周瞳看到刘青特手臂上有个小伤口，像是被针管刺破的。

“吸你血？”

“对！一个特别大的针管，吸了我一管血，说是解渴。”刘青特想起来面具人喝血的场景，止不住打了个冷战。

“他还说什么了？”

“他让我转告你，让你阻止他，要不然他会杀更多人！”刘青特擦擦额头的汗，“这人是疯子！”

“让我阻止他？”周瞳忍不住皱眉。

“嗯，我也莫名其妙，问他什么意思，他也不说。”

“还有什么线索吗？你仔细想想。”

“嗯……对了！他好像把什么东西塞我口袋里了。”刘青特想起面具人离开时在他上衣口袋里塞了个东西，因为动作太快，他没看清，此时想起来，便立刻伸手从口袋里摸出来。

那是一枚古币。

圆形方孔，铜制，大小相当于三枚一元硬币，一面雕有一只蝙蝠，一面是复杂的花纹，工艺精美，铸造成本应该不低。周瞳和刘青特都没见过这种古币。

“看起来像古币，可哪有这种古币？”刘青特直摇头。

“私铸，又或者伪造。”周瞳拿起古币，仔细打量后，收进了自己的口袋。

古时候，有些颇有权势的地方豪强或势力，会私铸一些钱币，在自己控制的范围内流通，存量极少。

“应该是给你的，线索吗？”刘青特没好气地问。

“谜题吧，我们先出去再说。”周瞳暂时还想不到面具人的用意。

“对，这里太不安全了。”刘青特颤巍巍地站起来。

周瞳正准备搀着刘青特往外走，外面忽然传来一声巨响。周瞳暗道不好，让刘青特扶墙而立，自己赶忙跑去查看情况。

没跑几步，前面没了路——矿洞突然塌方，周瞳进来的那条矿道被堵死了。

周瞳回到刘青特身边，告知他两人现在的处境。他们立刻寻找其他出口，可是一无所获。

“这可怎么办？我们用手挖吧！”刘青特焦急万分。

周瞳摇摇头，敲了敲前方的大石头，说道：“这条矿道至少有十几米，别说用手，就是有工具，也未必能挖出去。”

“那也不能坐以待毙啊……”刘青特捡起掉在地上的铁锹，用力砸向石头，希望能开出一个口来。可他敲了半天，震得手直发麻，也只敲下几块小碎石，无异于杯水车薪。

“早知道要被困死在这里，不如被砍头！”刘青特丢下铁锹，一屁股坐在地上，肚子上的“游泳圈”抖了三抖。

“也不是没有办法。”刚才一直坐在地上发呆的周瞳突然开口道。

“兄弟，有什么法子？”刘青特立刻爬起来，冲到周瞳身边。

周瞳指了指地上还没烧完的蜡烛，说道：“绳子是蜡烛烧断的，面具人算好了时间，但你知不知道刚才我为什么不过去直接吹灭蜡烛？”

刘青特躺在床上，眼里只看得到悬在自己脖子上的锋利铁锹，哪里还有闲工夫关心其他东西。

“对啊！为什么？”

“去吹灭蜡烛是人的本能反应，如果我这么做了，那咱们可能就要长眠于此了。”

刘青特闻言，跑到蜡烛旁边看了又看，感觉这蜡烛除了粗一点、长一点，与一般蜡烛别无二致。

“不是蜡烛，是绳子。绳子必须断，不然刚才炸药就在洞里爆炸了，我们不会被炸死，也要被活埋。”周瞳不再卖关子，扯了扯被钉子钉在地上的绳子，只听“咔咔”两声。

“这里有个机关，绳子到时间不断，钉子下面的炸药就会立刻爆炸；绳子断了，触动机关，炸药就通过管道滑到外面。”周瞳解释道。

刘青特摸了摸脑袋，有些难以置信地看着周瞳，问道：“你怎么知道的？”

“刚进来的时候，我也不知道有机关，只是避免做出一些对方希望我做的事情，所以没去动蜡烛。刚才你在敲石头的时候，我研究了一下，这才发现机关的事情。”

“这机关里是不是藏着我们出去的路？”刘青特猜测道。

“不错。刚才我进来的矿道口很窄，勉强够我一个人弯腰进来，这张床肯定是从其他入口运进来的。”

“原来如此。”刘青特看看倒在地上的床，再看看被封住的矿道，恍然大悟。

“嗯，不过怎么打开隐藏的门，我还要再想想。”周瞳蹲下来，开始琢磨那根手指粗的钉子。

“哎，你说那面具人搞这么多事，为什么啊？”刘青特在一旁抱怨道。

“不管他为了什么，我都不会放过他！”周瞳咬了咬牙。

“兄弟，为了我，你也是……”刘青特自作多情的话还没说完，就被周瞳打断了。

“他杀了傅教授。”周瞳放下手里的绳子，冷言说道。

“傅，傅教授被杀了！？”

周瞳把医学院里傅教授被杀的经过告诉了刘青特。

“王八蛋！”刘青特听完后一拳打在墙上，忍不住骂道。

刘青特知道周瞳早年丧父，自打认识傅教授后，一直将其视为半个父亲，他们的关系也亦师亦友。当年周瞳被傅教授抓进办公室，劈头盖脸地教训了一番，可周瞳不但没有羞愧之意，反而和教授聊起了专业知识。

这一聊，傅教授发现周瞳竟然比许多专业学生更有天赋，生了爱才之心，一直鼓励他来医学院深造。只是周瞳对医学并无特别兴趣，所以婉拒了傅教授。从那以后，但凡医学上有不明白的问题，周瞳都会去向傅教授讨教。

“面具人杀傅教授，是不是因为傅教授在尸体上找到了什么线索？”刘青特问道。

周瞳摇摇头。他刚开始也是这么想的，但他发现样本和化验数据都还在，凶手既没有破坏，也没带走。

“凶手是冲着我来的。先抓你，然后杀傅教授，最后把我引来这里。”周瞳环顾四周，说道。

“我还是不明白，凶手有很多机会杀你，但又处处给你留了一线生机，如果要对付你，为什么不赶尽杀绝？”

“因为凶手让我阻止他。他并不想杀我，而是希望我杀他。我们的被困，更像是凶手出的谜题，如果我死在这里，就说明我没有那个能力。”周瞳说着，拍了拍屁股上的灰。

刘青特一头雾水，不过他也知道现在最重要的是出去，其他事可以以后再说。

周瞳已经摸索出机关的大概运作方式，他捡起不远处的铁锹头，小心翼翼地围着铁钉的位置铲除表面的石块和碎土。慢慢地，以铁钉为中心，地上出现了一个石雕图案。

“八卦图？”刘青特疑惑道。

八卦以“—”为阳，以“--”为阴。乾为天，坤为地，震为风，巽为雷，坎为水，艮为山，离为火，兑为泽，以类万物之情。八卦分据八方，中绘太极之图。

周瞳摸了摸石刻的八卦图，发现图中的每一个方位都是活动的，可以按下去，像八个按键。

“这是一个密码锁。”周瞳自言自语道。

“什么顺序，有头绪吗？”刘青特也蹲在一边，看着八卦图琢磨。

周瞳站起来，从墙边取下一个火把，开始在洞中搜索有用的线索。他看了一圈后，冲刘青特招招手：“老刘，帮我把床扶起来。”

刘青特连忙上前，和周瞳一起把床翻了过来。周瞳站到床上，高举火把，只见跃动的火光下，一幅壁画赫然出现在洞穴顶部。

画中有八种动物，各有神态，栩栩如生。领头的是一匹骏马，神采飞扬；马后面跟着一头猪，憨态可掬；猪上面飞着一条龙，凶神恶煞；龙的侧面是一只有着美丽长尾的鸟，似凤凰非凤凰；鸟下面有一条狗，仿佛对着鸟在叫；狗的后面是一只鸡，正在打鸣；鸡下面是一牛一羊，相对站立，都在埋头吃草。

“我知道了！乾，马首；坤，牛腹；震，龙足；巽，鸡股；坎，豕耳；离，雉目；艮，狗手；兑，羊口。”刘青特记得八卦图的介绍，这八种动物正是八卦图腾。

“依照八卦布局，先上后下，再左至右。我想这就是密码了。”周瞳跳下床，回到八卦图的位置，依据头顶动物上下左右的排列，分别依次按下震、坎、乾、兑、坤、艮、巽、离八个按键，然后拉动铁钉。

只听“咔”的一声，地上的八卦图缓缓向一侧移动，一座楼梯慢慢出现在两人面前。

楼梯下只有沉默的黑暗，吞噬着一切投向它的目光。

周瞳和刘青特对视一眼，各自取了火把，沿着楼梯往洞穴更深处走去。

● ● ●

海王大学医学院整栋楼被警方层层封锁，最外层是学校保安，第二层是民警，医学院里面则由刑侦大队接手。虽然正值暑假，但还是引得不少人围观，警方丝毫不敢大意。

一名德高望重的大学教授在学校里被凶手勒死，这样凶残的命案别说在本市，就是在全国也极其少见。两名维修工人在检修电梯时发现了尸体，并报了警。刑侦大队几乎全员出动，带队的正是队长方远。

医学院大楼是一栋旧楼，只有十三层，全楼仅一个进出口。因为是暑假，楼里没什么人。傅教授的死亡时间初步推断是早上九点至十点，而从早上七点开门到十点这个时间段的访客，只有一个人——

周瞳！

周瞳应该是第一个发现死者的，奇怪的是，他并没有报警，而是事后急匆匆离开。此外，据知情者透露，周瞳和死者的关系也十分亲密。

傅教授的办公室还在清查，当务之急是找到周瞳。

可周瞳的手机拨不通。

方远摸了摸下巴，看来他最担心的事情还是发生了，一切都是冲着周瞳来的。“老周啊，希望你在天之灵保佑你这个麻烦不断的儿子吧。”方远看着窗外，自言自语道。

“方队，什么麻烦不断的儿子啊？”李兴雯正准备向方远汇报案情，听到这话不禁好奇。

“啊，没事儿，朋友家的儿子……怎么样，查到没有？”方远回神，一时有些尴尬。他不愿意警队里有人知道自己和周瞳的渊源，那样恐怕会带来更多麻烦。

“查到了，周瞳开着傅教授的车去了流沙林，我们的人正在往那边赶。”

“流沙林？去请消防那边支援一下，需要专业设备才能进去。”方远皱了皱眉头，对李兴雯吩咐道。

“是！”

● ● ●

周瞳和刘青特两个人走下楼梯，借着火把的光，看清了四周的情况。

这条通道绝不是矿道，从四周的石壁来看，这里的发掘要比矿场早得多。矿场是20世纪60年代末兴建的，在80年代就荒废了，可看石壁，这里很像是元明时期挖掘的。

更加古怪的是，他们脚下的石梯，修建时间绝对不超过十年。

“兄弟，该不会又是古墓吧？”刘青特抹抹额头的汗，想起多年前古墓里的那段经历，不禁不寒而栗。

“不像是古墓，墓道的石壁不会是这样的。”周瞳摸了摸石壁说道。

“我怎么感觉这不是出口。”刘青特舔舔嘴唇，猜测道，“面具人把你引到这里来，怕就是因为这个地方吧。”

“你看，炸弹就是从这里滑过去的。”周瞳指着墙边一个约莫西瓜大小的洞口说道。洞口中间有一根钢丝穿过，钢丝的一头连着铁钉，控制着一个小巧的机关盒子。

“真精巧，这可不是一般人能做出来的。”刘青特仔细看着这设计巧妙的机关，由衷地感叹。

周瞳走在前面，尽量把火把举高，谨慎小心地下行。刘青特亦步亦趋，跟在后面，生怕跟丢。两人就这样走了十多分钟，终于走到了楼梯的尽头。通道之深，完全超乎想象。

两个人来到一个空旷的地方，面积有半个足球场大小。地面铺着平整的地砖，两边矗立着八尊石刻雕像，一边四尊，面孔凶神恶煞但各不相同，衣着和配饰很像传统道教的式样，看上去年代久远。这种雕像，周瞳和刘青特都未曾见过。

八尊雕像的中间，有一个看起来像是祭台的建筑，上面立着一尊蝙蝠样的雕像，巨大无比，是其他雕像的两倍左右。然而，那蝙蝠的头是人头形态，面目诡异，望之令人胆寒。

周瞳和刘青特想不到在这矿山之下，竟然别有洞天。

“刘教授，对于这些东西，你有什么看法？”周瞳一边问，一边从口袋里掏出面具人留下的那枚古币。

“一无所知。我离教授还差得远呢。”

“唉，我也没头绪。”

“你不是带着手机吗？拍下来。”刘青特有些兴奋，这或许是个重大考古发现。

周瞳觉得有道理，他拿出手机给雕像拍了好些照片。他们虽然不了解，但或许有人能知道这些雕像的来历。

“我们找找出口吧。”拍完照片，周瞳收好手机，和刘青特一起寻找出去的路。

还没等他们开始行动，只听“砰”的一声巨响，一时间仿佛地动山摇，巨大的雕像毫无预兆地开始坍塌，石块四处横飞。

周瞳拉着刘青特飞跑，根本无暇寻找出口。刘青特一个不小心，被一块碎石擦过额头，血流了一脸。慌乱中，他也不知道自己究竟伤得如何，一摸脸，全是血，吓得他浑身直哆嗦。

“兄弟，我怕是不行了，这次我害了你，你走吧，我妹妹那里你帮我说一声……”刘青特红着眼睛，开始交代后事。

“老刘，一点小擦伤，不至于啊。”周瞳在刘青特的脸上抹了一把，笑着说道。

嘴上这么说着，但周瞳心里也明白，塌方还在继续，如果他们不能及时找到出去的路，怕是真的要被活埋在这里了。唯一值得庆幸的是，这个地方建造得十分牢固，延缓了塌陷的速度。

火焰跳动，宛如黑暗中的精灵。周瞳看着手中的火把，忽然露出了欣喜的神色。

“有风，那我们就有救了。”看到被风吹动的火光，周瞳立刻将火把当作“指南针”，朝风来的方向拼命跑去。

无数巨石从头顶砸下，两人跑跑停停，几次命悬一线，终于在祭台前的石壁上，看到一个裂开的豁口，风正是从那里灌进来的。

出口近在眼前，周瞳低头避开一块石头，往豁口爬去。他一回头，却发现刘青特没了影子。

“老刘！”周瞳急忙大叫。

“我在这儿！救我！”

周瞳循声望去，只见不远处的地上裂开一道口子，刘青特正挂在断裂边缘，拼命往上爬。可口子越裂越大，上面不断有碎石掉落。

周瞳不敢耽搁，急忙回身，抓住刘青特，死命往上拉。

“我不行了，你快走。”刘青特已经精疲力竭，眼看头顶有块大石头已经松动，马上就要滚落下来。

“放屁，老子这么辛苦才把你弄到这儿，一起出去！”周瞳拉着刘青特的胳膊，大声吼道，“用力啊，老刘！”

刘青特见周瞳憋红了脸，不肯放弃，顿时也清醒了几分，咬牙蹬腿。两人合成一股力量，一个狠劲，刘青特终于从裂口中逃了出来。

头顶的石头滚落，重重砸在裂口边缘。周瞳和刘青特不由得浑身冒冷汗。

“坚持一下，出口就在前面了。”周瞳拖着虚脱的刘青特，一起走向豁口。

● ● ●

矿山在方远和李兴雯面前塌陷，宛如被爆破拆除的摩天大楼。一座大山就这样消失在两人眼前。

消防车刚刚赶到，消防员们径直朝方远他们走来，报告道：“方队，看情况是炸药，山体应该大部分是空的，少量炸药就能把山炸塌了。如果有人在里面，怕是存活的机会很小。”

方远点点头。即使消防员不说，他也明白。

“还有什么办法能确定里面有没有人？”李兴雯不等方远说话，就焦急地问道。

“我们用生命探测仪试试，但不要抱太大希望。”面对这种情况，消防员也只能尽人事听天命。说完，消防员就拿出对讲机，呼喊同事开始工作。

“方队……”李兴雯欲言又止。

方远没有说话，他知道李兴雯想说什么，但他也知道，这个时候不能感情用事，当务之急是尽快查明情况，才是最好的选择。

“小李，你是一名警察，周瞳是你的朋友，你更应该做好自己的工作，那样才能尽快确认他在哪里。”方远语重心长地说道。

李兴雯如鲠在喉。正所谓“关心则乱”，她刚刚只想尽全力搜救周瞳，忘记了自己警察的身份。正如方远所说，矿山废弃已久，有人炸矿山不同寻常。而周瞳又恰好在此，如果说这之间没有联系，实在是说不通。

“是，方队。”李兴雯心里一震，方远的话就像醒木，让她一下子回过神来。

方远点点头。其实刚来的时候，他对这个副队长的能力还有些质疑，以为她是靠关系上位的年轻人。相处一段时间后，他发现李兴雯工作认真负责，头脑敏捷，富有正义感和责任感，是一个难得的优秀警官。

本来男欢女爱这种事情，他不愿多管，但一个是他的下属，一个是他故友的儿子，他实在无法冷眼旁观。而且周瞳已婚，李兴雯这段感情必然不会有结果，他觉得自己还是有必要从侧面提醒一下她。

山体附近的消防员们正分散开来，每个人都装备了生命探测仪，四处寻找着生命的迹象。方远站在消防车旁看了几秒，转身离开，继续指挥工作。

● ● ●

周瞳和刘青特从炸裂的豁口钻出去，发现里面竟然是一条封闭了许久的通道，约莫两人宽，高度不一，四周铺有地砖，坚固异常，一看就是精心修建而成，绝非天然。

通道并非直线，有转口、有楼梯，没有亮光，行走起来并不方便，一旦发生什么危险，插翅难逃。

火把早已不知去向，两人只能靠周瞳手机那一点微弱光芒摸索前进。更要命的是手机电量只剩下百分之二十，一旦电量耗尽，两个人就只能摸黑前行。

好在通道里没有塌陷，而且越往外走，震动程度越轻。周瞳和刘青特加快脚步，终于无惊无险地走到了通道尽头。

尽头处有扇石门，石门紧闭，纸片都插不进一张。

“又……又要解谜？”刘青特看着周瞳手机上百分之五的电量预警，脸色苍白。

“这不是出口，出口在头顶。”周瞳摸着石门，感觉有风从头顶吹来，他抬起头说道，“老刘，抬我上去看看。”

“行，让我先喘口气。”刘青特坐下来歇了歇，扶着墙蹲了下来。周瞳踩上刘青特的肩膀，站直身子。

“老刘，站起来一点。”周瞳把手里的手机举高，一个锈迹斑斑的铜环出现在眼前。他试着够了够，但手还是够不着。

刘青特两腿发软，但到了关键时刻，不行也要行，他大吼一声，拼命站起来。

周瞳看准时机，用力拉下铜环。

灰尘和碎泥瞬间倾泻而下，两人一时间避之不及，变得灰头土脸。

两人使劲摇了摇头，脸上的灰尘散去，久违的阳光仿佛破土而出的种子，点点滴滴洒落在周瞳和刘青特身上。

两人大喜过望，一前一后爬出洞口。

视野豁然开朗，可这里并不是矿山，而是一片干枯的河床。如果不是如今河水枯竭，没有人会发现这里藏着一个出入口。

从河床这里，可以看到远处已经坍塌的矿山，还有赶来的消防车和警车。

“这下恐怕要去公安局录口供了。”周瞳想起方远和李兴雯，大感头痛。

周瞳说着，迈步往矿山的方向走去，可还没走两步，他忽然感觉脑后一疼，整个人一阵眩晕，倒在地上。

以周瞳的身手，本不会轻易被人偷袭，但是他这一番折腾后，已经筋疲力尽，放松了警惕，而且，他对刘青特完全没有防备。

周瞳的意识逐渐模糊。昏迷前，他看到刘青特拿着带血的石头，喘着粗气，石头上的血，在阳光下格外刺眼……

“你们死了，我会放你妹妹和孩子走。如果你们侥幸没死，你就要帮我做一件事。”面具人毫无感情的声音，就像冰冷的刺刀，刺进刘青特的心里。

刘青特想起面具人离开洞穴时对他说的话，不禁浑身一颤。他丢下手里的石头，摸了摸周瞳的鼻息和脉搏，确认他只是被打晕了，舒了口气。

“兄弟，等我救出我妹妹和外甥，你要杀要剐我都毫无怨言。”

刘青特红了眼睛，眼眶有些湿润。他把周瞳拖到一块大石头后面藏好，然后环顾四周，确定没人后，一瘸一拐地往矿山相反的方向跑去。

他走走停停，回忆着面具人告知他的地点，走了约莫十分钟，在一个采石场看见了面具人口中的蓝色吉普车。

刘青特急忙冲上去拽门。车门没锁，钥匙挂在车里，副驾驶座上还放着水和面包。

刘青特狼吞虎咽，把水和面包一口气倒进嘴里，靠在驾驶座上缓了几分钟，然后用力拍了拍自己的脸，总算缓过劲来。

休息片刻，他才开始检查车子。他在副驾驶的扶手箱里找到一张地图，地图上标记着一个地方，面具人就是让他把周瞳送去这里。

刘青特咬咬牙，点着了车。他深吸了一口气，知道自己已经没有退路，一脚踩下了油门。

他回到河床附近，停好车。周瞳依旧昏迷，躺在地上一动不动。

刘青特把他背起来，放到车后排座位上，关上车门，依照面具人的指示，开车去指定的位置交换妹妹和小外甥。

车里有根绳子，应该是面具人特意为刘青特准备的，防止周瞳路上突然醒过来。刘青特拿着绳子犹豫了一会儿，想起妹妹和可爱的外甥，终究还是咬牙把周瞳绑了起来。

地图上标记的地点，刘青特是知道的，那是离市区一百多公里的芪江森林保护区，以前他和朋友去那里旅游过。那片林区范围很大，还有人迹罕至的“游客止步”地区。

具体位置只看地图也看不出个所以然，刘青特打算先到那里，然后再找。正准备开车，只见一辆车忽然从公路上拐下，朝着他急驶而来。

刘青特吓了一跳。这车他见过，是袁子淇的车。她怎么会找到这里?

他来不及多想，如果让她看到现在的状况，恐怕又会节外生枝，那妹妹和外甥的性命可就完了。刘青特一踩油门，车飞驰而出，开上公路。

袁子淇本想找周瞳谈谈寻找吴波的事情，却收到周瞳在流沙林矿山出事的消息。她带着金焕恩开车赶了过来，没想到还没到矿山，就远远看见刘青特在一辆车边晃来晃去，还背着周瞳，以为他们出了什么事情，所以赶过来看看。

袁子淇已经好几天联系不上刘青特，打他手机也一直是关机状态，连他的妹妹也不见了，没想到竟然会在这里碰到他，更没想到刘青特看到她，居然开车跑了。

这未免太蹊跷，袁子淇打算截下刘青特，问个明白。

“金叔，截住他！”

“放心，小姐，他跑不了。”金焕恩猛踩油门，车如猛虎咆哮，跟上了前方的吉普。袁子淇的车比刘青特的吉普至少高了好几个档次，金焕恩的车技更是比刘青特好不少。

不过刘青特有一个优势——不要命！

两辆车在公路上一前一后展开追逐，可袁子淇和金焕恩始终无法截停刘青特。他们也没想到刘青特会完全不管不顾，只要他们的车逼近，就用车来撞，强行逼退他们的车。

“这个刘青特是不是疯了？”袁子淇气得大骂。

一时间，两辆车进入焦灼状态，刘青特甩不掉金焕恩，但金焕恩也逼不停他。金焕恩皱了皱眉头，想硬来，但是车上还坐着袁子淇，他必须顾及她的安危。

刘青特这边则满头大汗，双手紧紧抓住方向盘，时不时地看向后视镜。

“你再这么开，我就要吐了。”周瞳突然从后座坐了起来。

刘青特吓了一跳，差点冲出路基。

“稳住，没被炸药炸死，可别死在车祸上了。”周瞳一边调侃，一边摸摸后脑勺。

“你，你怎么……”刘青特结结巴巴，一句话也说不出来。他明明把周瞳绑住了，现在周瞳却活动自如。

“别你你你了，杀人越货这种事情也是要天分的。看在你救人心切的分儿上，我就不计较你用石头砸我那一下了。”

“你，早就醒了？”刘青特终于憋出一句话。

“你那软绵绵的一下，我根本就没晕，只是想看看你究竟闹哪一出。”周瞳说着就凑到前面来，用手拽住刘青特的耳朵，“老刘，我们也算是出生入死的朋友了，就不能有点基本的信任？”

“兄弟，我妹妹，还有我外甥，都被他们抓了！孩子才两岁啊……”刘青特再也承受不住如此大的压力，一个急刹车，停了车，抱着方向盘痛哭流涕起来。

“男子汉大丈夫，哭什么啊？被打的是我，我哭了吗？再说，你都没和我说实话，怎么知道我不会跟你去救你妹妹和外甥？”周瞳用手狠狠拍了一下刘青特的后脑勺，算是报仇了。

袁子淇和金焕恩此时也跑了过来。金焕恩二话不说，拉开车门，把刘青特从驾驶座上拖了出来。

刘青特虽然有差不多两百斤，但是在金焕恩手里就像一只皮球，被他单手提起来，摔到路边的草地上。周瞳倒也没拦着，走下车站在一旁看着，他知道刘青特不会有危险。

果然，袁子淇上前拍了拍金焕恩。金焕恩停下来，深吸一口气，退到一边。

“刘青特，你搞什么鬼？看见我们像看见鬼似的，差点撞死我们！”袁子淇虽然嘴上责问，但还是扶起地上的刘青特。

“我，我赶着去救人……”刘青特一时间有些恍惚。

“这事说来话长，不急于一时。”周瞳插嘴道，“美女和这位高手怎么会这么凑巧就找到我们？”

“还真是凑巧，这就是缘分吧。”袁子淇嫣然一笑，全然不做任何解释。

周瞳束手无策。即使知道袁子淇不是善茬儿，但他也不能把对方绑起来严刑拷问，更何况她旁边还有一个跆拳道高手。

“老刘，既然是缘分，那说不定是救星，把你的事说说呗。”

刘青特闻言，结结巴巴说了事情的前因后果。

“原来你是要绑架周瞳去换妹妹和孩子，难怪要躲开我们。”袁子淇这才恍然大悟。

刘青特脸上一红，心里一横，大声说道：“事情到了这个地步，我也没什么好解释的，我对不住我兄弟。我自己去要人，大不了拼命！”

周瞳不客气地说道：“送命吧。现在不是赌气的时候，我陪你去。”

刘青特眼睛一红，他没想到周瞳还愿意帮自己，心中又感动又愧疚。

“一个大老爷们儿，别来这套。事后请我喝酒，然后让我用石头敲两下。”周瞳捶了刘青特一拳。

刘青特从地上捡起一块石头，递给周瞳：“现在就砸，我心里舒服一点。”

周瞳倒也不客气，接过石头，就往刘青特脑袋砸。

刘青特吓得闭上眼睛，但人没躲闪。他感觉脑袋被石头碰了一下，有点痛，但比预想中轻了太多。

“好了。这事算过去了，但是下次你再敢阴我，我可就不这么好说话了。”周瞳丢下手里的石头。

“这面具人不好对付，我也跟你们去看看。”袁子淇适时插话道。

刘青特有些为难，看向周瞳。周瞳倒是毫不介意，一口应承道：“也好，多个人多个帮手。”

四个人坐上了吉普车，刘青特负责开车，周瞳坐副驾驶位，袁子淇和金焕恩坐在后排。

周瞳在车上研究起那张地图，地图是手绘的，十分精美，说是一幅画也没什么不妥。地图上的标识很清晰，公园大门、停车场、道路等应有尽有，只要按照地图走，应该不难找到约定地点。

“地图能给我看看吗？”袁子淇问道。

周瞳把地图递给袁子淇，袁子淇看了看地图，皱起了眉头：“地方倒是不难找，但是，绑匪大概不会把人带在身边吧？”

刘青特闻言也是一颤，心里的不安骤升。

“现在想这些也没用，我们还不明白面具人的目的。既然他想要的人是我，那么我就去会会他。”周瞳的语气轻松，仿佛一切尽在掌握中。

他这么一说，刘青特的车开得稳当多了。

“你要么绝顶聪明，要么是个白痴。”袁子淇笑着调侃道。

“我头发还茂密着呢。”周瞳捋了捋一头乌黑浓密的“秀发”，动作颇有些风骚，惹得袁子淇哈哈大笑。

金焕恩皱皱眉头，瞪了周瞳一眼，对他这种轻佻的行为表示不屑。

经周瞳这么一闹，车里的紧张气氛倒是缓和了不少。

“周瞳，当年成吉思汗墓那件案子，真的像书里写的那样吗？你究竟有没有找到墓啊？”袁子淇突然好奇地问道，这些问题在她心里憋了很久，今天终于找到机会问出来。

“刘老师当时也是参与者啊，他没给你讲讲？”周瞳笑着打趣刘青特。

“我从头到尾都是云里雾里，只能庆幸命大。”刘青特摇摇头，“还是你来说吧，反正到芪江还有一段路，讲讲故事也不错。”

“是啊，是啊，讲讲嘛。”袁子淇可怜巴巴地看着周瞳。

“陈年往事，说说倒也无妨。”周瞳得意地笑了笑，“事情的开始也是在海王大学，那时候学校宿舍出了一桩命案……”

周瞳绘声绘色地讲完，只听身后的袁子淇感叹道：“果然和小说里不一样。”

“一派胡言。”一旁的金焕恩冷脸说道。

周瞳笑笑，也不争辩，他本来就是讲故事打发时间的。

“到了。”车靠着树林停下，刘青特打断了他们的谈话，“再往里面就要步行了。”

“我和刘青特先走，从正面过去。”周瞳对袁子淇和金焕恩说，“美女，麻烦你们绕个弯从后面靠过去，能不能逮住面具人就看你们了。”

“没问题，我帮你们救人，事成后我们合作，你帮我解开‘朱山骨’之谜。”

周瞳微微一愣，不禁佩服袁子淇谈条件的时机。不过他还是点点头，毕竟没有他们帮忙，他还真没把握对付精心布局许久的面具人。

袁子淇伸出手，说道：“好，一言为定。”

不等周瞳伸手，刘青特已经用他那白白胖胖的手握住了袁子淇：“一言为定！”

周瞳和刘青特不敢耽搁，按照地图指示走进树林。树林里密不透风，也没有路，走起来并不轻松。最让人难以忍受的是蚊虫，虽然不咬人，但密密麻麻一片，仿佛一呼吸就能把这些虫子吸入鼻腔和嘴里。

夏天的树林里不比阳光下那么炙热，但闷热潮湿，是一番别样的苦。周瞳陡然怀念起车里的空调，心里暗暗叫苦。他几乎是从早上一直折腾到现在，还好在车上吃了点东西，喝了些水，也得空休息了一会儿，不然真扛不住。

刘青特比他更惨，不仅衣服不成样子，身上还挂了彩，浑身都是被带刺植物剐的一道道的血痕。原本白白净净的书生模样早已不见踪影。

“这个面具人真变态，找这么个位置折腾人！”刘青特骂道。

“变态是肯定的，可也聪明得很。我们一直都在被他牵着鼻子走。”周瞳一边说，一边推开身前的树枝。

“那可怎么办，我们就这么被动？”刘青特焦急地问。

“暂时也没办法。他杀傅教授就是为了告诉我，杀人对他来说轻而易举，所以我才会赶去救你。而他也知道我会把傅教授的死讯告诉你，你听了会更加害怕，为了妹妹和孩子，你一定会把我带去指定的地方，无论用什么方法。”周瞳分析道。

“他到底想要干什么啊?！”

“别急，马上就到了，我相信谜底就会在这里揭开。”

周瞳握紧了拳头，他在等待机会，等待那个反客为主的机会。

# 第三章 秘密实验

严咏洁最近常做噩梦。

梦里漆黑一片，她不知道自己在哪里，只是听到周瞳在叫她。她循着声音找去，可那声音飘忽不定，让人分辨不清位置。严咏洁急得满头大汗，她大声呼喊周瞳的名字，可没有回应。

这个时候，黑暗中忽然出现一团暖暖的光，如一只飞动的萤火虫。严咏洁向那光点靠近，越走近，黄色的光点就越多，最后所有光点会聚在一起，亮得严咏洁睁不开眼。

那片黄色渐渐淡去，一片通透的白光里，她终于看到了周瞳。他站在悬崖边上，俯下身去够树上一个异常火红的果实。他的眼中只看得到果实，没有察觉脚下的树枝正在开裂。

"小心！"严咏洁大叫一声，奋不顾身地冲过去。

下一秒，树枝断裂，在周瞳坠下的一瞬间，严咏洁抓住了他的手。周瞳双腿悬空，吊在悬崖边，只要严咏洁一放手，他立刻坠入万丈深渊。严咏洁想拉他上来，却怎么也使不出力气。

这个时候，一个戴着面具的人走了过来。严咏洁抬起头去看那副面具，可耀眼的光让她什么也看不清。

“帮帮我！”严咏洁向面具人求救。

那面具人却抽出一把刀，往周瞳的手腕砍去……

“不要！”严咏洁大叫一声，从梦里醒过来。

“严姐，你，你没事儿吧？”她身旁的任勇吓了一跳。

“没事儿……嫌疑犯出来没有？”严咏洁深吸一口气，捋捋头发问道。

“还没有。”

“你睡一会儿，换我来盯梢。”

严咏洁和任勇在车上蹲守了近两天，他们已经确定嫌疑犯的窝点，只要他一冒头，就立即实施抓捕。

“我不困。”任勇看了看手表，现在是夜里两点。他们正在一家酒吧门口，虽然时间已经不早了，但这里还是人声鼎沸，男男女女们进进出出，笑着闹着。

严咏洁看向身旁这个只有二十六岁的小伙子。他戴着眼镜，一副瘦弱的样子，不知道的人很难想象他是支队长特地要来队里的精英。严咏洁只知道他是医科大心理学高才生，毕业后选择进入警队，专事犯罪心理学的研究，曾经多次在疑难案件的侦破中起到关键作用。

这一次，严咏洁和任勇来到易华市协助当地警方侦查一起连环杀人案。这起连环杀人案的凶手十分狡猾凶残，拥有反社会人格，同时具有很强的反侦查能力，令当地警方束手无策。

“你有多大把握？”严咏洁问。

“百分之百。凶手一共杀了七个人，其中有两个男人，但这两个男人都是随机选择的，目的是迷惑警方视线。根据我的分析，他真实的目标是夜场女性。”

“这个我们之前讨论过，我也认同你的判断，不过只在这一个酒吧守着，范围会不会太小了……”

“如果我是凶手，我下一个目标就是这个酒吧。”任勇直勾勾盯着前方，肯定地回答。

“我去买两杯咖啡，透口气。”严咏洁想起刚才的噩梦，有些心绪不宁，她需要缓缓神。

夜里凉风习习，没白天那么热。便利店就在他们车对面。严咏洁下了车，慢慢走到便利店，要了两杯现磨咖啡。

严咏洁端着咖啡离开的时候，一个喝醉的女孩刚好东倒西歪地从便利店门口经过，一个踉跄，差点撞到她身上，她连忙一个侧步让开。女孩似未察觉，严咏洁看着女孩摇摇晃晃的背影，直摇头叹气。

她走回车里，却发现任勇不见了。他的配枪还在副驾驶位上，应该离开得十分匆忙。严咏洁放下咖啡，连忙下车。

任勇突然离开，说明他发现了什么情况，跟了上去。严咏洁回想刚才自己被醉酒女孩差点撞到的时候，有辆黑色的面包车从面前驶过，刚好挡住了自己的视线。任勇很可能就是那个时候离开的。

严咏洁朝着黑色面包车行驶的方向寻找任勇，突然手机一响，任勇发来一个定位信息。实时定位显示任勇正在高速移动，从速度上判断，他应该是在车上。

严咏洁不敢迟疑，跑回车里，马上出发跟踪定位。十分钟后，严咏洁终于追上了任勇。如果定位没错的话，任勇应该就在前面那辆黑色面包车上。

严咏洁小心地跟在后面，保持适当距离，仔细观察前车。黑色面包车的玻璃不透光，她看不见里面的状况。严咏洁打电话让情报组帮忙查车牌，得知车牌是假的。

前面来车灯光一晃，她这才看清，任勇竟然趴在车顶上。他双手双脚岔开，紧紧将自己“绑”在了行李架上。严咏洁心底暗暗佩服任勇，这么一副小身板，也不知道是怎么爬上车顶的。严咏洁本想逼停这辆面包车，但那无疑会威胁任勇的安全，她只能继续跟踪，等对方自己停车。

面包车在外环兜圈子，开车的人并没有发现车顶有人。严咏洁关了车灯，降低了车速，与面包车拉开一些距离。现在是深夜，外环上的车很少，两边有路灯，足够看清前方车辆。

兜了两圈后，面包车从一条辅道下了外环，往郊区驶去。严咏洁心里一颤，连环凶杀案的死者都是被劫持到郊外杀害，开车的人极有可能就是凶手。

下了高架，车来到省道，严咏洁又把距离放远一些，慢慢尾随其后。大概十分钟后，手机上的 GPS 信号终于停了下来。为了不打草惊蛇，严咏洁停下车，打算步行摸过去。

半走半跑了几分钟，严咏洁看到了那辆面包车。面包车已经下了路基，停在一片林地中间，如果不是有心去找，路过的车辆和行人很难注意到车的存在。

车上没人，任勇和司机都不在。

严咏洁看到路上有条拖痕，她谨慎地寻着痕迹走进树林。没走几步，就看见一个高大的黑影，一手掐着一个女孩的脖子，另一只手在撕扯女孩的衣服。

女孩悬在空中，拳打脚踢却宛若挠痒，无法使那黑影挪动分毫。眼看女孩就要窒息，严咏洁忍不住大喊一声。

与此同时，一个瘦小的身影扑了出来，正是任勇。

那黑影有些意外，放开女孩，一拳打在扑来的任勇脸上。任勇就像断线的风筝，一下飞了出去。

严咏洁趁机一脚踢向黑影后背，那黑影却也回身一脚，动作干净利索。

这令严咏洁有些意外，不过她没有时间畏惧，不避不闪，打算与黑影硬碰硬。一脚下来，两人旗鼓相当，严咏洁没占到半点便宜。

两人面对面，严咏洁终于看清对方的面目。这人一双眼睛好似铜铃，凶眉大嘴，一米九的个头，虎背熊腰，短寸头，穿着运动长裤和黑色T恤。

“小任，你没事儿吧？”严咏洁一边盯着凶徒，一边高声问任勇。

“没，没事儿，我已经呼叫支援。”任勇爬起来，抹了抹嘴角上的血，强撑着走到女孩身边。

“我们是警察，现在怀疑你——”严咏洁悄悄去摸腰间的配枪，话没说完，那凶徒竟然转身就跑。

严咏洁来不及掏枪，直接两步追上凶徒，出拳直奔凶徒后脑。凶徒见自己难以脱身，只得回身应对。

凶徒大概以为凭自己的身手，就算被警方发现也能逃掉，如今才知道自己太过天真。严咏洁这次下了狠手，招招袭向对方的关节。几招之后，凶徒双腿双手脱臼，躺在地上，没了反抗能力。

这时，树林外也传来了警笛的呼啸声。

又是一夜未眠。顶着沉重的眼皮，严咏洁处理完手头的工作，将嫌疑人移交给当地警方，回到酒店倒头就睡。

这一觉她睡得很沉，直到下午五点多才醒过来。洗漱收拾一番后，她拿起手机一看，竟然有十几个未接来电，而且一半是李兴雯打来的。

严咏洁和李兴雯虽然认识，但少有来往。两个女人心照不宣地保持着恰当的距离。正因为如此，严咏洁看到李兴雯的未接来电不免有些惊奇，而且她打了这么多次，一定是有非常重要的事情。

严咏洁拨通了李兴雯的电话。

“严组长，周瞳今天联系你了吗？”电话刚接通，李兴雯的声音就传了出来。

“没有，出什么事了吗？”

“我们怀疑周瞳失踪了。事情有些复杂，电话里说不清，你最好能回来一趟。”

“失踪？他昨天早上还和我通过电话。”

“尸体的事情，周瞳和您说过吗？”

严咏洁沉默片刻，按下对周瞳“隐瞒不报”的怒气，回道：“我马上回来找你，我们见面说。”

● ● ●

现在是下午六点十分，夏天要到七点多天才会黑。他们还有时间。

刘青特盯着不远处的木屋，神态有些焦急。他担心时间拖得越久，妹妹和孩子吃的苦头越多。他不明白周瞳为什么突然停下来，但又不好催促。

周瞳看出刘青特的焦虑，拍了拍他的肩膀：“老刘，保持冷静。太过急躁，关键时刻很难做出正确判断。我们要给袁子淇他们一点时间，他们绕路，需要的时间比我们长。”

刘青特点点头，叹气道：“如果吴波一开始听我的话，不去研究什么‘朱山骨’，根本就不会惹出这么多事情。这世上哪有什么长生不老药！”

“总有人愿意相信。永生的诱惑比任何珍宝都大。”周瞳皱着眉头说道。

刘青特无言以对，他知道周瞳说得没错，真假根本不重要，相信长生不老药存在的人，就会不惜一切代价得到它。

“走吧，差不多了。”周瞳看了看表，迈步向木屋走去。

刘青特抹了一把汗，连忙跟上。

木屋看起来很大，房屋主体是用上好的橡木搭建，坚固又美观。木屋四周被高大的树木环绕，茂密的枝叶将它隐藏在这密林中。木屋前面有一片菜园，菜园用篱笆围住，里面种着各式各样的蔬菜瓜果。

周瞳和刘青特两人穿过菜园中的小径，来到木屋门前。

门半掩着，周瞳伸手轻轻推了推。“吱呀”一声，门开了。两人交换眼神，静悄悄地走进屋子。

客厅沙发上搭着几件衣服，餐桌上放着没洗的碗筷和剩菜。卧室里有些杂乱，除了一张竹床，还有书桌和椅子，上面堆满了书和资料。周瞳随手翻了翻，发现这些全都是医学书籍，桌案上还摊着一本人体解剖相关的书。

刘青特急忙看了每个房间，但是没发现妹妹和孩子。

“怎么回事？没有人啊！”刘青特焦急地问道。

周瞳没有回答，而是悄悄走到后院。木屋后面的小院子里摆着一台柴油发电机。发电机正在发电，但因为外围有隔音材料，只有靠近才听得到机器运作的声音。周瞳找到发电机的开关，关闭了机器。

“找个地方躲起来，我们守株待兔。”周瞳使个眼色，带着刘青特到一处灌木后面躲了起来。

刘青特满腹狐疑。屋里明明没有人，守什么株，待哪只兔？周瞳却伸出手，让他不要说话，保持安静。

过了大概两分钟，屋里走出来一个人。

此时已是黄昏时分，树林里更显昏暗，周瞳和刘青特看不清那人相貌。不过当那人弯腰检查发电机的时候，一缕夕阳恰好透过林叶，洒在他的脸上。

“吴波！”

刘青特看清那人的样子后，“噌”的一下从灌木丛后站了起来。周瞳想要阻止，但已经来不及了。

吴波吓了一跳，转头看到刘青特后，二话不说，转身就跑。

“你个龟儿子！”刘青特边骂边追。他做梦也想不到，妹妹日夜以泪洗面，孩子哇哇大哭，吴波竟然藏在这大山深处住别墅！

吴波虽惊不乱，毫不犹豫地就往树林里窜，与此同时，随手丢出一个瓶子。瓶子砸到地上，瞬间碎裂。里面有未知液体流出，遇到空气立刻散发出浓烟，伴着刺鼻的腥臭味。

周瞳和刘青特连忙捂住口鼻，脚步一顿，吴波已经失去踪影。

这个时候，袁子淇和金焕恩也已赶到，朝着烟雾方向飞奔过来。

周瞳实在支持不住，往后急退几步。刘青特还想往烟雾里冲。“有毒……咯咯，快抓他回来！”周瞳边说边咳嗽，他没有力气再去追刘青特，只能挥手向袁子淇示意。

袁子淇连忙让金焕恩去拉刘青特，她则扶着周瞳退到了没有烟雾的地方。刘青特像是受了刺激，非要抓住吴波问个清楚，完全不管不顾。无论他怎么挣扎，金焕恩都不为所动，毫不费力地把他提到了没有烟雾的地方。

“放开我！吴波，你给我出来！你老婆儿子被人抓了啊！你给我滚出来！”刘青特又气又急，喊着喊着，突然晕了过去。

“吴波？你们在这里看到吴波了？”袁子淇大吃一惊。

“不错，吴波似乎一直躲在这里。”周瞳深呼吸了几口新鲜空气，缓过劲来，用力点点头。

“那吴波就是面具人？”袁子淇问道。

周瞳没有回答袁子淇的话，而是跑到刘青特旁边，查看他的状况。

“没事儿，不过是急火攻心，过一会儿就好了。”金焕恩松开刘青特，把他放倒在地上。周瞳摸了摸刘青特的脉搏，确认金焕恩说得没错，他并无大碍。

“吴波不可能是面具人，是面具人把我们引来这里找吴波。”周瞳这时才说道。

“可面具人怎么知道吴波在这里？”袁子淇又问。

周瞳摇摇头，他也希望自己能回答所有问题，但是不行，至少现在还不行。

“我们进房间找找，或许能有线索。”

周瞳和金焕恩把刘青特抬进房间，放到床上。

“你对朋友不错，即使被他打晕过。”袁子淇看着周瞳说道。

“我身边男性朋友不多，所以相对而言，对他们会宽容一些。”

“你脸皮还真是厚。”袁子淇笑出了声。

“过奖。”周瞳说着走出卧室，来到厨房。他扯开墙角的木条，露出里面的电线，然后顺着电线在木屋里里外外走了一圈，又回到厨房。

“你这是找什么呢？”袁子淇跟着走了一圈，却不明所以。

此前周瞳和刘青特搜遍每个房间都没看到人，但他们关掉发电机后，吴波是从木屋里走出来的。这只有一个可能，屋子里有密室。

周瞳走到餐桌旁边，挪开桌子，掀开地毯。地毯下面是平整的木板，好像没有什么问题。周瞳敲了敲地板，清脆的声音从下方传来。

“下面是空的。”金焕恩忍不住说道。

周瞳双手贴住地板，上下搓了几下，地板间出现了缝隙。袁子淇也蹲下来帮忙，两个人撬开一道暗门，一个地下室出现在眼前。

“下去看看。”袁子淇好奇心大起。

周瞳下了几步楼梯，在走道旁边找到一个开关，打开了灯，抬头对上面的袁子淇招了招手。袁子淇和金焕恩紧随其后。

楼梯不长，只有十几级，下来后是一个堆放杂物的地下室。地下室的灯光很亮，看起来并没什么特别之处。

“什么也没有啊。”袁子淇有些失望。

“有人在这里。”金焕恩突然说道。

三个人一瞬间安静下来。只听一丝细微的呻吟声从木柜后传来。

金焕恩搬开木柜，后面露出一扇铁门，声音一下变得清晰。

铁门上有个巴掌大的小窗口，周瞳走上前去，透过窗口往里面看。只见一张病床上躺着一个白发苍苍的老人，四周被各种医疗器械环绕。房间一角的柜子上摆着一排玻璃罐子，大约有十几个，罐子里都是红色的液体，看起来像是血。

老人似乎得了什么严重的疾病，面部戴着呼吸罩，奄奄一息地躺在床上，发出阵阵呻吟。铁门反锁着，钥匙应该被吴波带走了。

这可难不倒周瞳。开锁算是周家祖传的手艺，虽然到他这一代没有以此为营生，但手艺还没荒废，因此也惹出不少麻烦。

周瞳摸出根铁丝，两秒钟开了锁，一旁的袁子淇和金焕恩惊得说不出话来。

周瞳率先走到老人身边，大声问道："老人家，能听到我们说话吗？"

老人睁开眼睛，看了看他们三个人，脸上的肌肉抽搐了两下，缓慢地、艰难地点点头。

"别害怕，我们是来帮你的，这就带你走。"周瞳安慰道。

老人听到这句话，并没有露出欣喜的神色，反而眼神四顾，像在找人。

老人的反应让三人迷惑不解。

这个时候，老人抬起手，指了指自己面部的呼吸罩，似乎是想说话。周瞳伸手去取呼吸罩，发现这呼吸罩有些不太寻常。它并不是用橡皮筋连接的，而是用钢制的锁链锁在了老人脸上。

老人看起来如此虚弱，即使是一般的呼吸面罩也不可能自己取下来，吴波何以要用这种东西来多此一举？周瞳满心疑虑，但还是用铁丝解开钢锁，缓缓取下面罩。

这时，老人眼睛忽然一亮，咧开嘴，亮出了满口尖牙，宛如恶鬼罗刹。她瞬间抓住周瞳的手，灵敏地从床上弹起，直朝他脖子咬去。

虽然事出突然，但周瞳早有防备，他急忙用胳膊挡开老人。

老人狂性大发，见偷袭周瞳不成，转身像猴子一样窜向他身旁的袁子淇。袁子淇吓得一声尖叫。一旁的金焕恩一脚踢出，直击老人面额。

老人身在半空，虽然凶煞，却不知闪避，硬是受了一脚，整个人撞到墙上。很快，她又从地上爬起，像不知疼痛一般，对着周瞳三人龇牙咧嘴，仿佛凶残的猛兽。

周瞳三人都没见过如此诡异之事，刚才还奄奄一息的老人，竟然在解下呼吸罩后变成怪物，实在不可思议。

“大叔，我们先一起制服她。”周瞳看了眼金焕恩。

金焕恩点点头，直觉事情有些邪门，不敢心生大意。

周瞳和金焕恩一左一右，以迅雷不及掩耳之势冲向老人。老人虽然动作敏捷、力气十足，但比起学武之人终究还是差了些。周瞳和金焕恩合二人之力锁住了她的四肢，但她还在挣扎，张嘴乱咬。

“美女，别看戏，把面罩给她罩上。”周瞳一边躲闪老人的牙齿，一边招呼袁子淇。

袁子淇回过神来，拿起面罩，罩住老人的脸。那面罩设计得十分精巧，一碰上脸，锁扣就弹开，锁住了老人的面部。老人瞬间瘫软下来，就像是被打了麻药。

周瞳和金焕恩这才松开手，两个人此时已是满头大汗，可见老人的力气之大。

“管子里不是氧气，是麻醉气体。”袁子淇站在一台医疗设备前说道。

这个时候，刘青特走了进来。他刚刚醒过来，听到声音，就顺着楼梯找到了地下室。

“这是什么鬼？也是吴波搞的吗？”刘青特环顾房间，一脸的惊讶。

“你倒是来得挺及时。”周瞳抹了把汗，忍不住调侃道。

“这人怎么躺在地上？”刘青特看到地上的老人，好奇地走上前去查看。

老人虽然戴着面罩，但在透明塑料下面，老人狰狞的五官仍然清晰可见。刘青特刚凑近一点，又连连后退，一下蹲坐在地上。

“你认识她？”周瞳扶着刘青特，问道。

“认，认识，她是吴波的小姨，一个月前过世了。我和妹妹还去参加了她的葬礼，亲眼看到她下葬的，这怎么可能！”刘青特定了定神，上前抱起躺在地上的老人，要打开面罩看个清楚，却发现面罩打不开，“王姨，是你吗？王姨！”

老人微微点头，伸出手轻轻抓住他的手腕。

“真是王姨！老周，快帮我把面罩解开！”刘青特抱起王姨，把她放到病床上。

周瞳没动，正在想些什么，一时间有些出神。

“周瞳——”刘青特回过头又叫了一声。

“不能解开。”不等周瞳开口，袁子淇就上来拉开刘青特。

“为什么？”

袁子淇把刚才发生的事情告诉了刘青特。听完，刘青特瞠目结舌，一脸难以置信地看向周瞳，周瞳看着他点了点头。

就在众人还未商讨出对策之时，外面传来噼里啪啦的声音，紧接着飘来浓浓的汽油味。

“不好，有人放火！”金焕恩面色一变，冲了出去。外面火势迅猛，滚滚浓烟已经从地下室入口涌进来。

“小姐，快走！”

金焕恩退回到铁门后，迅速拿起病床上的棉被。屋内水源还没被切断，他用水打湿床单，裹住袁子淇，不由分说，抱起她就冲了出去。

地下室是封闭空间，留下来必死无疑。周瞳不敢迟疑，也一把扯下老人身下的床单，用水打湿，拉住刘青特，跟着金焕恩往外冲。

“王姨怎么办？”刘青特回头看着王姨，于心不忍。

“没办法！”周瞳说得干脆。如果带王姨就必须切断麻醉气体，到时候三个人，一个也别想活。

周瞳拉起刘青特，两个人都用水打湿了身体，裹住湿漉漉的床单，冲出了木屋，所幸身上除了几处烫伤，别无大碍。袁子淇和金焕恩也逃了出来，两个人灰头土脸，正大口喘着粗气。

他们身后的木屋在熊熊火光中轰然倒塌，变成一片焦土。

“一定是吴波干的，让我找到他，找到他，我……”刘青特气得说不出话来。

“吴波冒险回来放火，一定是想毁灭证据。”袁子淇说道。

“地下室里有易燃物品——”

周瞳话没说完，只听木屋那边发出“砰”的一声，响声震天，掀起一阵热浪和漫天碎石。

周瞳他们拼命往树林里跑去，才堪堪避开。应该是地下室里的气罐发生了爆炸，这下，什么证据也留不下了。

“这么大动静，警察很快就会来了，我们就在这里等着吧。”周瞳干脆找了块空地坐下来。

“这个时候你还……”刘青特本想说周瞳怎么坐得住，仔细一想，自己好像确实做不了什么，总归是要去报案的，与其自己去，不如等警察来，省去不少麻烦。

袁子淇脸色却有些变化，她迟疑了片刻，还是把目光投向了金焕恩。金焕恩走到周瞳和刘青特面前，说道：“小姐的身份特殊，不适合待在这里，我们先走一步，还有一件事要麻烦你们——”

“没见过你们，明白明白。上市企业的总裁掺和这种事，传出去一定是新闻头条。”周瞳主动打断了金焕恩。

金焕恩一反之前的冷淡态度，向周瞳鞠了一躬。

“二位保重，我会再来找你们的。”袁子淇也不再多说，和金焕恩迅速离开了现场。

刘青特一直注视着袁子淇离去的背影，面有不舍。周瞳看在眼里，只能苦笑。

“面具人没有出现，我妹妹他们怎么办？”刘青特终于回过神来。

“很有可能已经回家了。待会儿等警察来，打个电话就能知道了。面具人只是引我们找到吴波，既然我们来了，他的目的就已经达到，不会再为难你妹妹和孩子了。”

刘青特一听周瞳说妹妹和孩子没事儿，心里的石头落了大半。

两人坐在树林中，看着不远处的熊熊大火，想到这诡异惊险的一天，一时间不免有些感慨。

寂静很快就被打破，天空中传来直升机螺旋桨的轰鸣，不远处，警犬的叫声和警笛声逐渐清晰起来。

“周瞳！”一个熟悉的高亢女声叫道。

火光中，周瞳看到了从树林里闪身而出的严咏洁，还有严咏洁那愤怒的眼神和紧握的拳头。他打起精神，挤出满脸笑容，张开双臂。

“老婆，你可算来了，我想死你了……”

顾及一旁的李兴雯和刘青特，严咏洁强压下怒气，在周瞳耳边小声说道：“回家再收拾你。”

周瞳装作没听见，热切地握住严咏洁的手。

“这究竟是怎么一回事？你给我老老实实说清楚。”

空中，消防直升机已经开始喷撒灭火粉，火势渐渐得到控制，警方也赶到现场展开工作。

“严队，我想周瞳和刘青特需要和我回一趟分局。”李兴雯看着面前你侬我侬的两人，冷冰冰地说道。

“到局里好好反思。”严咏洁瞪了一眼周瞳。

周瞳和刘青特实在太累，上了警车没多久，就在摇摇晃晃中睡着了。李兴雯打开车上的音乐，调低了音量。

严咏洁看看后座上睡得正香的丈夫，忍不住摇了摇头。就在李兴雯向她说明案情的时候，监控中心负责寻找周瞳的警员打来电话，说在公路监控上发现两辆车追逐碰撞，根据电脑图像智能比对，其中一辆吉普车上的人极有可能是周瞳。

他们追踪吉普车来到芪江森林，将将赶到外围，震耳的爆炸声便乍起，大火与浓烟从林中升起。

●●●

周瞳和刘青特到了公安局，分别讲述了自己的遭遇，没有说出袁子淇和金焕恩的名字。只是，整件事情过于离奇，方远和李兴雯看完他们的笔录，一时间沉默不语，因为疑点太多，比起真实发生的案情，笔录的内容更像是民间奇闻。

“你有关于这些事情的证据吗？”李兴雯问道。

周瞳没有答话，而是慢悠悠地将手伸到背后，从屁股口袋里掏出一撮白头发。

“老人家我是没办法救出来，但是拿了点头发，应该可以化验下DNA，确认身份。”

李兴雯立刻让一旁的警员找来物证袋，将头发送去了化验室。

另一边，刘青特很肯定那位被吴波囚禁在地下室的老人就是王姨，也就是吴波的亲小姨。

王姨的真名叫王淑华，是吴波母亲的妹妹。吴波的父母在他十二岁时就遭遇车祸去世，那之后，他一直寄居在小姨的家里。王淑华没有结过婚，也没有孩子，她对吴波很好，一直供养他到上大学，把他当自己儿子一样。吴波和王淑华之间感情也很深厚，情同母子。

吴波失踪后两个月，也就是一个月前，王淑华在老家去世了。刘青特和刘敏还去参加了葬礼，吴波因为失踪，并未出现。当时大概有几十个人看见王淑华被抬进棺木，埋进土里，如果周瞳和刘青特所言非虚，这件事情就变得复杂起来。

周瞳和刘青特一直折腾到天亮，哈欠连天，眼皮直打架。李兴雯留他们在询问室，出来向方远请示如何处理周瞳。按照目前的线索，傅教授的死亡，他是最大嫌疑人，警方有理由继续拘留他。而周瞳的口供大部分无法证实，甚至超出常理，如果就这么放出去，警方要承担相当大的责任。

方远双手抱胸，沉默了片刻，说道："给他戴个脚环，开个监视居住的单子。"

李兴雯一愣，转念一想，觉得这或许是最稳妥的做法。对警方来说，他们可以实时掌握周瞳行踪，而对周瞳来说，则可以受到警方的保护。

周瞳听到监视居住的消息后，没有抱怨，老老实实地戴上了电子脚环。他不傻，明白方远这么做的原因。

刘青特终于有机会打电话给妹妹。果真如周瞳所说，刘敏和孩子已经回到家中，虽然受到些惊吓，但并无大碍，他心里的大石头总算落了地。只是，吴波的事情他不知道该不该和妹妹说，吴波虽然还活着，但一个人在搞什么秘密实验，完全弃妻儿于不顾。如果妹妹知道实情，心里该多么难过。

斟酌了一番后，刘青特还是决定向妹妹隐瞒实情。他急着去妹妹那里看看情况，便匆匆和周瞳他们告了别。

周瞳则跟着严咏洁回了家。他不是那种喜欢把话闷在心里的人，还在路上，他就一股脑儿把自己隐瞒行为的前因后果吐了出来。

严咏洁没说话，只是静静听着。

周瞳不怕严咏洁发脾气，就怕严咏洁不说话。

回到家里，严咏洁走到餐桌旁边，倒了一杯水，态度平和地看着周瞳问："肚子饿吗？要不要给你下碗面？"

"不饿。"周瞳走到严咏洁身边，伸手抱住她，还想再哄一下。

严咏洁却一把推开了周瞳，转身走到沙发处坐下。周瞳见状，不自觉咽了下口水，慢慢靠近严咏洁，从背后再次轻轻抱住了她。这次，严咏洁没有推开。一阵沉默过后，严咏洁忽然低头说道："我好害怕……"

周瞳把严咏洁抱得更紧了一些。

"这应该是我的台词吧。"周瞳笑道。

“别贫嘴。我说真的，你就别掺和这事了，让警方来处理。”

“不理了，不理了。只要你天天陪着我，我谁也不理。”周瞳侧过脸，吻了吻严咏洁的面颊。

“无论如何，你以后不要再单独行动，我不放心。”严咏洁深深叹了口气。她嘴上虽然这么说，其实心里明白，麻烦找上来，躲是躲不掉的。

“你放心，现在我一举一动都在你们警方的监控下，绝对安全。”周瞳蹬蹬腿，虽说这个脚环不影响行动，但总觉得别扭，“这玩意儿没摄像头吧？”

“别胡闹，就是个定位器。”严咏洁从周瞳怀里钻出来，正色道，“未经警方同意，擅自解除电子脚环可是违法行为，到时候警方会强制拘留你。”

“明白。白纸黑字，我签字的时候看懂了。”周瞳一本正经地收起腿。

“你一晚没睡了，好好休息一下，我去办点事。”严咏洁站起来，准备去换衣服。

“办什么事？你不陪我了？”周瞳抱住严咏洁，一副无赖的样子。

“多大的人了，怎么还这么赖皮？公事，不能说。”严咏洁佯装生气。

周瞳虽然依依不舍，但还是用可怜巴巴的眼神送别了严咏洁。

严咏洁走后，周瞳洗了个热水澡，把空调冷气开大，钻进被窝里，很快就沉入梦乡。

● ● ●

严咏洁其实并未对周瞳说实话，她并非去办公事，而是要办几件私事。第一件事，就是去找袁子淇。

她不能以警察的身份去见人，而普通人要见公司总裁并不是一件容易的事情。所以，她决定在袁子淇的必经之路上等着。

一辆黑色越野车驶来，严咏洁一脸淡定地从路边走到路中间，挥手拦下了车。

司机猛地刹车，打开车窗，伸出头，张口骂道："找死吗，你——"

"小张，不要出口伤人。怎么回事儿？"

"袁总，一个女人拦住了咱们的车。"司机缩回车里，恭敬地说道。

袁子淇偏过头，透过挡风玻璃看了一眼："金叔叔，看来是找我们的，下去看看吧。"

这是严咏洁第一次见到袁子淇，如果不是事先有所了解，很难让她相信面前这个笑容甜美的年轻女孩会是一家上市企业的总裁。

"这位漂亮姐姐就是严咏洁，严警官吧？"袁子淇笑着问道，亲热地握住严咏洁的手。

严咏洁一愣，轻轻地抽回了手，开门见山道："袁小姐，我来这里只有一件事，就是希望你以后不要再来找周瞳。"

"姐姐这是吃醋了吗？"袁子淇眨了眨眼睛，笑了出来。

"我不管你是真单纯还是假天真，任何危害到周瞳安全的事情，我绝对不会置之不理。"

严咏洁面若寒霜，可袁子淇还是嘻嘻哈哈的样子，仿佛严咏洁警告的不是她，而她只是个看戏的人。

"真的和传闻里一样……"袁子淇忽然收起笑容，"我只是请周瞳帮忙。如果他拒绝，我也不能把他绑走，所以姐姐如果担心，应该去和周瞳说，让他来拒绝我。"

严咏洁这才认识到袁子淇的厉害，无论怎么装疯卖傻，一句话就说到问题的核心：决定权在周瞳手上。

"我会尊重他的选择，但是如果看见有人给他下套，我绝不会坐视不管。"

"姐姐怕是有些误会，我们都是遵纪守法的人。"袁子淇脸上又出现了甜美的笑容。

“希望袁小姐说话算话。我就是来打个招呼，告辞了。”严咏洁不再多说。她也希望对方能知难而退，无论好意歹意，都不要再来麻烦周瞳。

严咏洁第二个要去找的人就是刘青特，毕竟他才是这件事的源头。如果不是他，恐怕袁子淇不会来找周瞳。

刘青特的为人她也清楚，虽然谈不上仗义，但也没有害人的心。她之所以想找刘青特单独聊聊，是因为到目前为止，只有他一个人见过面具人。从周瞳和刘青特的口供来看，这个面具人心思缜密，就算是周瞳这样鬼头鬼脑的人，也完全被他牵着鼻子走，毫无反击的机会。

刘青特接到严咏洁电话时正在妹妹刘敏家里，因为妹妹和孩子都睡了，所以约她在楼下咖啡馆里见面。中午咖啡馆人不多，严咏洁到达时，刘青特正坐在一个僻静的位置上等着。

严咏洁打了声招呼，走过去坐下。

“我帮你点了厚乳拿铁。”刘青特一边说，一边招呼服务员送咖啡来。

“难得你还记得我喜欢喝什么。”严咏洁笑了笑，也没和刘青特客气。

“说起来，你也是我的救命恩人，要不然我现在还在监狱里呢。”刘青特从服务员手里接过咖啡，递到严咏洁面前。

严咏洁接过咖啡，喝了一大口：“妹妹和孩子还好吧？”

“还好，面具人没伤害他们，只是将他们困在一个屋子里，但有吃有喝。我妹出来后就报警了，也做了笔录，警方现在应该去调查了。”

“我来是想问问面具人的事情。”严咏洁放下咖啡。

“我也在琢磨这事，但根本想不明白。这面具人做事完全没有道理可言，搞不懂他究竟要干什么。我打算送妹妹和孩子去老家，暂时避一下。”

“你好好回想一下，除了在公安局里说的那些，还有什么遗漏的细节吗？”严咏洁不催他，默默喝着咖啡。

过了半晌，刘青特还是摇摇头。

“确实没有了，不过我有个感觉……”刘青特欲言又止。

“没什么好顾忌的，我们是私下聊天。”

“我觉得这个面具人对周瞳很熟悉，就像是他身边的人……”

严咏洁心里一震。如果这个面具人真是周瞳身边的人，事情就没那么简单，甚至可以用可怕来形容了。他先杀死傅教授激怒周瞳，然后用好友刘青特的性命逼周瞳到矿山，进入他早已设计好的圈套。与此同时，面具人又绑架刘青特的妹妹和外甥，要挟刘青特带周瞳去芪江森林。

想到这里，严咏洁不寒而栗，面具人不仅了解周瞳，对刘青特的性格也一清二楚。

“比起面具人，我更恨吴波！”刘青特突然咬牙说道。

严咏洁从沉思中回过神来。

“我当初瞎了狗眼，怎么会认识这种人，还害了我妹妹……”刘青特自责道。

“说起来，吴波正是在天合生物公司的科考过程中失踪的，虽然我没有证据，但你以后还是要小心袁子淇……”严咏洁善意提醒道。周瞳连刘青特迷恋袁子淇的事也全都一字不落地向严咏洁坦白了。

刘青特闻言脸一红，尴尬地为袁子淇辩解：“应该不会，他们为了找吴波也花了不少心思。袁，袁总是个很单纯的姑娘。”

严咏洁暗自苦笑，看来刘青特已经完全被袁子淇迷住了。

● ● ●

方远接手了周瞳的案件，安排李兴雯继续跟进王晓晓被杀一案。李兴雯也借此将精力全部投入案件，忘掉与周瞳相关的杂乱思绪。

在接手王晓晓一案后，她发现，王晓晓被杀之前曾经在公安局报过案，说自己看到一个戴着面具的人在吸食一个女人的血。看到笔录中“戴面具的人”时，李兴雯内心万分震惊。

但笔录中没有其他相关信息，她无法确认王晓晓口中所说的面具人，与周瞳他们遇到的是否是同一个人。但她的直觉告诉她，一切并非巧合。如果王晓晓说的是真话，那么她目睹的那场谋杀，死者到底是谁？

带着疑问，她查阅了近期所有女性失踪案的报告，其中一起案子引起了她的注意。

这起失踪案最初被当作绑架案调查，报案人并非失踪人员的亲友或邻居，而是一个流浪汉。流浪汉称自己看到一个女孩被一个戴着面具的人拖走了，但他没有看清女孩长什么样。警方接到报案后立即出警，调查显示失踪者为女性，名叫马凤霞，二十三岁，在一家公司做文员。

8 月 2 日，马凤霞因为失恋独自去酒吧饮酒，监控只拍到她在夜里一点三十七分从酒吧出来，之后，人就失踪了。马凤霞的家属直到警方找上门，才知道人不见了。

警方根据流浪汉提供的线索进行了搜查，但一无所获。而且这个流浪汉有严重的吸毒和酗酒史，调查也证实他当晚喝了大量白酒。因此流浪汉证言的可信度大大降低，再加上没有任何勒索、威胁的情况出现，案件由一开始的绑架案被定性为失踪案。

李兴雯看完档案，决定再去找流浪汉问问这件事。根据档案中的信息，她和同事没费什么力气，就在一个地下通道找到了那个流浪汉。

流浪汉本名叫曹祝鑫，以前是个生意人，后来染上毒瘾，败光了身家，就流落街头，靠着偷摸度日，是派出所里的常客。

夏天，地下通道里倒是十分凉爽。曹祝鑫在不起眼的角落摆了张破破烂烂的凉席，旁边还有辆小推车，里面装了些日用品。

李兴雯走上前去，拍醒了正在睡觉的曹祝鑫。曹祝鑫一脸迷茫地看着李兴雯，好像还没睡醒，眨着眼睛，不知道她是谁。

“我是警——”李兴雯话还没说完，曹祝鑫拔腿就跑。

李兴雯没想到，这人刚才还是一副要死不活的样子，一转眼就像兔子一样警觉灵活。愣了一秒，她飞身追赶，紧紧跟在对方身后。

曹祝鑫对周边地形十分熟悉，穿街过巷如水里的鱼。李兴雯一时有些头疼，不过，见曹祝鑫一转身溜进一条巷子，她心下一喜。

这巷子没有岔口，李兴雯打算绕到巷子出口截住他。

不出所料，曹祝鑫被逮个正着。见来人是个女警，他不愿束手就擒，仍旧奋力挣扎。但他还来不及发狠，就感觉手腕和脚踝一痛，整个人瞬间趴到了地上，被戴上了手铐。

“老实点！”李兴雯控制住了曹祝鑫，同事这时也赶到了。

“领导，我没嗑药，真没有！不信你搜身！”曹祝鑫哀求道。

“我来不是为这个。”李兴雯把曹祝鑫从地上拖起来，“8 月 3 号你在皇廷酒吧附近目击了一起绑架案，对不对？”

“原来是为这个事啊，吓得我……”曹祝鑫喘了口气，“松开，松开，我不跑了。”

“你再跑我可就不客气了。”李兴雯发出警告，松开了压着他的手。

曹祝鑫直起身，想让两位警察解开手铐，但两人都丝毫没有这个意思。曹祝鑫这才悻悻地说：“那事我跟你们说了啊，可你们又不信。”

“你把那天晚上的事情再给我们详细说一遍。”李兴雯说道。

曹祝鑫清清喉咙，说起了那晚的事情。

那天他“捡”到一些钱，心里高兴，本想去酒吧喝两杯，但被保安赶了出来。他无可奈何，就去附近的便利店买了瓶酒，坐在路边喝。虽然进不去酒吧，但他一样可以听到音乐，还能看美女，也算自得其乐。

那晚他确实喝了不少酒，但是以他的酒量来说，根本不算个事。

当年他做生意的时候，不知道陪多少客户喝过酒，从来没真正醉过。

这些话，曹祝鑫自然是自吹自擂，李兴雯也不理会，等他继续往下说。

曹祝鑫还记得当时自己喝完酒，没走多远，突然觉得肚子有些痛，就钻进树林，找了个隐蔽的位置脱了裤子，一阵稀里哗啦，整个人顿时舒爽不少。就在他摘了一把树叶，准备擦屁股的时候，忽然听到前面林子里有女人的叫声。

那声音不大，却吓了曹祝鑫一跳。他一边提裤子，一边探头往声音传来的方向看。

林子里光线不算好，但还能看个大概。

一个穿着吊带短裙的女孩被一个身材高大的人捂着嘴，抱在怀里，在树林中拖行。

曹祝鑫胆子小，酒吧附近这种“捡尸”的事情也不少见，他不打算多管闲事，便轻轻转身，蹲着身子，想神不知鬼不觉地离开。

“嘎吱。”他一脚踩到空易拉罐上，刺耳的声音在寂静的夜里分外响亮。

曹祝鑫本能地回头看，目光正好迎上被声音惊动的怪人。

昏暗的光线下，曹祝鑫只看到那人戴着面具，森白的獠牙宛如恶鬼罗刹。曹祝鑫再顾不得屁股，撒腿就跑，生怕跑慢一步，那森白的牙就会咬进自己的脖子。

“那面具的样子你还记得吗？”李兴雯忍不住问道。

“没看太清，不过印象还挺深的……”曹祝鑫摸摸脑袋。

“我带你去画个图。”

警方曾根据刘青特的描述画过一个面具的图样，如果曹祝鑫这边得出的图样与刘青特描述的相似，那么这两起案件的确定关联就找到了。

李兴雯两人将曹祝鑫领回分局，一番询问后，终于拿到了面具画像。除了些许细节不同，这张画像和刘青特描述的画像惊人地相似。

绑架刘青特和绑走马凤霞的是同一个人！

李兴雯把这条重要线索立刻上报给方远，方远当机立断，把这一系列案件并案调查。

曹祝鑫在离开公安局的时候，随口问了一句："帮警方找到面具人有没有赏金啊？"

李兴雯笑了笑，也没当真："嗯，重重有赏！"

可曹祝鑫当真了。他其实还留了一手，这是他的习惯，也是他的生存之道，如果李兴雯说没有赏金，他临走前，也就把这事对李兴雯说了。如今，他打算自己去查查，碰碰运气。

其实，他那晚还看见树林另一边的路上停着一辆车，车在路灯下比人更清楚——那是一辆老款的猎豹越野车。虽然他没看到面具人把女孩拖上车，但是他相信人不可能凭空消失。

# 第四章 失踪

周瞳醒过来时已经到了下午四点，这一觉他睡得特别安稳。

严咏洁还没有回来，他打了个电话，严咏洁让他自己解决晚饭，她要办点事情，晚点才能回家。周瞳洗漱后换了身衣服，去楼下吃了碗馄饨。

他打算去找一个人。

城东的花鸟市场里，一家不起眼的古玩店前，一个长得精瘦、头发黑中带白、戴着传统老花眼镜、穿着灰色大褂的人，正在柜台里坐着擦花瓶。

店里没见有客人，空调风呼呼地吹着。

“老毕，好久不见啊，你这儿最近有什么好东西？”周瞳扯着嗓门，大大咧咧地走进店里。

老毕看见周瞳就像看见老鼠进了米缸，连忙收好手里的花瓶，伸手挡住还想往里走的周瞳。

“小太爷，你怎么来了？我这歇业了，正准备关门去喝喜酒。”老毕一边说，一边从柜台里转出来，“好走，不送。”

“老毕，你少跟我来这一套，我又不是来揭发你的。”周瞳推开老毕的手，径直走进店里，找了把椅子坐下来，颇有一股打死也不走的气势。

老毕，真名不详，人们只知道他姓毕，所以都称他老毕。不知道的人，多半会以为他是个做小本生意的骗子，知道他的人却不敢得罪他。这人不仅本事大，还特别有钱，有仇必报，有恩必还。

知道他的人不多，周瞳恰巧是其中之一。

老毕见这架势，知道自己是逃不掉了，叹着气问道："说吧，找我到底有什么事？"

"有个东西，想请您老帮我看看。"周瞳说着就去摸口袋，可他手刚伸进去，就被老毕按住。

"别开玩笑了，小太爷，我已经很久没收货了……"老毕回头望望，生怕外面还有人，"你不是又和你老婆来我这里钓鱼吧？我可不上当了。"

几年前，严咏洁查办一起文物走私案，老毕牵涉其中，当时正是周瞳设局，把老毕忽悠了。不过他不是主要嫌疑人，后来又在周瞳的帮助下戴罪立功，法院判了他缓刑。简而言之，害他的是周瞳，帮他的也是周瞳，所以他对周瞳的感情十分复杂，见了直躲。

"看你这做贼心虚的样子！"周瞳拿开老毕的手，"这次我是真心找你帮忙。"

"真心？"

"真心！"周瞳斩钉截铁，接着神神秘秘地说，"你说你一个亿万富豪，别墅不住，偏偏窝在这个小地方，还不是图个喜欢。我今天来虽然是找你帮忙，但带来的东西，你绝对感兴趣。"

"先说说什么事？"老毕半信半疑地在周瞳对面坐下来。

"有些个老物件，我查不到来历。"

"稀奇，你可是历史老师……"

"别笑我了，这个玩意儿大学教授都没辙，我寻思着或许您老见识过。”周瞳笑着拍马屁。

“抬举了，要说见多识广……”老毕端起架子，他话还没说完，就见周瞳从口袋里掏出一枚古币，正是面具人在矿山留给周瞳的那一枚。

“老毕，这玩意儿，你见过吗？”周瞳把古币递给老毕。

老毕接过古币，仔细端详后，额头隐隐冒出汗来，手也轻微抖动着。他慌忙站起来，关上了店铺的门。

周瞳静静看着老毕忙活完，知道自己没找错人。

老毕喝了一大口水，定了定心神："这你是从哪儿弄到的？"

周瞳从老毕手里拿回古币，狡猾地笑道："你先告诉我你知道的，我再告诉你我知道的。"

“我不敢肯定，你再，再给我看看。”老毕盯着古币，眼睛里透着不舍。

周瞳拿着古币在老毕眼前晃了晃，收进了口袋。

“别吊胃口，说清楚，我再给你慢慢看。”

“好，好……”老毕眼神里有些失落，搓搓手，沉吟了片刻，才开口说道，“这东西如果是真的，那就了不得了，了不得了！”

周瞳把古币拿在手里打圈圈，没接下茬儿。

“你听说过拉格古国吗？”老毕问道。

传说中，拉格是青贡高原雪山深处的隐秘王国，这里天地浩瀚无垠，湖泊碧蓝如玉，宛如人间仙境。而在王国中心，有一座黄金砌成的王宫，阳光照在墙面上，反射的光强烈炙热，犹如地上的太阳。

拉格的传说虽然一直都有流传，但直到今日，仍旧没有任何人找到过这个王国，甚至连一件文物也没有发现过，所以学术界一直认为拉格并不存在。

“你凭什么推断它来自拉格王国？”周瞳举起手里的古币问道。

老毕拿过古币，宝贝了半天，才不舍地放下，讲起自己年轻时的一段往事。

• • •

20 世纪 50 年代那会儿，老毕还是小毕，满怀爱国热忱，总想着为社会主义新中国添砖加瓦。当时建设兵团招人，修建青贡大干线，小毕谎报年龄，满腔热血报了名。

现在想起来，那段岁月真是苦啊。

那时候可没有现在的先进装备，基本全靠人力。他们见山挖山，见水搭桥，日夜赶工。小毕年纪还是太小，热情消耗殆尽后，只剩每日剧增的恐惧。他在心里打了退堂鼓，打算晚上偷偷溜走。

这天夜里干完活，团里的人又累又乏，个个都睡熟了。小毕觉得机会来了，他偷了干粮和水，打包好，从营地溜走了。

他不敢走大路，只能沿着山脉往东走，希望能先找到一个村子落脚，再打听回家的路。

走了好几个小时，小毕没找到村子，倒是先遇见了狼。

他原先跟着大部队，人山人海，炸山开路，声浪盖天，别说狼，鸟都不见一只。所以面对眼前的狼群，他脑中一片空白，只知道挥舞着手里的火把。

那些狼虽然并没有离开，但看见火光倒也不敢靠近，耐心地游走在小毕周围，等待火焰熄灭的那一刻。

小毕万分后悔，但无路可退。他知道火把一旦熄灭，这些狼就会把自己撕成碎片。

小毕环顾四周，眼看着火焰越来越小，狼群越逼越近，他就像掉进陷阱里垂死挣扎的兔子，心中万分绝望，心一横，转身拼命地逃。

没跑几步，脚下忽然一顿——前面竟然是悬崖。天太黑，视线所及不过数米，也不知道这悬崖究竟有多深。如果不是他反应快，可能早已跌落崖底，一命呜呼了。

前有悬崖，后有狼群，进退两难，生死不过是在一线间。时隔多年，老毕想起当时的境况，仍不由得汗流浃背。

火把熄灭只是旦夕间，而群狼已经按捺不住，有胆大的狼已经试探着往前扑。小毕用手中的工兵铲击打上前的饿狼，但是效果微乎其微，狼的动作比他想象中更加灵活。

几个回合下来，小毕身上的厚棉衣已经被撕咬烂，全凭意志苦苦支撑，一旦倒下，等待他的就是被群狼分食的悲惨结局。

可火把只剩下头上的点点火星。

小毕连狼的位置都看不清了。此时，一头饿狼从左边扑来，咬住了他的手臂，一阵剧痛传来，他手中的火把跌落在地，溅起火星。

闻见血腥味的狼群更加凶猛，小毕知道自己已经坚持不住，与其被狼咬死，不如跳下悬崖来得痛快。他一咬牙，抱住咬住他手臂的狼，纵身一跃，跳下悬崖。

“够刺激的，你也是命大。”周瞳听到这里，也不由得为当时的老毕捏把汗。

老毕喝了口水，沉默了好一会儿，才继续往下说。

小毕醒过来的时候，发现自己正挂在一棵爬地松上，身下还压着那头狼。他感觉自己浑身的骨头仿佛都碎了，稍稍一动就痛彻筋骨。让他庆幸的是，如果不是这头狼和爬地松，自己怕是已经摔成肉饼。

“咬我的是这头狼，救我的也是这头狼，人生实在有趣得很。”老毕不由得感慨。

“你现在觉得有趣，那时候怕是吓得半死吧。”周瞳笑道。

老毕点点头，继续往下说。

小毕虽然伤得不轻，可求生本能还是让他挣扎着爬了起来。他环顾四周，发现自己是在一个山谷中。山谷里有一条溪流，两边长满了茂盛的植物，与他先前看到的荒芜高原全然不同。

小毕试着走了两步，一下摔倒在地，动弹不得。他只能大声呼救，乞求山谷中有人能听到他的喊声。时间一分一秒地过去，小毕连呼喊的力气也没有了。

夜色又临，寒风刺骨，小毕的意识越来越模糊，他感觉自己只要睡过去，恐怕就再也不会醒来了。

就在这个时候，他听到有人说话。虽然是他完全听不懂的语言，但对当时的他而言，那就是最美的声音。

小毕昏了过去。再醒来时，他发现自己在一个温暖的房间里，身上盖着羊毛毯，四周飘散着不知名的香气。

他原有的衣服已经被人脱去，身上敷着药，有些部位还贴着某种皮制的东西，凉凉的，十分舒服。他试着动了动，感觉身体好像不怎么痛了，也没有其他不适的感觉。

房间里没有人，他看到自己的衣服就在旁边的架子上，于是从床上爬起来，穿好了衣服。房间的石桌上有水和食物，小毕狼吞虎咽，吃了个干净。

吃饱喝足，仍旧没有人来。小毕打算出去看看，感谢救他命的恩人。他推开门，被眼前的景象惊呆了。

绿意盎然，鲜花盛开，溪水潺潺，远处矗立着圣洁的雪山，仿佛一个世外桃源。院子里有一个女孩正在晒衣服，她听到小毕推门的声音，回过头来。女孩皮肤黝黑，五官精致，灿烂一笑，胜过百花绽开。

老毕想起女孩，脸上浮现出少年般的笑容。

“初恋？”周瞳听得饶有兴致。

老毕不否认，也不点头，脸上浮现出悲伤的神情。

女孩说的话小毕听不懂，他说的话女孩也听不懂，不过靠着双手双脚，也能达到交流的目的。

原来，是女孩在山谷里发现了小毕，喊来村里人救下他的。女孩问到小毕的情况，他只说自己迷了路，遇到狼，然后掉下悬崖。

村子四面环山，村里大概有几十户人家，约莫两百多人，在青贡高原也算是大村落，可是没有村委会和村干部，完全是一个与世隔绝的地方。另一方面，小毕反而安了心。他一开始还担心自己会露马脚，现在倒是没了这个顾虑。

小毕一时间没什么地方去，伤也没好利索，索性在村子里住了下来。女孩一家七口人，都十分热情友好，虽然语言不通，但相处起来并没什么障碍。

小毕看得出村里人对他还是有些戒心，见面倒还是客客气气。时间久了，他也慢慢学会了一些简单的语句。

时间一晃就是大半年，山中无岁月，老毕也不记得当时在村子里住了多长时间，只能根据季节来推算。

他和女孩相处融洽，学会一些表达后，他给她讲外面的世界，她为他说山水日月，两个人感情日渐深厚。小毕那时候想着可以在这个小村落里和女孩共度一生，本来这个愿望不难实现，如果他不那么好奇的话。

时间久了，他发现一件奇特的事情，那就是年轻力壮的男人每隔七八天，就会在夜里离开村庄，去往山谷深处。

小毕好几次夜里去屋外放水，都看到村里的青壮男人拿着火把和长矛往山谷走去。他白天无聊的时候也想去那边看看，但每次都被村里人阻止了，试了几次都被赶回来。后来他明白，那边应该是村里的禁地。

关于这事，他也问过女孩几次，但女孩每次都避而不谈，只对他摆手，让他不要去山谷那边。

可小毕仍旧耐不住好奇。他住在这里的这些日子，察觉到村里总有些人会莫名消失。一开始，他以为是有人出村，便仔细留意，但这些人之后再也没有出现过。另一件奇怪的事是，村子里的年轻男子经常满身伤痕，既不像干农活受的小伤，也不似打架打出的瘀青。

终于有一天，小毕再也忍不住，夜里尾随这些村民进了山谷。

走了大约一个小时，众人停下脚步。火光下，小毕看得分明，前面已无路可走，只有一汪深潭，面积约莫半个足球场大小。雪山上的水流淌而下，落入潭中，如珠帘倒垂。若是在日光之下，定是另一番美丽的景象。

村民们围着潭水站定，每个人都是一手火把、一手长矛。待所有人站定后，他们开始敲打长矛，发出统一又强劲的声音，原本轻微荡漾的水面波纹渐渐变得波涛翻滚，水底竟慢慢升起一座神殿。

神殿由巨石搭建，外观犹如佛塔，上面刻有浮雕，图案正与周瞳那枚古币上的图纹如出一辙，尤其是那造型凶恶的蝙蝠，让人记忆犹新。

神殿完全露出水面，村民们停止了敲打，嘴里开始高呼："拉格、拉格、拉格……"

那也是老毕生平第一次听到"拉格"这两个字。

这时，神殿的门缓缓打开，村民们瞬间安静下来，缓缓举起长矛，凝神戒备，仿佛眼前即将有一场大战。躲在不远处的小毕似乎也能听见自己的心跳。

突然，一阵刺耳的尖厉啸声从神殿内传来，七八个人形怪物从门内冲出来，扑向村民。

这些怪物似人非人、似猴非猴，一身赤色短毛，面部犹如蝙蝠，尖牙利齿，行动敏捷，一跃足有十米远。

小毕屏住呼吸，一动也不敢动。好在他离得足够远，如果像村民那样直接面对面，恐怕会吓得叫出声来。

怪物异常凶悍，五六个村民借助长矛的力量才能对付一个怪物。

小毕看了一会儿，才发现这些怪物好像并不是想伤人，而是想突围，他们行动进退有序，就像训练有素的军人，只是双方数量上相差太远，无论如何怪物都很难突破村民的包围。

村民这边虽然占据优势，但是依旧有不少人被怪物抓伤，还有一个村民不慎被怪物咬住喉管，拖入了水中。

小毕终于明白为什么村民会经常莫名消失，又会经常受伤。

忽然，他在人群中看到了女孩的父亲。

女孩的父亲此时正被一个怪物摁倒在地，眼看就要惨遭毒手，可身边的同伴被另外一只怪物拖住了。小毕不想暴露自己，但见到这种情况无法坐视不理。他随手捡起身边的一块石头，猛地用力扔过去，正好砸中怪物的头。

怪物吃痛，惨号一声，女孩父亲乘机站起，用长矛猛刺。怪物们退了回去，但女孩父亲也看到了小毕。他并未因获救而开心，反而皱起眉头。

这场战斗一直持续到天蒙蒙亮，怪物们似乎惧怕阳光，慢慢退回了殿里。神殿大门关闭，缓缓沉入水底。村民们重新在潭边站好，敲打长矛，口中高呼着："拉格、拉格……"

那天之后，小毕感觉到女孩一家对自己的态度发生了变化。

小毕猜想自己可能破坏了村里的规矩，但想到毕竟自己救了女孩父亲，应该算是功过抵消，便不再提起这件事情，权当两边心照不宣。

因为他舍不得女孩。

可是，他担心的事情终究还是发生了。

"一天醒来后，我发现自己躺在当初那棵爬地松上，就像做了一场梦，村庄、村民、女孩……好像从来就没有存在过。"老毕叹了口气，转眼间，他的眼睛又亮起来，再次抓住周瞳的肩膀，"你的古币说明我没有做梦，都是真的！神殿、拉格，还有那个女孩……"

周瞳皱起眉头："听你这么说，事情好像挺麻烦的。"

老毕坐到周瞳身边，搂住他的胳膊，中气十足地说道："别人背后常说你是大侦探，依我看，你还是个大冒险家。这一次你必须带上我，我拼了这把老骨头，也要帮你找到真相！"

周瞳的眉头皱得更深了，他觉得自己不该来找老毕。

周瞳带着拉格的传说回了家，严咏洁正在沙发上休息。他一把拉住严咏洁，声情并茂地分享了老毕那个离奇的故事。

严咏洁一边听故事，一边把玩着那枚古币："你信不信老毕的话？"

"我信。"

"那我也信。这次幕后黑手明显是冲着你来的，你想置身事外基本是不可能了。既然要查，我们就全力以赴，还死者一个公道。"

"真是我的好老婆。"周瞳一把抱住严咏洁。

"我已经跟领导汇报过这起案件，领导同意我在不影响警方侦办案件的前提下，协助你们调查。"严咏洁推开变身"挂件"的周瞳，一脸嫌弃地说道。

"有你这个高手在身边，那我可是高枕无忧了。"周瞳笑了笑，明白严咏洁的一番苦心，抱了抱妻子。

"接下来，你打算怎么办？"

"我要把吴波找出来。"

"你既然这么说，是不是想到什么好点子？"

"不是什么好点子，而是线索，就在那具尸体里。"周瞳说着打开书房里的电脑。

"尸体？送到我们家来的那具吗？"

"不错。这是傅教授死前对尸体进行化验得到的实验数据。"周瞳打开电脑里的文档，"我离开时拷贝了一份。"

"警方肯定也有尸体的化验报告，可看他们的样子，不像是发现了什么。"

"关键的地方不在化验的结果，而是化验样本。"周瞳指着电脑屏幕上的"样本"一栏。

"毛发、皮肤组织、牙齿……"严咏洁一个个念了出来。

"我带给教授的样本中，没有牙齿。"周瞳说道。

"没有牙齿？有人在样本上做了手脚？"严咏洁吃了一惊。

“当时时间紧迫，我来不及细看，目前这颗牙齿应该在警方那里，所以，要老婆大人亲自操劳了。”

“原来在这儿等着我呢。但是这和找吴波有什么关系？”

“我怀疑这颗牙齿是面具人搞的鬼，他似乎比我们更着急对付吴波。这里面怕是有什么被我们忽视的线索。”

“确实有这个可能，”严咏洁点点头，忽然表情一变，“那个袁子淇，你怎么看？”

“没怎么看，你怎么突然问起她？”

“我怕你上了人家的套。”严咏洁毫不掩饰自己的醋意。

“笑话，向来只有我给别人下套。”周瞳自负地说道。

严咏洁一脸无奈：“我总觉得这个袁子淇怪怪的，不是个善茬儿，你要防备着点。”

“老婆。”

“嗯？”

“你是不是吃醋了？”

“呸，你也不照照镜子，除了我，还有谁会要你？”

“没有没有，你要我就够了。”

寂静的夜晚，屋内一片甜蜜。但他们想不到的是，此时对面的公寓楼里，一个戴着面具的人，正通过一架望远镜，注视着这一对恩爱夫妻。

● ● ●

曹祝鑫躺在公园的长椅上，琢磨着下一步的计划。

凶手用的车肯定不是自己的车，那样太容易暴露身份。那么车是从哪里来的呢？

一是偷。说到偷，曹祝鑫也是这方面的“行家”。偷车其实不难，难的是销赃，所以这活他轻易不做，容易暴露，搞不好就被警察抓了。

面具人如果偷车，会面临同一个问题，失主报案后，车会成为“定时炸弹”，失窃车辆会被警方特别关注。如果自己是面具人，绝对不会这么干。

如果车不是偷来的，那么还有一个渠道能弄到，那就是废弃车。那些报废但还来不及销毁的车辆，都会被旧车处理公司拖走，成色差的拆了卖废品，成色好的就转手给搞二手车买卖的人。这些车既没有牌照，也没有注册信息，是很“方便”的交通工具。

曹祝鑫在流浪之前，就认识个干这种偏门生意的朋友。当然，后来他借了许多朋友的钱没还，就再没有朋友了。

现在为了赏金，他愿意再去找一次这位“朋友”。

曹祝鑫欠这个人的钱不算多，他盘点了一下自己的家当，勉强够还上，还了钱才能再做朋友，这个道理他懂。

他去银行把破旧零散的票子换成了崭新的大票子，还买了一套新衣服，收拾妥当后，才去了废车场。

那人看到曹祝鑫，先是一惊，然后垮下了脸。

“兄弟，别这么看我，我是来还钱的。”曹祝鑫从包里掏出现金，摆在桌上。

那人一愣，拿起桌上的钱一点，一分不少，还多了一百，算是利息了。朋友收好钱，脸上露出笑容。

“曹公子，我早就说过你会翻身的。”朋友一边说，一边从办公桌后面走出来，“好久不见你了，坐下聊。兄弟最近是在哪里发财啊？”

“发财谈不上，混口饭吃。”曹祝鑫笑笑。可他越是这么说，朋友越是觉得他不简单。

曹祝鑫接下来又和朋友客套了一番，才慢慢进入主题。

“有件事想找兄弟帮忙。我想买辆旧车。”曹祝鑫随口说道。

“没问题啊。我这儿刚来了几部好货，保管你用得舒服……”朋友一听还有生意上门，顿时精神大振。

“主要我小时候特别喜欢猎豹越野车，一直想弄辆开着玩玩，可这车，现在真不好找啊……”

“这车还真不容易找，早就停产了啊。”

“我也知道不容易，这不是才来找你嘛。如果你有的话，我可以高价收。”曹祝鑫又是拍马屁，又是用金钱诱惑。

朋友一听，赶忙拿出交易记录翻查。

“哎呀，你来晚一步，7 月 31 号刚好卖出去了一辆。”

曹祝鑫闻言汗毛都竖了起来，他是 8 月 3 号看到面具人拖走女孩的，时间上契合度很高。他按捺住激动的心情，漫不经心地走过去看那本册子。

曹祝鑫看到车辆的照片和自己在树林里看到的那辆车一模一样，装作为难的样子问道：“不会这么巧吧，早来几天就好了。谁买走了？你还有印象吗？我看能不能找到买主，让他割爱。”

“你可真是专情。这车是我员工经手的，我看看……孙谦……老孙卖的，我带你去问问他吧。”

老孙正在厂房里捯饬旧车，听老板说明来意，不假思索地说道：“这事我记得，是个怪人。不过我们这行也有规矩，少问问题，只管卖车，对吧？”

老板赞赏地点点头。

“怎么个怪法？”曹祝鑫问道。

“戴着口罩和眼镜，还有帽子，整个人都裹得很严实，感觉就是怕被人认出来。而且买车用的也是现金，六万多块虽然不算多，但也是厚厚一大包，财务手都点抽筋了。”老孙说着笑了起来。

“那人留下什么联系方式了吗？”曹祝鑫的心提到了嗓子眼。

老孙摇摇头：“我们卖车也没这规矩。”

曹祝鑫心里一凉。好不容易找到的线索就这么断了，脸上不禁露出失望的神情。

“老孙，你再好好回忆回忆，看看有什么线索。”朋友见状忙说道，虽然买卖没了影，但表面功夫还是要做足。

听了老板的话，老孙微妙地笑了两声，说道：“本来我还不好意思说，既然老板开了口……嘿嘿，交车的时候，从他口袋里滑出一张卡片，我给收了起来。”

老孙说着，从一旁的铁柜子里翻出一张卡片：“就是这张，本来这几天我还想试试……”

曹祝鑫接过卡片一看，发现是张“应召服务”卡片，做工粗糙，上面印着一张美女图，旁边是一个黄色粗体的手机号码。他笑着接过卡片，收进自己口袋：“不错，我去试试，说不定能一箭双雕。”

三个男人心照不宣地大笑起来。

曹祝鑫从朋友那里离开，来到一家私人小旅馆，这里的老板只收钱，从来不看身份证。他也算这里的熟客，身上有钱的时候，就来这里开个房，洗个澡，睡个舒坦觉。今天他破天荒地花了五十块，开了个大床房。

只是拿着手里的卡片，曹祝鑫有些犹豫。他想给那个女警官打电话，但那样一来，必定要向女警全盘托出，万一他们说自己提供的线索太少，没有奖金，那先前花出去的钱可就打了水漂儿。

思前想后，他打算再往前走几步，至少要知道面具人是谁。这样的话，不给奖金也说不过去。

曹祝鑫拿出自己捡的黑白屏手机，按照卡片上的号码拨了过去。手机响了三四声，一个女人接了电话。

“喂？”女人声音嗲嗲的。

“出酒店吗？”曹祝鑫也不是第一次打这种电话，省去了许多客套话。

“出，一次五百，包夜八百，有花活另算。”女人熟练地说道。

“包夜，我发地址给你。”曹祝鑫说完就挂断了电话。这种事说得越简单越好，这样女方才不会起疑。

他给女人发了旅社地址和房号，倒了杯水，静静等着人来。约莫半个小时后，敲门声响起。

曹祝鑫通过猫眼看到了一个艳丽性感的女人，虽然化了浓妆，但是眼角的皱纹却遮不住。曹祝鑫打开门，女人面带笑容，径直走进来，回身关了门。

“帅哥，先帮你洗个澡吧？”女人一边说，一边开始脱衣服。

“别急，包夜，有的是时间，我们先聊聊天。”曹祝鑫连忙拉住她，咽了咽口水，怕自己坏了正事。

“帅哥，看不出你还蛮讲情调。不过聊天不属于服务范围，另外加钱哦。”女人搂住曹祝鑫，一屁股坐到他的怀里。

曹祝鑫慢慢把女人从怀里挪出来，开始东拉西扯，一来让女人放松警惕，二来让自己平静下来。曹祝鑫觉得聊得差不多了，开始进入正题。

“你最近有没有遇到什么特别的客人？”

“特别？你就很特别啊，花钱找女人聊天……”女人嘴上笑嘻嘻的，手却向下摸去。

曹祝鑫半推半就，抱住女人，假意说道：“我就喜欢猎奇的事情。”

“原来你好这口啊……”

两个人在床上一阵纠缠。事后，女人抽着烟，整个人完全放松下来。

“你有没有见过戴面具的客人？”曹祝鑫终于问出憋了好久的问题。

“你该不是警察吧？”女人狐疑地看着曹祝鑫。

“怎么可能，你看我这样子……”

“还真别说，前几天遇到一个死变态，就是戴着面具的。”女人一边说，一边喷出烟雾。

“说来听听。”曹祝鑫装作很兴奋的样子。

“那个死变态，戴着个怪吓人的面具，把我骗到一个出租屋里。我当时一看到他，就知道坏了，想走人，可他用药把我迷晕了……”女人想起来这件事，不由得浑身发抖。

“那他对你做了些什么？”

女人白了眼曹祝鑫：“还不是你们男人爱干的事情……不过这个变态，竟然抽了我的血。”女人说完，抬起一只手臂，翻过手腕。

女人的左手手腕上有一个伤口，这个伤口明显比普通针眼大得多。

“吹牛吧，这可不像医院里的针……”

“不信拉倒。不想说了。”

“正听着过瘾呢，加两百！”曹祝鑫说着就从上衣口袋里掏出钱塞给女人。

女人拿着钱，笑了起来：“我醒来的时候，发现自己手腕上插着一根很粗的针管，那面具人在吸我的血。我吓坏了，想动又动不了，想喊也喊不出声，那时候我真以为自己要死了……”说着说着，女人额头上已经满是冷汗。

“那面具人的面具上是不是有森白的獠牙？”曹祝鑫的声音有些颤抖。

“你怎么知道？”女人裹紧了身体，恐惧地看着曹祝鑫。

“听一个警察朋友说的，最近有个戴着獠牙面具的人到处抓女孩。”曹祝鑫解释道。

“原来不止我一个人……”

“你没去报警？”

“报警？开什么玩笑！”

想想也是，曹祝鑫没再纠缠这个问题，继续问道：“那你后来怎么逃掉的？”

“算我命大。那天居然有社区的人来做人口普查，那面具人听到敲门声，直接丢下我从窗口跑了。社区的人敲了一会儿门，没人应，也走了。我这才侥幸逃脱。”

曹祝鑫沉默了一会儿，自言自语道：“要是能知道面具人是谁就好了。”

“我想我知道……”女人把烟掐灭了。

“你知道？他是谁？”曹祝鑫急忙问道。

“你怎么对面具人这么感兴趣？”女人没有回答曹祝鑫的问题，反问道。

“好奇。”曹祝鑫有些尴尬。

“好奇？可是，好奇害死猫啊……”

突然，寒光一闪，女人不知从哪里摸出一把刀，一下刺进曹祝鑫的胸口。曹祝鑫猝不及防，本能地想要推开女人。

女人直接骑到曹祝鑫身上，拔出他胸口上的刀，血四下喷溅。

一刀、两刀、三刀……女人疯狂地用刀捅着曹祝鑫，直到他再也无法动弹。

● ● ●

李兴雯看到曹祝鑫尸体的时候，仿佛被人狠狠敲了脑袋。前天，她还带着曹祝鑫到公安局做了面具人的口述画像。

这是一家无证经营的非法旅馆，管理混乱，并没有按照要求在公共区域安装监控，给警方调查带来了极大的麻烦。

曹祝鑫被一把长约四寸的水果刀捅了二十七刀，致命一刀扎进心脏。案发现场有女人的体毛和体液，尸检结果也证实曹祝鑫死前有性行为。

综合各方面证据来看，这似乎是一场因为男女情事而引发的命案。但这个时间点实在太蹊跷了。而且，李兴雯没有在现场发现曹祝鑫的手机。

人们可能会认为，流浪汉没有手机也不奇怪，但是，巧就巧在，李兴雯曾经在公安局见过曹祝鑫摆弄自己的手机。

警方查询了曹祝鑫身份证下的手机号码，都是欠费停机。他使用的大概是匿名或别人身份证下的电话卡。

更奇怪的是曹祝鑫死亡那天的行动轨迹。那天，曹祝鑫白天去了一趟银行，到商店买了新衣服，还理了头发。根据银行职员的回忆，曹祝鑫那天去银行是把零钱和旧币换成了新的百元大钞，一共是一万两千七百元。

下午三点左右，曹祝鑫去了一家旧车修理厂，从那里出来后，他径直到了旅馆，当晚十点左右就死在了旅馆里。

李兴雯来到旧车厂，找到了老板，询问后得知老板是曹祝鑫的旧友，那天曹祝鑫是来还钱的。老板几年前曾经借给曹祝鑫一万元钱，后来曹祝鑫就失联了，老板本以为这钱就这样打了水漂儿。没想到，曹祝鑫突然出现，不仅一下还清了欠款，还带了利息。除此之外，曹祝鑫还想要买一辆旧车，而且指定要一辆停产的猎豹越野车。

“也真不巧，我们那辆车前几天刚卖了。”老板说着狐疑地看了眼李兴雯，“警官，那个曹祝鑫是不是犯什么事了？那钱可是他欠我的，我可不退啊。”

“没有，你放心。”李兴雯皱皱眉头，“关于车的事情，你再详细说说，不要隐瞒。”

“那就好，那就好，我一定全力配合。”老板笑了起来，“那，是不是因为那档子事啊？”

“不错。当时具体是个什么情况？”李兴雯不动声色地接道。

老板笑嘻嘻地把应招服务卡片的事告诉了李兴雯。“警官，卡片是我们捡到的，跟我可没关系。”老板生怕惹祸上身，连忙解释道。

“卡片上的号码你记得吗？”

“不记得，我都没看清楚。”

同样，捡到卡片的老孙，也表示自己没把号码记下来。

虽然没查到那张卡片上的号码，但李兴雯能肯定曹祝鑫在找一辆车。可他为什么要找这辆车？

她仔细回想自己接触曹祝鑫时他的一举一动，突然记起，那天从公安局出来后，曹祝鑫曾问她找到面具人有没有赏金。顿时，李兴雯明白了曹祝鑫诡异的行为从何而来。他为了赏金，隐瞒线索，自己去查面具人的下落，最后惨遭横祸。

李兴雯从旧车厂老板那里拿到了那辆猎豹车的资料，她要调查一下马凤霞遇害那晚，这辆车有没有出现在酒吧附近。

另一方面，周瞳和严咏洁的调查也有了新的进展。经过 DNA 比对，那颗牙齿并不属于孟博文，而是属于一名女性。

“这颗牙齿会是谁的？”严咏洁疑惑不已。

● ● ●

周瞳倒是不着急，这几天一直和老毕一起研究拉格的资料。他用手机拍的矿山下的照片让老毕十分兴奋，因为矿山下的这些神像与他当年在村落中看到的十分相似。

“老毕，这么多年，你去找过那个地方没有？”周瞳一边喝茶，一边在摇椅上看着老毕将打印出来的照片标记、分类，寻找可能的线索。

“怎么没有？我还雇了一百多号人去搜山谷，但一无所获。到了后来，我自己都开始怀疑自己是不是做了一场梦。”老毕拿着放大镜，弯着腰，神态专注地摇了摇头，“想不明白，想不明白。这些玩意儿要是在青贡发现还说得过去，可一座矿山下面怎么会有这些东西呢？”

“这有什么想不明白，有人搬进去的呗。”周瞳喝了口茶，顺手把茶点放进嘴里。

“那就是已经有人发现了拉格！”老毕放下手里的图片，有些激动地敲了一下桌子，“我们是不是找到你说的这个面具人，就能找到拉格了？”

“能不能找到拉格不好说，但面具人肯定知道这些东西的来历。”

“那你还这么清闲？赶快想办法把面具人抓出来啊！”老毕急不可耐地说道。

“哪有那么容易，我现在连对方的影子都没摸到。”周瞳不停叹气。

“这可不像你说的话。”老毕也坐到旁边的躺椅上。弯腰久了，他这一把老骨头实在酸痛不已。

“现在我是被面具人牵着鼻子走，这枚古币，还有这些照片，全是他故意留给我的，目的就是希望我顺着这些线索往下查。”

“我总感觉这个面具人有些不可理喻，目的可能不仅仅是对付吴波那么简单。”老毕也是见过大风大浪的人，忍不住提醒周瞳。

“面具人……谁都可以是面具人……”周瞳说着从包里摸出一副面具，这副面具是根据刘青特的描述制作的，他把面具戴到脸上，然后笑道，“现在我就是面具人了。”

老毕不禁摇头：“现在你还有心思开这种玩笑。”

“不是开玩笑。面具人可以是我，也可以是你，又或者别的什么人，只要戴上这副面具。”周瞳取下面具，若有所思地说道。

老毕一愣，瞬间明白了周瞳的意思。

“你是说，面具人不是一个人，而是一帮人？”

“很有可能。不过要确定这件事，我还要去见一个老朋友。”

“谁？”

“李兴雯。”

“那丫头啊。”老毕露出一个意味深长的笑，“你小子胆肥啊，有严咏洁在，还敢到处拈花惹草。”

“你才老不正经呢。”

“瞎子都看得出来她对你有意思。我可是过来人，必须奉劝你一句，对人家没意思，就尽早撇干净。”

“要不，你陪我去？”周瞳笑道。

“算了吧，我一把年纪了，就不掺和你们年轻人的事了。”老毕摆了摆手，落荒而逃。

周瞳也没耽搁，当天就约了李兴雯在咖啡馆见面。这家咖啡馆他们以前经常去，每次有案子，他们都会在这里交换信息。咖啡馆的老板一直以为他们是情侣。

老板很久没见他们来，这次看到他们还特意送了一份心形的奶油蛋糕。精致的蛋糕摆在桌子中间，李兴雯一脸的尴尬，周瞳却不以为意，握着叉子的手伸向蛋糕。

“你不吃？”周瞳客气地问了一句。

“饱了。找我有什么事？”李兴雯语气有些生硬。

“我想帮忙。”周瞳放下叉子，认真地说道。

“帮忙？欢迎良好公民为警方提供线索。”李兴雯差点气笑。她不是不知道周瞳对她隐瞒了案件信息，只是她知道自己撬不开他的嘴。

周瞳毫不介意李兴雯的讽刺，他这次来，就是要告诉李兴雯他查到的事。他把自己知道的事情从头到尾都告诉了李兴雯。李兴雯听完后，内心无比震惊。

“据我所知，面具人还涉及几起凶杀案，所以我这次来除了告诉你我查到的线索，还想找你证实几件事。”

“什么事？”

“几起涉及面具人的凶杀案中，凶手作案的时间和地点。”周瞳明白目前主办这些案件的是李兴雯，如果她愿意让自己协助，那么他找出面具人的把握就更大。

“你为什么想知道这些？”

“我觉得面具人不是一个人，而是一伙人。”周瞳说出自己的推断。

李兴雯心下震惊，但并未出声应下。她不是不相信周瞳，只是警方办案有自己的规章制度。沉吟片刻，她终于开口："我可以告诉你相关信息，但是有个前提……"

"我对李队长一定知无不言，言无不尽。"周瞳立刻补充。

李兴雯这才放松下来，喝了口咖啡，向周瞳讲述了目前她调查到的情况。

他们把面具人出现的地点、时间列了一张表，这张表证实了面具人在同一时间出现在了不同的地方。

李兴雯此前只是推断刘青特和曹祝鑫这两起案件有关联，却忽视了另外一个可能——面具后的人不止一个。

"其中一个面具人，有可能是女人。我们在案发现场已经提取到她的 DNA，相信很快就能找到她。"李兴雯想起曹祝鑫的死，说出了自己的推测。

周瞳这时突然想起一件事，急忙拨通了严咏洁的电话。

"咏洁，那颗牙齿确定是来自女性吗？"

"确定。"

"我怀疑这颗牙齿和一桩谋杀案的嫌疑人有关，具体情况我让李兴雯和你联系。"

"李兴雯？"

"我现在和她在一起，正在协助警方调查。"周瞳笑道。

李兴雯在一旁冷哼一声。

周瞳挂了电话，告诉了李兴雯关于傅教授检测样本被混进牙齿的事情。

"你觉得这颗牙齿和杀害曹祝鑫的女人有关？"李兴雯想不出这里面会有什么联系。

"只是猜测而已。"周瞳一口气喝完了剩下的咖啡，"严咏洁那边就麻烦你了，我要去找一趟刘青特。"

"找他干什么？"

“这小子的妹夫恐怕不像他说的那么老实，有些事要去核实一下。”

在他看来，吴波就算再醉心研究，也不应该对自己的老婆孩子不闻不问，这太不合理，他们的夫妻关系恐怕不像外人看起来那么融洽。

● ● ●

绑架事件过后，刘青特就把妹妹和孩子送去了老家。乡村民风淳朴，闲人少，又有老人帮忙照顾，比在城里好许多。周瞳给刘青特打电话的时候，他正在妹妹家清理吴波的东西，希望从这里面找到一些线索。

“你这个哥哥当得可真不省心，还要帮妹夫打扫房间。”周瞳看到刘青特一头大汗地开了门，忍不住调侃道。

“扯淡，帮他收拾个屁。我不把这个王八蛋找出来，誓不罢休！”

“消消气，你这么激动，错过关键线索可怎么办。来，给我泡壶茶，咱们好好聊聊。”

“你有办法了？”刘青特喜形于色。

“办法肯定有，坐下慢慢说。”

两人来到客厅，刘青特双手端上泡好的茶水，急忙说道：“兄弟，你可别卖关子了，快说吧。”

“不是我说，是你说。”周瞳吹吹茶水，喝了一口。

“我说？”

“你到底对这个妹夫了解多少？”

“我……”刘青特叹口气，坐下来，“我以前以为他老实、勤学、爱家……可现在，我觉得我根本不了解他。”

“我这次来想问问你，吴波和你妹妹感情到底怎么样？”

“这件事发生之前，真没觉得他们有什么问题，一家人挺好的，相敬如宾的模范夫妻。不信你问问邻居，哪个不说他们好。”刘青特摇着头，想不出个所以然。

周瞳只能苦笑。让一个没什么感情经验的人回答这样的问题，确实有些为难他。

“那你继续找线索吧，我先走了。”

“你去哪儿？”刘青特随口一问。

“去找邻居们聊聊。”

远亲不如近邻，这句老话是非常有道理的。

吴波家住在学校的教职工宿舍里，这里除了在职的老师，还有退休人员，加上家属，热闹得很。周瞳在小区里转悠了几圈，专找带孩子的大爷大妈聊天。

在这些大爷大妈面前，小区住户真没有什么秘密可言，谁家男人升职了，谁家小狗生病了，大大小小的琐碎事情，尽在大爷大妈的掌握中。吴波失踪这么大的事情，警方又来调查过好几次，早就成了大爷大妈们的谈资，各种传闻简直比悬疑小说还精彩。

周瞳侃大山的能力一向突出，很快就毫不违和地混进坐在树荫下闲聊的大妈队伍，打探起吴波一家的“秘闻”。

这种私人闲聊常常比警方的询问更有效果，周瞳很快就从几个大妈口里得知一些“不为外人道”的传闻。

首先，在大妈们眼里，吴波和妻子刘敏的关系并不像刘青特说的那么好。吴波和妻子，说得好听一点是相敬如宾，不好听就是太过客气，不像夫妻。

夫妻之道就像藤蔓，纠缠在一起，互相牵绊，难免磕磕碰碰，真正的恩爱是在矛盾中寻求和解。可吴波和刘敏给人的感觉更像是两条平行线，邻居们没见他们吵过架，也没见他们牵过手，甚至没有看到他们一起带孩子下楼玩。

不过大妈们也很肯定夫妻两个对孩子都挺好，经常看见吴波抱着孩子在楼下散步，眉眼间的慈爱与大多数父亲并无不同。

周瞳从容地从树下闲聊中抽身，联系了李兴雯，让她帮忙查一下吴波失踪前的酒店开房记录。

综合各方面信息后，周瞳知道自己已经找到了一个突破口，从这里出发，或许可以找出吴波的下落。他顿时轻松不少，悠闲地走出小区，准备回家。刚出大门，却看到一个老熟人，气势汹汹地跑过来，是袁子淇的保镖金焕恩。

周瞳一看对方来者不善，想率先开口避免误会："金大叔，有话慢慢说……"可还没说完，金焕恩就一拳打来。

周瞳赶忙闪退避开。金焕恩没有继续追打，而是怒声质问道："我家小姐呢?！"

周瞳被他问得一头雾水："你们小姐的下落，我怎么知道？"

"昨晚你约了小姐，她出去见你后就失踪了。"金焕恩急道。

"昨晚我和我老婆在一起，没见过任何人。这里面肯定有误会，你先别急，把事情说清楚。"周瞳放慢语速，尽量让暴躁的金焕恩平静下来。

金焕恩看到周瞳这种反应，也感觉事情有些不对，当下压住火气，说道："昨晚小姐说要去见你，谈点事情，让我不用跟着，我也没多想。可自从昨晚小姐出去后，我们就再也联系不上她，公司里的人也找不到她。小姐绝不会没有任何交代就离开，你最好老实告诉我实情，如果知道你骗我，我一定不放过你！"

周瞳闻言一愣，如果事情真如金焕恩所说，那么只有两个可能：一是袁子淇骗了金焕恩，二是袁子淇被人骗了。

第一种还好说，可能是袁子淇有自己的计划。如果是第二种的话，袁子淇怕是遇到了什么不好的事情。

"你是想继续打架，还是请我帮你找人？"周瞳问道。

金焕恩盯着周瞳，犹疑了片刻，硬声说道："找人。"

周瞳让金焕恩再详细说说昨晚的情况，越细致越好。金焕恩点点头，沉吟片刻，回忆道："昨晚小姐代表公司与一家企业负责人进行商业会谈，会谈后，两家企业召开了新闻发布会。发布会一结束，小姐就说有些累，让我先送她回家。当时我和司机坐在前面，小姐在后面，一路上接了几个公司的汇报电话。快到家的时候，忽然有个电话打过来，接完这个电话，小姐就说她约了你谈事情，让司机把她送到绿岛商城。"

"袁小姐通话时都说了什么？"周瞳追问道。

"什么也没说，小姐就应了两三声。"

"电话那头呢？你有没有听到些什么？"

"我怎么可能去偷听小姐的电话！"

周瞳闻言想骂他两句，但还是忍住了。

袁子淇接到的电话肯定不是自己的，但像她这样聪明的人，会听不出自己的声音？而且整个通话过程完全没有交流，只是"嗯嗯"两声也不合常理。可袁子淇为什么要骗金焕恩？又为什么故意把自己拖下水？周瞳觉得这件事里面大有古怪。

"你把袁小姐送到绿岛商城就走了吗？有没有看到她下车后往哪里去？"

"这个我倒是留意了，她下车后又换了一辆车，我还以为是你开车把她接走了。"

"一辆什么车？"

"一辆老式的猎豹越野车。"

"你确定？"周瞳只感觉头皮发麻。李兴雯正在调查的也是一辆老式猎豹越野车。

"我很肯定！"金焕恩对周瞳的怀疑有些不高兴。

周瞳瞬间明白了袁子淇为什么要拉自己下水。她不是要骗金焕恩，而是有不得已的苦衷，只能用这种方式让金焕恩来通知自己。她是在求救吗，还是在通风报信？到底是什么人能威胁到天合生物公司的总裁呢？

● ● ●

袁子淇的失踪为周瞳提供了重要线索。绿岛商城是繁华的商业区，这里的监控摄像头星罗棋布，越野车想要避开是不可能的。

周瞳和金焕恩一起来到公安局的监控中心，这里可以调阅全市的监控设备，还有相当先进的智能识别系统。

“周先生，小姐失踪这件事不可以公开，请你务必谨慎。”金焕恩对周瞳的态度有了很大转变。

“我明白，警方不会透露给新闻媒体。”周瞳解释道。

严咏洁和李兴雯两个人已经在监控中心门口等着他们，事情的大致情况，她们已经听周瞳说了。

有了具体的时间和地点，越野车的行踪很快就被找到。正如金焕恩所说，袁子淇上了这辆越野车。可越野车的车窗贴了深色反光玻璃膜，从监控中无法看到里面的状况。

袁子淇上车之前，别有深意地看了一眼头顶上的监控摄像头。

“就是这辆车！”李兴雯拿出从旧车厂找来的图片。

“这就有意思了。通过沿路的摄像头，应该可以追踪车的去向吧？”周瞳看着屏幕上的袁子淇，若有所思。

“没问题。”李兴雯立刻安排技术员追踪车辆的行驶路线。

“这还需要一些时间，我们单独谈谈。”严咏洁在周瞳的耳边小声说道。

周瞳跟着严咏洁来到走廊。

“怎么了？”

“袁子淇为什么偏偏说是你约她？我担心这是个陷阱。”

“有你在身边，我还怕什么。”

“这么说，你坚持要去？”

“这条线索很重要，如果真是面具人带走了袁子淇，我们找到他们就可以解开很多谜题。”周瞳明白严咏洁的担心，但他别无选择，只能默默握住妻子的手。

严咏洁没有再劝说周瞳留下，让警方继续调查。她知道，面具人的事情越早解决越好，不然很有可能会有新的受害者出现。而且，有些事情没办法躲避。这次周瞳不去，下次麻烦还会找上门。

“找到了！”李兴雯推开监控中心的门，向两人喊道。

周瞳和严咏洁松开手，回到监控中心。

“车从绿岛商城门前的民族大道转到安居小路，再从淮海路出来，上了高架，接着在D37出口下高架，去了省道217。”说到这里，技术员顿了顿，“接下来就有些奇怪了，车从省道上了外环高速，然后围着城区兜了一个圈，重新回到绿岛商城，进了地下车库。那之后，车再没出来过。”

“我们这里能调看地下车库的监控吗？”李兴雯问道。

“私人监控，我们这里没连线，需要去那边查看。”技术员摇摇头。

“车在行驶过程中有多少监控盲区？”一旁的周瞳问道。

“我看看。”技术员飞快地在键盘上操作着，“十七个盲区。”

“时长？”周瞳继续问道。

“大概二十一分钟。”

“能把这些盲区路段和经过时间在地图上标出来吗？”周瞳聚精会神地盯着大屏幕。

“没问题，稍等。”技术员逐段核实视频，标注路径。

其他人都不明白周瞳在干什么，站在一旁也完全帮不上忙。过了一会儿，技术员统计完数据，大屏幕上出现了一张地图，地图上标出了车的行驶路线、监控区域和盲区路段。

“把盲区前后的行驶画面调出来。”周瞳一边看地图，一边对技术员说道。

“平均车速？”

“每小时五十五公里。”

周瞳紧紧盯着屏幕，像在寻找猎物。这两三分钟的时间里，除了电子设备发出的“刺刺”声响，只剩下众人的呼吸声。

“找到你了。”突然，周瞳紧锁的眉头松开，指着地图的一处说道，“袁子淇和司机应该就是在这里下了车。”

众人一惊，仔细看周瞳手指的位置。那是离绿岛商城两公里远的淮海路。淮海路上有一段路正在维修地下电缆，所以部分监控被拆除，还没来得及安装上去，形成了一个五百米左右的监控盲区。

“原来如此，狸猫换太子。”严咏洁这时反应过来，明白了周瞳刚才所做的事情。

“你是说袁子淇和司机在这里下了车，由另外的人把车继续开走，转移视线？”李兴雯也明白了周瞳的意思，但她不明白周瞳是如何得出这样的结论的。

“不错，整个车辆的行驶轨迹毫无目的，说明很有可能只是迷惑警方视线，而袁子淇和司机早就下了车。”周瞳解释道。

“为什么是这里，盲区一共有十几个啊！”一直沉默的金焕恩看着地图，忍不住问道。

“通过盲区前后的视频，可以判断这段路没有堵车，可是在这个位置，越野车的车速明显降低，超出了合理的时间。最重要的是这里有一个地方，我相信袁子淇和那名司机应该是去了那里。”周瞳耐心地解释道。

“把这一块盲区的地图放大。”李兴雯对技术员说道。

地图被放大，道路两边都是商住楼和居民楼。

“没什么特别啊。”李兴雯看着地图说道。

“这里。”周瞳指向地图上的一幢建筑物。

大家把目光投向周瞳所指的建筑，地图旁边标注着名称——“云海园”。

“云海园？”李兴雯不解。

“这里是老爷夫人的旧宅！你是怎么知道的？”金焕恩脱口而出，迷惑地看着周瞳。

这幢旧宅原是袁子淇父母的房子，后来她父母遭遇意外去世之后，袁子淇便搬走了。除了和袁家很亲近的人，很少有人知道这个地方。周瞳能指出这个位置，必然是知道其中缘由。

“你们都把一具尸体送我家里来了，我不查查你们的老底，我还叫周瞳吗？”

金焕恩涨红了脸，却不说话。他看了看一旁的两名警察，既不否认也不承认。

“走吧，咱们去云海园看看。”周瞳也不难为金焕恩，拍拍手说道。

# 第五章 杀人灭口

云海园是一个年代久远的老住宅区，袁子淇的旧宅就在其中，是里面为数不多的独栋别墅。

小区里住的大多是富人，对隐私要求极高，业主们不允许物业在小区内安装监控摄像。物业公司为了安保，只能安排二十四小时保安巡逻。门口有站岗的保安人员，四周围墙也有电网，出入小区全凭智能钥匙，非小区人员进出必须得到业主的许可，登记后方能进入。

他们找到昨天值班的保安，却没得到任何信息。保安说，一般情况下，有智能钥匙的业主带人进入小区，保安都不会管，也不会登记。四个人也不再多问，由金焕恩带路，径直来到旧宅。

这栋别墅远离其他联排别墅，四周有竹林环绕，绕到一侧才看得见入口。屋前有一片花园，虽然长期没人居住，依旧被打理得很好，鲜花盛开，草坪齐整，道路干净整洁。

“这是物业打扫的吗？”周瞳好奇地问道。

“不是。小姐虽然不住这里，可还是一直雇人来打扫。”金焕恩神情有些伤感。

这别墅只有两层，纯木制建筑，古色古香，清幽雅静。进入花园的路上有一道铁门。金焕恩说道："我没有钥匙，清洁工那里有一把，我联系她来开门。"

"不用了，我来吧。"周瞳说着，从口袋里摸出一根铁丝。

"这锁可是防盗锁……"金焕恩本想劝说，不料话没说完，锁就开了。

严咏洁和李兴雯当作无事发生，只有金焕恩睁大了眼睛。虽然他之前在森林木屋见过周瞳开锁，但那是十分老旧的玩意儿，而眼前这把锁可是德国定制，号称银行保险柜级别的特制锁，竟然这么容易就被周瞳撬开了。

四个人沿着花园小道来到屋前，金焕恩缓了缓神，上前敲了敲门，轻声叫道："小姐，你在吗？"

没有人回应，屋里静悄悄的。

"有人吗？"周瞳喊了一嗓子。

依旧没有人回应。

"走吧，我们进去看看。"李兴雯说道。

金焕恩有些犹豫，毕竟没有小姐的许可，自己闯进去有些不合规矩。

"特别情况，特别对待。"周瞳看出金焕恩的顾虑。金焕恩看了眼周瞳，点点头，拉开了门。

屋子里看起来简洁又空旷，只有几把木椅、一张木桌，还有一个博物架，墙上挂着几幅水墨画，古朴而又典雅。

"他们确实来过这里。"金焕恩蹲下来，看着地板说道。木地板上有两双脚印，一双是高跟鞋，一双是球鞋。

"从球鞋的尺码来看，对方应该是男性。"李兴雯掏出手机，拍了几张照片。

周瞳没理会鞋印，而是走进屋子，抬起脚狠狠踩了两脚地板，动作怪异。"来，你们也踩踩，这木地板真舒服。"周瞳笑着招呼他们。

金焕恩刚准备开口阻止周瞳在屋子里胡闹，却被严咏洁阻止了。看着地板，他忽然明白了周瞳的用意。因为他们几个人在地板上踩来踩去，并没有留下明显的脚印。

“这地板是天然木纹，并不平滑，想在上面留下脚印可不容易。”周瞳一边踩一边说，“那些粉末可以带回去好好化验一下。”

李兴雯闻言点点头，取出一个小塑料袋，从脚印上提取了粉末样品。

“这些脚印是故意留下的。”严咏洁分析道。

“很有可能。只是故意的人是袁子淇，还是另一个人，就不好说了。”周瞳点点头。

“我们跟着脚印去看看。”严咏洁环顾四周，发现脚印走到里面就浅了许多，依旧可以看到两个人是径直往二楼而去。

四人来到二楼，这里是卧室所在。脚印已经看不到，不过二楼一间卧室的门是敞开的。

“这是老爷和夫人的房间。”金焕恩一边说，一边来到卧室门口，一瞬间倒吸了一口凉气，整个人仿佛石雕一样定住了。

周瞳他们看到金焕恩这个表情，就知道房间里肯定有些不同寻常的东西。他们慢慢走过去，顺着金焕恩的目光往卧室里看去。

一个赤身裸体的女人，四肢被人绑上了白色的绸缎，吊在红木床架上。她的身体苍白得可怕，小腿上插着一根猩红的管子，管子的一头半悬在床头，红色的血还在往外滴。

严咏洁赶忙飞身上前，查看女人的状况。女人身体冰凉，已经没有了呼吸和脉搏。严咏洁摇摇头，把女人慢慢放下，用床上的被单轻轻盖住。

周瞳慢慢走进房间，来到床前。

“有手套吗？”周瞳问身边的严咏洁。

“用这个也可以。”严咏洁递给周瞳一块手绢。

周瞳接过手绢，蹲下身查看尸体。李兴雯这时也拿出手机，向队长方远汇报了案情，并请求支援。

周瞳隔着手绢，轻轻掰开女人的嘴，发现她的下牙床有一个缺口。

“李兴雯，你来看。”周瞳招呼道。

李兴雯走过来，看到了那个缺口，想起周瞳提过的那颗牙齿。

“我怀疑这个女人就是你们一直在查的应召女郎。”周瞳说道。

“杀人灭口。”李兴雯点点头。

“金大叔，别发愣了，你认识这个女人吗？”周瞳对着门口呆若木鸡的金焕恩说道。

金焕恩这才回过神来，摇了摇头：“从未见过，她怎么会死在这里？小姐呢？”

“这女人和王晓晓的死法几乎一样，都是被吸干了血……”李兴雯虽然见过不少凶案，但这种事情也是鲜能遇到。

周瞳这时又有了新的发现。床脚处有与脚印类似的粉末，他小心翼翼趴到地板上，轻轻吹了吹粉末，地上出现了几个浅浅的红字——“朱山骨墨沱”。

周瞳闻了闻，红字散发着淡淡的香味，是用口红写的。

“化验一下口红，应该会留下使用者的DNA。”周瞳站起来，对李兴雯说道。

“这个口红肯定是小姐的！小姐一定是在非常紧急的情况下，才不得已通过这种方式匆匆留下讯息！”金焕恩心急如焚。他在看到卧室的尸体后就心神大乱，此刻更是难以控制心中的焦躁，招呼也不打一声，急忙离开了。

严咏洁想要拦住他，却被周瞳拉住。

“算了，由他去吧。”

严咏洁作罢，只是觉得这个金焕恩虽勇，但实在少些谋略，想要找到袁子淇怕是心有余而力不足。

对有些人而言，时间就是煎熬，比如金焕恩。

他原本急不可耐地定好机票就要去墨沱，当他真的拿到机票，却犹豫了。自己好似无头苍蝇一样去那边，究竟有几分把握能找到人？自己白跑一趟事小，要是耽误了救小姐，那才得不偿失。他想起那个死在卧室里的女人，浑身打了个冷战。

金焕恩想起小姐对自己说的话，也意识到小姐是让自己找周瞳帮忙。可究竟是什么事情、什么人，能让小姐如此害怕，让小姐认为自己都没有办法保护她？金焕恩想不明白，难道真的要再去找周瞳？

公寓里，金焕恩已经收拾好行装，可不知该何去何从。他抬头看到挂在墙上的照片，那是他小时候和老爷太太一起拍的合影。

照片里，老爷和太太都十分年轻，太太怀里抱着三个月大的小姐，而自己那时候还是一个刚刚结束街头流浪的青涩少年。

他是被亲生父母遗弃的孩子，到现在都不知道父母是谁，从小就生活在孤儿院。七岁那年，他再也受不了孤儿院的虐待，偷偷跑了出来，从此流落街头。

为了填饱肚子，他一直干着偷东西的勾当。十二岁那年，他在街上偷了太太的钱包，被老爷抓住。老爷和太太在知道他的情况后，并没有把他送进公安局，而是收养了他，资助他去学校学习，还送他去武道大师门下学习拳道。

二十四岁的时候，金焕恩放弃了高薪工作，回到这对夫妇身边，发誓要守护自己的恩人。

然而意外总是来得那样突然。五年前，老爷和太太在国外出海游玩时，突遭风暴，双双遇难，至今连尸首都没找到。

一年前，老太爷去世，所有担子一下都落在了年轻的小姐身上。小姐远比他想象中更聪明、更坚强、更有勇气，不但顺利接管了企业，还得到了大多数人的认可，成为万人瞩目的新生代企业家。

小姐是老爷和太太唯一的女儿，金焕恩是看着她长大的。他曾经发誓要竭尽所能，守护小姐此生平安。如果小姐出了什么事情，九泉之下，他以何面目面对老爷和夫人。

想到这里，金焕恩再也顾不得自己的面子。如果小姐觉得周瞳能帮她，那么他也必须相信周瞳，无论如何也要将这个毛头小子带去墨沱。

● ● ●

周瞳晚上带着严咏洁去吃了他们最爱的大排档，说起来，他们已经有大半个月没有坐在一起好好吃顿饭了。

李兴雯那边刚刚打来电话，DNA 结果已经出来，证实那颗牙齿的 DNA 和曹祝鑫被杀现场发现的女性 DNA 一致，同属于今天在袁子淇旧宅发现的那具女尸。被吸干血的那个女人，很有可能是杀害曹祝鑫的凶手。

周瞳和严咏洁经历过不少奇案，早已养成了处变不惊的性格。有些事着急毫无用处，必须循序渐进，等待时机。换言之，在没有进一步的线索之前，饭还是要好好吃的。

周瞳点了严咏洁最喜欢吃的几样小菜，大排档老板见他们是老顾客，还特地加了料。“有段时间没见你们了。”老板端着热腾腾的菜上桌。

“可不是，我们也想死你——的菜了。”周瞳夹起一块牛肉塞进嘴里，脸上露出享受的表情。

“冲你这句话，八折！”客人的称赞，老板百听不厌。

“来这么多次，这还是头回给我们打折。再加份小龙虾！”周瞳也爽快。

“好嘞。”老板一转身，大声叫道，“七号台，加份小龙虾！”

“点这么多，吃得完吗？”严咏洁虽然这么说，但还是高兴地夹了块肉。

“放心。我刚才掐指一算，待会还有人来，还管买单。”周瞳一边吃，一边笑着说道。

“谁这么不知趣？”严咏洁抢过周瞳刚刚剥好的小龙虾，一口下肚。

周瞳笑笑不说话，卖起关子来。

“你可真是吊人胃口。”严咏洁忍不住抱怨，转头便看到金焕恩正朝着他们走过来。

“曹操到了。”周瞳冲严咏洁眨眨眼，接着看向直愣愣在他们旁边站定、一脸凝重的金焕恩。

“金大叔，别客气，坐下来边吃边聊。”周瞳热情地招呼道。

“周先生，请您帮我找到小姐。”金焕恩深吸一口气，郑重地跪了下来。

周瞳和严咏洁一时间有些发蒙。这里是大排档，人来人往，许多人的目光不由自主地朝这边投过来。周瞳急忙弯腰去扶金焕恩，但金焕恩宛如钉在地上一般，纹丝不动。

“你快起来吧，就算你不说，我们也要去找袁子淇的。”周瞳连忙说道。

“您答应我了？”金焕恩抬起头来，看着周瞳。

“答应了，答应了。”周瞳连连点头。

金焕恩这才站起来。

“坐吧。”严咏洁从旁边拿来一把椅子，示意金焕恩入座。金焕恩也不推辞，坦然坐下。

“这可是本地最好吃的大排档，尝尝。”周瞳喊来老板，加了一套碗筷。

金焕恩这一天都没吃东西，也不客气，一顿狼吞虎咽。周瞳和严咏洁相视一笑，两个人心照不宣，边吃边聊些闲话。

“要找袁总，我们还需要更多的线索，仅仅靠那几个字无异于大海捞针。”周瞳看金焕恩吃饱了，才开口说到正题。

“需要我做些什么？”金焕恩放下筷子，直率地问道。

“大叔果然爽快，我要一样东西。”周瞳坏笑道。

“什么东西？”

“袁总的家庭相册，无论是纸质的，还是电子版，全都要。人越多越好，照片越久远越好。”

金焕恩不明白周瞳要这些干什么，他既然决定相信周瞳，就不会再多问。

“好，我尽力去找。”

“嗯，找到了发我手机就好。”

严咏洁虽然也满腹疑问，但当着金焕恩的面，她没再追问。

金焕恩是个急性子，既然有了任务，他迫不及待地起身告辞，想赶紧去找周瞳要的照片。刚走几步，他又想起一件事，回过头来看着严咏洁说道：“严小姐，你的古拳法很奇妙，等找到小姐，我想向你请教。”

严咏洁一愣，随即爽快一笑：“好，随时候教。”

金焕恩拱拱手，露出笑容，满意离开。

“你真和他打？我跟他交过手，他出手特别重，现在一想起来，我还觉得手腕直痛呢。”周瞳可舍不得自己的老婆去打架。

“你那三脚猫功夫就别提了，堂堂正正地切磋，我不应承，那岂不是坏了古拳法的威名。”严咏洁说着拉住周瞳的手，话题一转，“我问你，你为什么要袁子淇家的照片？”

“你不觉得凶手在袁子淇父母卧室里杀那个女人，实在太奇怪了吗？既不隐蔽也不安全，一定是有什么特殊的理由，让凶手选择在这里下手。很有可能，凶手是和袁家关系密切的人。”

“确实有些不合常理。”严咏洁表示赞同。

“还有一点，袁子淇在失踪前并不是没有自保的机会，以她的经济实力，雇用几十家安保公司都没问题，何况她身边还有金焕恩这样的高手。可是，她完全没有反抗，只是通过金焕恩来找我。这种行为只有两个可能：一是她自导自演，二是她有什么把柄在对方手里，让她投鼠忌器。”

“如果没有那具尸体，我一度以为她是自导自演。”严咏洁刚开始确实对袁子淇有所怀疑，但如今一桩命案让事情变得不同寻常。

“我也是这么想的，所以才答应金焕恩去找袁子淇。先不想这些了，今晚我要好好陪陪我老婆。”周瞳站起来，伸了伸懒腰。

“算你知趣。老板，买单！”严咏洁笑着握住周瞳伸过来的手，回身喊道。

“你们的朋友已经买完单了。”老板在收银台大声叫道。

严咏洁诧异地转身看向周瞳。

“怎么样？以后叫我周半仙吧。”周瞳一脸得意地搂住严咏洁，两人打打闹闹地朝家走去。

● ● ●

刑侦大队的办公室里灯火通明，李兴雯正在做案情简报，队长方远坐在下面，眉头紧锁，一言不发。

“我们已经确认在袁子淇旧宅中死亡的女性叫陆晓欢，三十九岁，一直从事非法性交易，三年前曾经被派出所抓获，接受了六个月的劳动教养。根据 DNA 比对，我们证实了陆晓欢曾经在曹祝鑫被害当晚与其发生过性关系，所以她也是杀害曹祝鑫的最大嫌疑人。如今她被杀，这条线索暂时中断了。”

李兴雯接着回顾了这一系列案件之间的联系，以及目前警方所掌握的有限信息。直到李兴雯说完，方远的身体才向后靠了靠，开口总结道：“就目前而言，近期辖区内几起凶杀案的调查都进展缓慢。我也知道这段时间大家很辛苦，但是打击犯罪、维护人民群众的安全，是我们义不容辞的责任，绝不能让凶手逍遥法外。所以大家要打起精神来，尽快把凶手缉拿归案！”

听到方远的训话，其他人都没有出声。办公室里的气氛十分沉重，这次的案件明显与以往侦办的凶杀案大相径庭，令他们无从下手。一般来说，凶杀案件的凶手都有很明显的目的性，或是情杀，或是谋财害命，或是报复社会……这次的系列凶杀案之间虽然有联系，可凶手看起来又不像同一个人，受害人之间也没有太多联系。也就是说，凶手作案没有明确的目的。

第一起案件的死者叫王晓晓，是一名 KTV 的服务员，因失血过多而亡。她在死前曾经报警，说看到一个戴着面具的人杀害了一名女子，并吸食人血。

第二起案件的死者是海王大学的傅教授，他是被神秘人勒死身亡的。据说这个神秘人戴着面具，但没有更多目击者可以证实这一点。

第三起案件的死者则是一名流浪汉，叫曹祝鑫，被人在小旅馆里用刀捅死，死前也曾追踪过面具人的下落。

第四起凶案的死者是陆晓欢，同样是被人抽干血液，因失血过多而亡。陆晓欢也是曹祝鑫案的最大嫌疑人，她在曹祝鑫死前，曾与他发生过性关系。

除了四起谋杀案，这个面具人还涉及一宗绑架案和一宗失踪案。面具背后的秘密究竟是什么？所有人都在寻找这个问题的答案。

“队长，我有一个想法。”李兴雯开口说道。

“说吧，大家一起研究研究。”

“这一系列案件都始于一件事情。”李兴雯站起来，走到黑板前，指着线索图中最左边的图片，图片上是孟博文的尸体。

“这具尸体被送到周瞳家后，才开始出现一连串的‘面具人’事件。从尸检结果来看，尸体所呈现的状态有违常理，目前还没有找到合理的解释。而根据周瞳的口供，尸体是天合生物公司总裁袁子淇派人送到他家里的，不过袁子淇否认了这件事。如今袁子淇失踪，第四起谋杀案又被发现在袁子淇父母的居所中，这一系列案件与袁家，或者说与天合生物公司一定有脱不开的干系，我觉得我们应该彻底调查天合生物公司。”李兴雯说出了自己的想法。

方远点点头，但没有说话。会议室里所有人都明白，没有扎实的证据，要大张旗鼓地对一家大型上市公司进行调查，实在太过困难。李兴雯明白这个道理，所以她说的调查，自然不是指公开调查，而是暗中调查。方远也明白李兴雯的意思，但是他有顾虑，暗中调查涉及合法取证的问题，稍有不慎，被天合生物公司反咬一口，事情就会变得非常麻烦。

一阵沉默之后，方远终于咬咬牙：“兴雯，我帮你们联系税务部门的人，你调四五个人去学习学习，准备对天合生物公司进行调查，注意方式方法，不要引起媒体的关注。”

李兴雯一听，暗暗佩服方远。如果他们能以税务稽查的名义进入天合生物公司进行调查，那再好不过了。

● ● ●

周瞳和严咏洁看完电影，慢悠悠地往家里走。来到家门口，周瞳正掏出钥匙，准备打开家门，却被严咏洁制止了。

“怎么了？”周瞳看向严咏洁，只见她神色凝重，示意周瞳不要说话，指了指门，做了个手势——

家里有不速之客。

严咏洁是习武之人，听觉远胜常人，她必然是听到房间里有什么动静。

严咏洁又做了个手势，让周瞳去楼下窗户守着。周瞳悄悄摸下楼，只见窗户开着，夜风习习，窗帘随风摆动，屋内没有开灯。

片刻之后，周瞳听到房间里传来打斗声，紧接着，一个黑影越窗而出。周瞳早有准备，直扑上前，拦住黑影。对方能从严咏洁手下逃脱，绝非普通人，所以他一上来就使出了全力。

黑影竟然横向避开周瞳的拦截，速度之快，动作之诡异，简直不像人。

周瞳顺势踢出一脚，正中黑影后背，却仿佛踢上一块钢板。黑影猛然回头，露出一张扭曲变形的脸，发出野兽般的嘶吼，张口就向周瞳的手臂咬去。

周瞳心下一惊，本能地往后连退几步，惊险地避开了黑影的袭击。好在黑影没有继续攻击他，而是以不可思议的速度立即逃离。

这怪物让他想起了森林木屋地下室里吴波的小姨，老人当时的情况与这怪物别无二致。

严咏洁这么久还没下来，怕是出了什么状况。周瞳没有继续追赶黑影，而是赶忙转身跑上楼，去找严咏洁。

二楼客厅里，严咏洁躺在地板上，白皙的手臂上有一条血痕，像是被怪物抓伤了。

“老婆！”周瞳方寸大乱，一把抱住严咏洁。

“有，有毒……”严咏洁呼吸微弱，话没说完就晕了过去。

周瞳检查了严咏洁身上，除了这道血痕再无其他伤。他急忙抱起严咏洁，拔腿就往医院跑。

“老婆，你不会有事的，坚持住，我们马上就到医院了……”

在这炎热的夏夜，周瞳只觉浑身发冷。严咏洁静静地躺在周瞳怀里，像睡着了似的，一动不动。

急救室门外的红灯，就像一块巨石压在周瞳的胸口。墙上的挂钟发出“嘀嗒嘀嗒”的声音，走廊里静得可怕。

也不知过了多久，李兴雯来了，方远也来了，他的身边围了很多人。他们好像在说些什么，可他什么也听不见，只是瞪着眼睛，看着那盏红灯。

啪。红灯熄灭，急救室的大门被推开，一名医生和一名护士走了出来。

周瞳“噌”的一下从椅子上站起，跑到医生面前。

“病人暂时没事。”

周瞳听到这句话，悬着的心终于落了下来。

然而，医生擦了擦额头的汗，又继续说道：“不过病人的情况并不稳定，需要进 ICU 继续观察。你是病人的家属吗？我们需要家属签字，办一下手续。”

“她还有危险，是吗？”周瞳的心又提了起来。

“我们在她身体里发现了一种从未见过的病毒，这种病毒正在逐渐破坏她的身体机能，虽然目前我们可以维持她的基本生命体征，但如果找不到相应的抗毒血清，恐怕——你们还是要做好心理准备。”医生说完，转身离开。

医生说话期间，周瞳只是沉默地听着，直到医生离开后，他仍旧一言不发。李兴雯和方远守在一旁，不知该如何安慰他。

“帮我照顾严咏洁。”

突然，周瞳抬头看向李兴雯和方远。

“我们会请最好的专家来为她会诊。”方远郑重地说。

“谢谢，我要暂时离开几天。”周瞳说完，就往医院外走。

李兴雯想要上前拦住周瞳，却被方远拉住。“让他去吧，坐在这里等，对他而言太残酷了。”

周瞳跑到一个无人的角落，用铁丝撬开了脚上的电子脚环。漆黑的天空遍布繁星，密密麻麻交织在一起，宛如一张错综复杂的巨大蛛网。

● ● ●

刘青特躺在床上，翻来覆去，唉声叹气。上次在矿山受的伤还隐隐作痛，扰得他难以入睡。就在他辗转反侧时，忽然感觉有什么东西在拍打他的窗户。

他从床上坐起来，侧头看向窗户。光线不太好，他模模糊糊看到一个白色的东西在窗户外晃动。

刘青特打开床头灯，猛然看见一张脸贴在窗户上。

短暂的震惊之后，刘青特认出了那张脸——正是他日夜恨不能剥皮拆骨的吴波。

他立刻从床上跳了起来，直奔窗户，想要把吴波从外面揪进来，可是怎么也打不开窗户。仔细一看，窗户竟然被吴波从外面卡住了。

“浑蛋！你给我进来！”刘青特气得说不出话来。

吴波张着嘴，却不出声，只用手有节奏地敲打着玻璃，眼睛里充满恐惧和哀求。

“吴波，你给我把窗户打开！”刘青特作势举起窗台旁的台灯。

吴波完全无视刘青特的威胁，依旧以固定的节奏敲打着玻璃，一遍又一遍。刘青特忽然放下手里的台灯，他觉得吴波敲打窗户的声音很熟悉。

“莫尔斯电码？”刘青特以前和吴波一起沉迷过密码电文，只是没想到会在这种情况下，唤起遥远的记忆。

刘青特赶紧拿出纸笔记录下来，接着苦口婆心劝道：“我记下了，吴波，有什么事你进来说。我不为难你，可是对刘敏和孩子，你总要有个交代。”

吴波依旧毫无反应。刘青特心里纳闷，虽然隔着玻璃，但他也不至于听不到自己说话。刘青特一横心，举起台灯猛然发力，狠狠砸向窗户。

“啪！”玻璃瞬间碎裂，与此同时，吴波突然松开扶着窗沿的手，两脚一蹬，跳了下去。

刘青特这才一激灵反应过来，自己的房间明明在六楼！

他慌忙探头，视线紧紧跟随坠落的吴波，只见吴波在快要落地的时候翻了个跟头，平稳落地，一溜烟跑了。

刘青特不敢相信自己的眼睛，那个往日里走路都会摔跤、跑步像鸭子的吴波，竟然可以翻身一跃跳下六楼，还毫发无伤，这太诡异了。

刘青特再一次眼睁睁看着吴波像一阵风一样消失在楼下，他知道自己就算跑下楼，也绝对不可能追上吴波。

刘青特好不容易从震惊中缓过神来，吴波早已不见踪影。他想起刚才吴波留给他的密码，急忙找来那张纸，打开电脑搜索莫尔斯电码对照表。

电码被一个一个翻译成文字：找到朱山骨救我拉格。

刘青特反反复复看了几遍，确定自己没有翻译错，但他完全不明白吴波是什么意思，为什么要救他？拉格是什么意思？难道是传说里的那个王国？

面对这些问题，刘青特无计可施。想了一会儿，他决定还是明天一早去找周瞳。

● ● ●

周瞳相信严咏洁身上的病毒与老毕故事中的怪物有关，为了弄清楚病毒的来源，他再次找到了老毕。

“确实很像，但我并不能肯定。”老毕沉思了很久才说道。

“我来找你是想确认一件事，你说当年有很多村民被怪物抓伤，他们之后会怎么样？”

“没事儿啊，留下的伤口也会慢慢愈合，并没有出现像严咏洁这样的情况。”老毕非常肯定地说。

“难道说不是一样的怪物？”周瞳难掩失望之情。

“或许是因为，他们擦了药？”老毕回忆道。

“擦药？”周瞳身躯一震。

老毕点点头，继续说道：“那里有一种红色的花，当地人会把这种花制作成草药。我看见他们与怪物搏斗受伤后，就会立刻把这种草药涂在伤口上，或许这就是他们没事儿的原因。”

“像血一样的红色吗？”

“不错！你怎么知道？”

周瞳想起袁子淇口中的朱山骨，难道这就是解药？

“不管是什么，我找了几十年都找不到那个村落，恐怕拿不到那种草药了。”“不一定。老毕，收拾东西，我们去趟墨沱。”

周瞳下定决心。只要能救严咏洁，不管怎样，他都要试试。

● ● ●

刘青特一直失眠，可他又不好意思半夜打电话给周瞳，毕竟，人家夫妻两个刚团聚，自己不能太不识情趣。

最近他总是想起袁子淇，想起自己第一次见到她时的尴尬样子。

那天，他因为吴波的失踪去天合生物公司要个说法，因为没有预约，他连公司大门都进不去。可来都来了，总不能就这么回去，也不好向妹妹交代。

他听妹妹说，当时天合生物公司派来找吴波的人叫刘晶晶，所以他打算碰碰运气。

“不好意思，同志，我是贵公司刘晶晶的好朋友，有点事找她，要不你联系一下她，就说有个叫吴波的朋友找她，让她见我一下就行。”刘青特客客气气，满脸堆笑地恳求道。

“刘晶晶？哪个部门的？你没手机吗？”保安怀疑地看着刘青特。

“出来得匆忙，没带手机。拜托了，真的有急事。”刘青特哀求道。

“我帮你看看。”保安心下一软，打了个电话，当他听完电话，脸上突然一变，“公司没有一个叫刘晶晶的人，你搞错了，建议你先与你朋友联系确认一下。”

刘青特一听蒙了，不知如何是好，只得尴尬地道歉：“不好意思，可能是我弄错了，我再去问问。”刘青特觉得或许是妹妹记错了名字，现在只能打道回府了。

他转身走到门口，正准备叫车离开，后背突然被人拍了一下。

刘青特回头一看，发现是个年轻的女孩，戴着帽子和眼镜，穿着一身休闲运动服。

“你找刘晶晶？”女孩张嘴一笑，声音甜甜的。

“是啊，你认识她吗？”刘青特闻言一喜。

“认识啊，你找她干吗？”女孩调皮地眨眨眼睛。

“这——”刘青特有些犹豫。毕竟眼前是个陌生人，他不知道该不该说实话。

“不想说就算了，那我走了。”女孩转身就走。

刘青特心下一急，忙跑上前，有些手足无措地拦住女孩，说道：“我想找她问问我妹夫的事情，如果你认识她，麻烦你带我去见见她，事情比较急……”

“你妹夫是谁？”

“吴波。”

女孩眨了眨眼睛，说道：“走吧，我带你去见刘晶晶。”

刘青特有些半信半疑，但这可能是他唯一的机会，而且，女孩不像个坏人。他左右思量，决定跟着她往天合生物公司走。

虽然女孩的打扮不像上班族，不过门口的保安没拦她，而且看了眼刘青特，又转过头去，目不斜视地看向前方。

女孩带着他直接坐专用电梯来到顶楼办公室，奢华大气的办公室里，有一幅肖像画，画上的女人和眼前这个女孩一模一样。

“您就是袁总吧？”刘青特停下脚步，问道。

女孩笑了起来，好像被揭穿身份是件十分有趣的事情。

“不错，我就是袁子淇。”袁子淇调皮地一笑，继续说道，“也是你要找的刘晶晶。”

之后，袁子淇将吴波失踪的前因后果都告诉了他，也保证会尽全力寻找吴波的下落，还留给他自己的私人电话。那之后，刘青特为了寻找吴波下落，三番五次找到袁子淇，两人渐渐熟络起来。

不知不觉，天色将要大亮，刘青特长叹一口气，回到现实中。他起来洗了个冷水澡，换了身衣服。看看时间，差不多七点半，是时候给周瞳打电话了。

这一个电话着实把他吓了一跳。没想到严咏洁进了医院，情况不容乐观，周瞳正打算前往墨沱寻求解药。同时，他也把吴波晚上来找自己的事情告诉了周瞳，并把密码原文和明文都发了过去。

周瞳让刘青特来老毕家，一起商量。刘青特不敢耽搁，立刻赶到老毕家。

老毕那家掩人耳目的小店铺不是他的家，他真正的家在郊区，是一幢隐于山林的别墅，外观看起来很普通，内里却富丽堂皇。老毕的老婆已经去世，子女都出国了，他一个人住，也不请专职的用人，只是偶尔雇用一些工人来打理房子。

刘青特赶到老毕家时，一楼客厅里除了周瞳和老毕，竟然还有金焕恩。他左右看了半天，也没见到袁子淇，不免有些纳闷。金焕恩是袁子淇的保镖，轻易不离开她身边，怎么会一个人来这里？

“袁总呢？”刘青特装作不在意地问道。

如果是平常，周瞳一定会取笑刘青特重色轻友，现在他没有开玩笑的心思，只是如实说道：“失踪了。”

“失踪了？怎么回事？”

周瞳简明扼要地说了袁子淇失踪的情况。

“又是墨沱？”刘青特相信这一切绝非巧合。

“我打算去一趟墨沱，一探究竟。”周瞳心里已经有了决定，“不过在出发之前，还需要做一些准备工作。”

“我也去！”刘青特自告奋勇。

“可能会非常危险，你可想清楚。”周瞳知道刘青特为了吴波和袁子淇义无反顾，但他依旧要把丑话说在前头。

“不搞清楚这件事，我根本睡不着觉。”刘青特斩钉截铁地说道。

周瞳知道他心意已决，也不再劝说。

“刘青特，你说吴波昨晚给你的莫尔斯密码里提到拉格？”这时，一旁的老毕问道。

刘青特点点头：“我怀疑吴波可能因为某种原因，没办法说话，而且也听不见我说什么。”

“吴波恐怕比我们懂得都多，可是他要求助于刘青特，说明他的行动受到了限制。”周瞳说到这里，把目光投向老毕，“吴波提到拉格，却没有说墨沱，而你口中的村庄又不在墨沱，这是我想不通的地方。”

“我也是昏迷后才到了拉格，并不知道确切位置。没有人知道拉格究竟在哪里，如果它真的存在，那么它的文明很有可能曾经传播到其他地方。”老毕分析道。

“我们现在唯一的线索也只有墨沱了……”周瞳现在的选择并不多，如果严咏洁没有受伤，他还可以有更好的方法去找出真相，如今时间不允许他去思考一个万全之策。

“我已经安排好了，随时可以出发。”老毕已经跃跃欲试。

“金大哥，我要的东西，你找到没有？”周瞳问道。

金焕恩一直没说话，这时周瞳问他，他才回道：“都在这里了。”

金焕恩拿起身旁的大背包，从里面拿出几本相册。

“照片都在相册里，这是我能找到的所有照片了。”金焕恩说着又从包里拿出一个文件夹，“这里有小姐他们和吴波去墨沱考察的路线和笔记。”

“太好了！”周瞳喜形于色，看了看手表，“我整理一下资料，两小时后我们出发。”

说完，周瞳便拿着东西进了书房，关门不闻门外事。

这些相册里大部分都是袁子淇的近照，单人照、艺术照和商务照片最多。其中，有一本封面泛黄的相册，看起来有些年代久远。

周瞳从一堆相册里拿出这一本，翻开一看，里面果然是袁子淇小时候的照片。从相册的款式，还有上面的笔迹来看，相册不像是袁子淇的，而是更像长辈留存的。

相册第一页就是袁子淇的满月照，照片已经有些泛黄，旁边有相册主人的文字：亲爱的淇淇满月。

第二页是一张家庭合照，应该是袁子淇和其父母。照片里，袁子淇的母亲坐在一把红木椅子上，怀里抱着袁子淇，袁子淇的父亲则一脸严肃地站在旁边。照片的背景是一块古风画布，一眼便知是在照相馆里拍的。同样地，照片旁有文字说明：一岁留念。

周瞳继续往下翻看，相册里的照片很有规律，每一页都是袁子淇长大一岁的照片，一共十九页，记录了袁子淇从满月到十八岁的全部岁月。其中有一张引起了周瞳的注意，那是袁子淇十五岁时的一张照片。这张照片也是合影，合影中除了她的父母，还出现了袁子淇的爷爷袁天合。

照片中的袁天合白眉大眼，一头乌黑的长发披散着，身穿白色长袍，脚上是黑色布鞋，手里握着一串佛珠。如果不是照片上写着日期，真会让人误会他是民国时代的人。

十五岁的袁子淇站在袁天合身边，脸上的表情有些僵硬，身体向一旁的母亲方向倾斜，似乎有些惧怕爷爷。

周瞳仔细看了一下拍照的日期，是2010年11月5日，他查过袁子淇的父母，他们是在2010年11月12日出海失踪的，这张照片是在出海前拍摄的。

这本相册应该不是袁子淇父母的，他们失踪后不可能再为袁子淇拍照。难道是袁天合的相册？

周瞳早就查过袁天合，很奇怪，网络上关于这位天合生物公司创始人的记录少之又少，连一张照片都找不到。这个人极其低调，不接受任何媒体采访，也极少出现在公众场合。

事出反常必有原因，周瞳取出相册里那张合照，放进自己口袋。

墨沱考察的资料来自天合生物公司的内部记录，主要内容是这次科研考察的路线、人员、费用、成果等等，由公司不同部门各自记录，非常零碎，收集这些资料怕是要费不少心思。

在庞杂的信息里寻找有用的内容，就好像玩拼图游戏，你需要找出相互间有关联的信息，把它们拼接在一起。而且，你不可能拥有所有“图块”，那些缺少的部分，只能靠推理去弥补。

周瞳喜欢拼图，喜欢用碎片拼凑出故事相貌的满足感。他凭借着这些散乱的信息，终于拼凑出袁子淇、孟博文和吴波三人墨沱科考的行程、路线、沿路停留的地点等关键线索。

他们到底在墨沱遇见了什么？事情的经过是不是真如袁子淇所说的那样？那次考察只有袁子淇一个人平安回来，所有的事情都是她一己之言，没有任何可以印证的信息，其中有多少是真话，周瞳对此深表怀疑。

● ● ●

周瞳和刘青特等人被专人专车送到了一架私人飞机前，他们这才意识到——老毕是真的有钱。

只有金焕恩淡定如初，乘坐私人飞机这种事对他来说太平常了，毕竟袁家投资了三家航空公司。

“这是我的私人飞机，拉格号，欢迎光临。”老毕得意地说。

“快交代，老毕，你到底走私了多少文物！”周瞳坐到豪华的真皮沙发上，忍不住调侃道。

“呸，胡说八道！”老毕气得吹胡子瞪眼睛。

众人落座，飞机很快就驶出跑道，飞向蓝天。路上，周瞳向金焕恩确认了那本旧相册的来历，证实相册确实是他在袁天合故居发现的。

“老爷子挺奇怪啊，怎么袁子淇十八岁以后的照片就不留存了呢？”周瞳一边吃，一边疑惑地问道。

“袁老是我见过的最恐怖、最让人琢磨不透的人。如果不是为了小姐，我是绝不会去那地方找相册的。”

周瞳感到十分好奇：“他很恐怖，还是他住的地方很恐怖？”

金焕恩皱皱眉头，停顿片刻，说道：“都很恐怖。”

“这么有意思，回去你可要带我去看看。”

金焕恩却不再说话，显然不想多谈这位老爷子。

几个小时后，他们顺利抵达珞萨。

老毕本想直接赶往墨沱，但周瞳要在珞萨停留一晚。他想去袁子淇和吴波住过的酒店调查一下，看看能不能找到更多线索。根据金焕恩带来的资料，袁子淇他们在珞萨停留了足足一个星期，总不能是旅游，准备物资也不需要这么长的时间。

周瞳一行四人入住了袁子淇他们上次住的酒店，老毕也出手阔绰，为每人都预定了一个豪华单间房。四人各自回房休整，约好一个小时后去餐厅吃饭。

周瞳在房间里给李兴雯打了个电话，询问严咏洁的情况。

“你放心，北京的专家已经到了，严姐虽然还在昏迷，但是生命体征平稳。”李兴雯说到这里停了一下，“我知道你把电子脚环脱了，这事方队帮你顶下来了，你去了哪里？”

“我在珞萨，这里或许有我要找的东西。”周瞳并不隐瞒。

李兴雯没想到他竟然跑去了青贡，一时间有些愣住了。

“不用大惊小怪，我这儿有亿万富翁和私人飞机。”周瞳倒不是吹牛。

“保持联系，严姐有我们看着，你放心。你自己注意安全。”李兴雯对周瞳的态度无可奈何，却没多说什么。因为她知道对于周瞳而言，严咏洁有多么重要。

周瞳挂了电话，知道严咏洁暂时没有大碍，心里稍安，在房间里整理好东西，就出了门。

他并没有直接去餐厅，而是先去了一趟前台。前台有三个服务员正忙着给房客们办理手续，大堂经理则坐在大方桌后面玩着手机。

大堂经理是个三十多岁的女人，皮肤黝黑，一头短发，身材略显臃肿。周瞳走到她身后，她还在低着头看手机，刷着短视频，不时发出笑声。

周瞳轻轻咳嗽了两声。大堂经理这才回过神来，收起手机，堆起笑容。

“您好，先生，有什么可以帮您的吗？”

“我有个朋友，上次来这里，落了点东西，让我帮她拿一下。”

“没问题，请告诉我您朋友的姓名、房号和入住日期，我帮您查一下。”

“刘晶晶，和她一起的还有两位男士，应该是叫吴波和孟博文，时间是 4 月 6 日，房号是 607、608 和 609。”周瞳从金焕恩带来的资料里查到的日期和房号，此时派上了用场。

大堂经理愣了一下，这都快 9 月了，差不多已经是半年前的事情了。

“时间有点久了，是什么东西？”大堂经理翻出记录册，查着上面的遗失物品记录。

“这个她还真没跟我说，就说不是什么重要的东西，问我能不能顺便拿回来。如果不在就算了，我跟她说一下就行——”周瞳哪里知道有什么东西，只是想碰一碰运气，希望能知道点袁子淇他们在珞萨的行踪轨迹。

还没等他进入聊天模式，大堂经理突然说道：“哦，是有，他们确实落下东西了，当时怎么都联系不上他们，东西一直放在这里。”

周瞳一听，心里乐开了花，面上却毫不在意似的说了句“太好了”。

“您跟我来，我带您去拿，是一个小皮箱，看起来还挺贵重的。”

“这样，可能里面不是什么贵重物品，我朋友也没当回事。”

说着，大堂经理把周瞳带到杂物室，里面有几个货架，上面按照编号摆放着各种东西。大堂经理按编号找到那个小皮箱，把它递给周瞳。

周瞳接过小皮箱，顿时眼前一亮。皮箱是羊皮材质，制作工艺精湛，锁扣应该是纯铜打制，装着密码锁。

“麻烦您跟我去前台登记一下身份证，签个字。”

“没问题。”周瞳爽快地说道。

办完手续，周瞳迫不及待要回房间，打开箱子一看究竟。回房间的路上刚好碰到刘青特他们三个，周瞳便向他们解释了一番。

“金大哥，袁小姐提过这个箱子吗？”周瞳把箱子递给金焕恩。

“没见过，或许是小姐在珞萨买的。”金焕恩摇了摇头。

周瞳点点头，也不再问，四个人带着箱子一起来到周瞳的房间。还没待众人落座，周瞳三下五除二，轻松打开密码锁，按下了箱子的开关。

“啪。”箱子露出开口，震出些许灰尘，飘散开来。周瞳轻轻打开箱子，其余三人也凑上前去，看到箱子里的东西，顿时目瞪口呆。

箱子里是一只老鼠，一只活老鼠。

老鼠四肢被铁钉牢牢固定在箱子里，只有头部在动，箱子被打开的一瞬间似乎惊动了它，它龇牙咧嘴，发出“吱吱”的声音。

四个人看着老鼠，一时间都说不出话来。

“这是恶作剧吧？酒店的人放进去的？”刘青特不解。

“我觉得酒店的人不会这么无聊。”老毕摇摇头。

周瞳没说话，从床头拿了根笔，戳了戳老鼠。老鼠叫得更加刺耳。周瞳又把笔放到老鼠嘴边，老鼠毫不客气地咬住笔头。只听“咔”的一声，笔头被老鼠咬了下来。

“还好没用手。”刘青特庆幸道。

“这些钉子都生锈了，锈迹融进了老鼠的身体，说明老鼠不是刚放进去的，很有可能放了很多年。”周瞳说着丢掉手里的笔。

“可箱子密封着，老鼠没吃没喝，是怎么活下来的？”刘青特还是不相信这种违反常理的事情。

“我更好奇袁子淇为什么留下这个箱子。”周瞳把目光投向金焕恩。

“我从没见过小姐身边有这样的东西。”金焕恩非常肯定。

“没见过也很正常，我看你们家小姐不简单。”老毕插嘴说道。

金焕恩虽然想维护袁子淇，但他内心也隐约感觉到小姐有事瞒着他。

“也不一定是袁小姐的，说不定是什么人丢在她房间的。”刘青特不相信袁子淇会养这么恐怖的东西。

“不管老鼠是谁的，这玩意儿都稀罕得很，为什么要扔掉？”老毕说出自己的疑惑。

“袁子淇应该是特意留下来的。”周瞳摇摇头，“她知道酒店会代为保管，如果她出了意外，调查的人一定会找到酒店，发现这个箱子。”

“如果是小姐的，她当时已经从墨沱平安回来，为什么不领回箱子？”金焕恩问道。

“因为她知道危险并没有解除。”周瞳解释道，“恐怕想拿到这个箱子的人，没想到袁子淇会把箱子放在酒店——当然，这只是我的推测，毕竟还有许多事情未经证实。”

周瞳把箱子盖起来，重新锁好。

“兄弟，你该不是打算把这东西带着吧？”刘青特问道。

“你说对了。”周瞳把箱子塞到床下，“说不定路上用得着。”

“你晚上睡觉的时候不害怕吗？”刘青特苦笑。

“那倒也是，不如放你房间。”周瞳看向刘青特。

刘青特一边摆手，一边往后退，虽然知道周瞳是开玩笑，但也害怕他真的这么做，那自己可不用睡觉了。

四个人暂时把这件事放下，一起去餐厅吃了晚餐。老毕问周瞳接下来怎么打算，周瞳说要先去一家叫“云上”的酒吧。根据金焕恩提供的资料，袁子淇他们三人在珞萨的那些天，几乎每晚都会去那里。

老毕不知从哪儿弄了一辆大越野车，四个人极其张扬地直奔“云上”酒吧。

上山的路不好走，酒吧也没太显眼的招牌，门口却停了不少摩托车和汽车，看起来生意还不错。

酒吧里面坐满了人，大多穿着民族服装，有男有女，空气中飘散着浓浓的酒香。周瞳四人走进酒吧，就像是闯进的不速之客。许多人的目光投向他们，即使音乐声足够大，也还是能听到人们的窃窃私语。

周瞳他们也不怕尴尬，大大咧咧找了个空位坐下来。老毕招招手，从包里掏出一捆钞票，重重拍在桌子上。

“老毕，财不外露，你这也太嚣张了。”周瞳看着直摇头。

“确实俗了。”刘青特也附和道。

老毕不以为然：“年轻人，学着点。”

“这可学不了，你这一捆钱是我三个月工资。”周瞳苦笑。

服务员走了过来，带着略显生涩的口音，问道：“老板，要点什么？”

“给我来两瓶你们这里最好的酒，再上点水果、小吃就行了。”老毕说完，就把那一捆钱塞给服务员。

服务员是个小姑娘，人挺老实，连忙把钱放下，摆摆手说道：“不用这么多。”

老毕一挥手，大声说道：“今天在场的朋友，所有酒钱算我的，大家伙敞开喝！”

老毕出手阔绰，果然迎来叫好声，立刻有人过来给老毕敬酒。小姑娘这才眉开眼笑地收下钱，忙活着给所有人送酒去了。

老毕来者不拒，举杯畅饮。他年轻的时候本就在青贡待过很长一段时间，后来为了寻找救他的姑娘，更是常年在这片晃悠，所以精通当地语言，交流上基本没什么障碍。周瞳他们三人见这场面，都自叹弗如。

刘青特不会喝酒，就留他开车，以水代酒。周瞳和金焕恩怕老毕一个人扛不住，也加入酒局，频频举杯。

周瞳虽然也会一点当地语言，但比起老毕差得太远，不过也算能简单交流。他喝了几杯，等到气氛融洽，就走到吧台，去找刚才的小姑娘聊天。

周瞳本想去套个话，未等开口，小姑娘突然变了神色。

“周瞳，我等你很久了，跟我来。”

小姑娘的汉语说得十分流利，她轻轻握住周瞳的手，拉着他走进吧台的转角，里面有扇后门。

周瞳虽然惊讶，但还是保持镇定，跟在小姑娘身后。小姑娘带着周瞳从后门出来，屋外星空璀璨，空气清新，令人为之一振。

酒吧后面有一条羊肠小道，不过光线昏暗，也看不清通向哪里。周瞳虽然好奇，但也知道事有蹊跷，甩开了小姑娘的手，停步不前。

小姑娘回过头来问道：“怎么了？”

“这句话应该我问吧，你是什么人？怎么会知道我的名字？想带我去哪里？”周瞳不急不慢，一连问出三个问题。

“你这人挺谨慎。”小姑娘扑哧一笑。

“吃亏吃多了，自然会怕。”

“我知道你来这里，是为了救你老婆。”

小姑娘这句话，就像利剑插进周瞳的胸口。周瞳脸色一变，一字一句地说道：“小姑娘，你知道这话意味着什么吗？”

“意味着你必须马上跟我走，否则你老婆就没得救了。”小姑娘面不改色，仿佛在说一件无关痛痒的事情。

周瞳面色一寒：“我留住你，自然有办法问出个前因后果。”

“那你就赌一赌，跟我走，或者留下我，哪个能救你老婆？不过你的赌注有些大，是你老婆的命。”小姑娘的语气轻松，根本没把周瞳的威胁当回事。

周瞳知道她说得对，他不敢赌。

“你朋友要是跟出来了，你想跟我走，我也不走了。”小姑娘干脆坐到一旁的大石头上，闭目养神。

“我跟你走。”周瞳别无选择。

小姑娘睁开眼，得意地站起来，一把抓住周瞳，拉着他走进那条羊肠小道。

夜色下，山路并不好走。小姑娘显然对这条路十分熟悉，手电筒都没用，在黑暗中健步如飞。走了不多远，前方分出三条岔道。小姑娘走进左边那条，两个人来到一座石屋前。

“里面的人在等你。”小姑娘在一旁站定。

周瞳也不再多言，既来之则安之，更何况，他不认为对方是来要自己性命的。

石屋门口点着火把，火光摇曳不定，晃动的烛光让屋内忽明忽暗，更添几分神秘。画满经文的布条在窗户旁摇摆，发出“呼呼”的声音。周瞳径直走到门前，敲了敲门。

“进来。”屋里传来一声虚弱的声音。

周瞳推开门，走了进去。

石屋内摆设十分简单，四周摆放着碗架、面盆等器物，内侧有一张床，床前拉着帘子。周瞳隐约看见里面有个人盘腿坐着，却看不清是何人。

帘子是用各种五颜六色的石头穿起来的，偶尔一阵穿堂风过来，石头相互碰撞，发出悦耳的敲击声。

周瞳缓缓拉开帘子，只见一位枯瘦的白发老人盘腿坐在床上，老人的四肢被手腕粗的锁链锁住，犹如囚犯一般。

“袁天合。”周瞳淡淡说道。

老人正是天合生物公司的创始人袁天合。周瞳终于明白为什么袁子淇在珞萨待了那么长时间，而且每天晚上都去酒吧，看来就是为了见这个早已“身亡”的老人。

袁天合对外宣称自己死亡，还举办了盛大的葬礼，并把公司全部交给了孙女袁子淇，如今看来，这只是一场掩人耳目的骗局。

“你好像并不惊讶。”袁天合见周瞳神态自若，有些意外。

“你的出现让许多事都变得合情合理了。”周瞳豁然开朗，整个人完全放松了，搬了张凳子坐下来。这一路折腾，他累得够呛。

“淇淇的眼光不错，你果然有些与众不同。”袁天合点点头，眼神中颇有几分赞许。

“老爷子，我们言归正传，我老婆的事，跟你有没有关系？”周瞳盯着袁天合，直入正题。

袁天合没有立刻回答周瞳的问题，而是叹了口气，沉默片刻后，说道：“这些死去的人，还有受到伤害的人，恐怕都与我脱不了干系。”

周瞳没想到他会如此坦诚，一时间反而发不出火。他深吸一口气，继续问道：“你知不知道救我老婆的办法？”

周瞳现在只关心这一个问题。

“淇淇说你一定会找到这里，起初我还有些不相信，现在，我想你或许真的可以拯救所有人。”袁天合说到这里微微一顿，“我想有些事，你应该知道，这样便少了许多问题，只需要你最后做个决定。”

“愿闻其详。”周瞳有足够的耐心，他想听听袁天合怎么说。

袁天合似乎坐得有些累了，换了个姿势，铁链被扯动，发出“哗啦”的声音。

“你为什么要把自己锁起来？”周瞳问道。

袁天合看着周瞳，脸上露出意味不明的笑：“你很聪明。这事要从七十多年前说起，那时候我十六岁——”

# 第六章 自焚

20世纪40年代是一个极其混乱的年代，为了谋生，袁天合开始贩卖假药。战争年代，药品稀缺，贩卖药品利润可观，更别提假药了。

袁天合有个优势，他懂医理，也懂药。袁家在当地是有名的医药世家，家里有不少郎中，袁天合从小耳濡目染，加上天资聪慧，倒是有些真才实学。

袁天合本是个少爷，袁家家底算不上深厚，可也有不少积蓄。但一场横祸飞来——夜里日军飞机轰炸，一枚炸弹刚好落在袁家大院，一家老小只有袁天合侥幸活下来。

家没了，亲人也没了，一夜之间，袁天合成了孤儿。他辗转流落，最后跑到了西南边的落霞县城，在一家中药铺找到份差事。老板喜欢他机灵能干，十分看重他。

袁天合尽心尽力地干了一段时间后，发现了药铺老板卖假药的事情。这倒不是老板一心贪财，而是那时候想进真药材很难，而且价格奇高。老板没了办法，为了不让药铺关门，就干起了卖假药的黑心买卖。这假药治不好病，但也吃不死人。

后来有一天，宪兵队突然来到药铺，把老板抓走了。袁天合这才知道，老板卖假药的事情被人揭发了。宪兵队封了药铺，袁天合又流落街头。不过他跟着老板干了两年，摸透了药材生意的渠道，开始自己贩卖药材。

没想到这一做，竟然发了笔财。

吸取了老板此前的“教训”，袁天合卖的不都是假药，而是真假掺半。对于一些小病症，多少还是有些效果。除此之外，他还免费给人看诊，治好了不少人。时间一久，自然名利双收。

1945 年，日本投降，袁天合的天合药铺也正式开张。世道好了些，他也就不再做假药，想要建立口碑，把生意做大。

又过了大约一年光景，天合药铺的生意越做越大，还做起了军队的生意，对药材的需求也与日俱增。只是虽然抗日战争已经结束，但国内并不太平，稳定的药材来源是个大问题。

袁天合为了这事天天发愁。这天，他正在店里算账，药材商老贾找上门来。这个老贾算是他的贵人，当年他生意刚起步的时候，多亏老贾愿意赊货给他，他才能有今天的境况。

袁天合连忙起身相迎，招呼老贾去里面喝茶。老贾坐下喝了口茶，说了门大生意。

他说在青贡地区有一批珍贵的冬虫夏草，估摸有上百公斤，他一个人吃不下这么一大批货，希望与袁天合合作，把这批冬虫夏草弄回来。

“只要能运回来，按照现在的市场行情，价格至少能翻十倍。”老贾一兴奋，满脸通红。

“西南盗匪猖獗，这一路怕是没那么容易。”袁天合担忧道。

“说句实话，要是容易，我自己就去了。我也是有些怕，才来找你商量。”老贾也十分坦诚。

袁天合沉吟片刻后，问道：“消息可靠吗？”

“我的一个手下，跟了我十几年，那地方是他家乡，他前段时间回乡，亲眼看到了这批货，绝对可靠。他们村里人在山谷里发现大量冬虫夏草，知道是好东西，就都挖了出来。这是样品。”说着，老贾从口袋里掏出三四根冬虫夏草，“你看看，可都是上品。”

袁天合拿起来看了看，闻了闻，确实是极好的货色。

“干！”袁天合明白一个道理，富贵险中求。

袁天合虽然决定冒这次险，但也不敢大意，还是做了充分的准备，甚至雇了一支护卫队保障他们的安全。

这一路比他们想象中顺利，有老贾的手下当导游，他们很快就平安抵达了山村。

正如老贾所说，村里果然有大量新鲜的冬虫夏草，足足有一百三十公斤。村里人并不明白这些冬虫夏草的真正价值，只知道是好东西。袁天合和老贾给了村民们一个不低的价格，全部买了下来。如果他们能够顺利运回县城，利润简直能翻上天。

村里人十分热情，他们希望袁天合和老贾能长期来这里收购药材，当晚就热情招待了这些远道而来的贵宾。无论是村民们还是袁天合和老贾，两拨人都是满心喜悦，晚宴觥筹交错，气氛欢快。

闲聊中，袁天合和老贾得知村民们发现冬虫夏草的山谷中，还有其他许多药草，只是不知道有没有用，便没有采集。村长想让他们去看看，如果合适，也可以谈个价钱，采摘下来全卖给他们。

袁天合和老贾一听，连忙答应，准备第二天就进山。

“我们还是太贪心了。”袁天合谈到当年的事情，不由得感慨。

第二天，村长安排了两个村民做向导，袁天合和老贾则带着几个保镖一起进了山。

袁天合是第一次来到这样的森林。他的四周被郁郁葱葱的高耸树木环绕，时不时还会路过清澈的溪水，远处圣洁庄严的雪山时隐时现，让他流连忘返。袁天合沉浸在观赏美景的喜悦中，对这趟采摘之行信心满满。

一行人走了三四个小时，来到一座高山的山脚下。高山巍峨，抬头看不到顶，四周全是茂密的植被和悬崖峭壁，根本没有上山的路。

“二位，你们是不是走错路了？”袁天合不由得问道。

其中一位向导一笑：“几位放心，错不了。”

说完，向导们用手扒开一片灌木，后面露出一个洞穴。原来这些灌木是村民们为了遮盖洞口铺上去的，不知道的人很难发现这里别有洞天。

向导点燃火把走到前面，袁天合和老贾一行人跟在后面。洞穴起初有些狭窄，越往里走越开阔，而且分出许多岔路。洞内阴冷潮湿，钟乳石千奇百怪，还暗藏地下河道，宛如一个奇特的新世界。

袁天合那时候还是少年心性，头一次看到如此光怪陆离的洞穴，觉得大开眼界，探险的乐趣让他兴奋不已。反观老贾，没有袁天合这么乐观，他只感觉这地方太诡异，如果不是因为巨大的金钱诱惑，他恨不得立刻踏上归途。

一行人又走了好一会儿，老贾抬手看了看他的手表，却发现表停了，怎么上发条也不走。

“两位兄弟，这还要多久才能出去？”老贾忍不住问道。

“就快了。”一位向导停下来，举起火把，确认方位。

“这地方没有你们带路，外人根本不可能找得到。”老贾随口说道。

“我们自己人在这里都会迷路。你们千万跟紧，不要乱跑。”

众人听向导这么一说，也不敢再离队。又走了一段路，他们爬上一块巨石，终于看到前面有隐隐的亮光渗出。

“到了。”向导脸上露出笑容。

袁天合他们慢慢滑到巨石另一边，发现亮光是从上面一个洞口透下来的。洞口直径约莫半米，离地面有两米左右，刚好够一个人钻出去。袁天合他们在向导的指引下，一个个爬了出去。

由暗到明的转变有些突然，外面的阳光甚是刺眼，袁天合揉揉眼睛，等双眼慢慢适应眼前的环境。

这是一个与世隔绝的山谷，谷中繁花似锦，遍布各类叫不出名字的植物，还有许多珍奇的鸟兽。雪莲、何首乌、当归、虫草、人参等珍贵药材随处可见。一个巨大的宝藏就这样出现在袁天合和老贾眼前，他们欣喜万分。更令他们激动的是，此时在这山谷里的所有人，只有他们两个才知道这些植物的巨大价值。

山谷绵延，一眼看不到尽头，让人不由生出探索的欲望。袁天合和老贾都情不自禁往山谷深处走去。向导们劝阻他们不要再继续深入，怕谷中有猛兽会危及他们的安全。

袁天合举起手中的步枪，笑道："我们有六支枪，别说猛兽，就是天上的龙也给打下来。"

向导们一看他们手里有枪，也就不再劝阻，而且山谷虽大，但不像洞穴中那样容易迷路，朝着一个方向走就能回来。

袁天合和老贾一边走，一边忍不住拿出袋子，把沿途珍贵的药材和植物摘下来打包。两人就像在一路捡钱，简直不亦乐乎，不知不觉中，他们已经走到山谷深处。

向导们再次劝阻，天黑后路不好走。袁天合他们心中一盘算，觉得收获已然颇丰，便打算打道回府。忽然，山林里传来一声嘶嚎，那声音似人非人、似兽非兽，异常刺耳，令人胆战心惊。

与此同时，林中忽然漫起大雾，眼前瞬间白茫茫一片，伸手不见五指。正当大家无所适从时，传来一声枪响，跟着就是一声惨叫。

"大家不要慌，听我声音，向我这边靠拢！"袁天合临危不乱，立刻呼喊同伴聚集一处。慌乱中，他也不知发生了什么事情，大家还是聚在一起比较安全。

众人闻言循着袁天合的声音，慢慢向他靠拢。

"老贾？"袁天合叫道。

"我在这里。"老贾气喘吁吁。

袁天合听到声音来自自己左边，于是侧身走了两步，伸手抓了一把，然而，这一抓却抓住一个黏糊糊的东西，他赶紧缩手。

他把手拿到眼前一看，手上黏糊糊的全是血。

袁天合还来不及弄清楚是怎么一回事，四周又响起接连不断的枪声和叫声，有几颗子弹几乎擦着他的额头飞过。他赶紧卧倒在地，大声喊道：“别开枪！别开枪！”

可是没有人听他的，甚至没有人回应他的叫喊。

袁天合不辨方向，也看不清周围的情况，只能趴在地上，往远离枪声的方向爬。可他没爬一会儿，就摸到一个软软的东西，凑近一看，竟然是老贾的脸。

老贾的脸血肉模糊，袁天合只觉得一阵反胃，差点吐出来。

袁天合不知发生了什么，但是他知道危险就在附近，求生的本能告诉他：必须马上离开这里！他不敢站起来，只能深吸一口气，朝着一个方向猛爬。

枪声和惨叫声越来越微弱，渐渐归于平静。原因恐怕只有一个——其他人都遭遇了意外。

他找了一片草丛躲了进去，气都不敢大喘，只盼着这雾气早点散去。

好在天遂人愿，大约过了半个小时，雾气渐渐散去，阳光重回大地。袁天合确认四周并无异样后，才慢慢从草丛里站起来。

之前随处可见的飞鸟不见一只，只留一片寂静。他定了定神，握紧手中的枪，想回去看看其他人的情况。走了一会儿，他发现自己走反了方向，正打算回头，忽然看到前面丛林里有一个奇特的三角形建筑。

建筑不算太高，最多三米，是用石头搭建起来的，石头下宽上窄，严丝合缝地摞在一起，外面长满了苔藓和杂草，看起来废弃已久。

袁天合不免有些好奇，爹着胆子走到建筑旁边。靠近后，他才看到石头上雕刻着一些文字和图案。文字他看不懂，也从没见过，图案倒是简单，都是些人、动物、建筑之类的东西，看起来像是什么古代遗迹。

他对这些没兴趣，当务之急是赶快离开这里，找人帮忙搞清楚究竟是什么怪物杀了老贾。他转身正准备离开，山林里忽然又传来那种怪叫声。

袁天合停下脚步，屏气凝神。他知道仅凭一己之力，绝无对付这一怪物的可能。可眼前他又能躲到哪里去？

袁天合急得满头大汗，忽然看到三角建筑一侧有个凹槽，大小刚好可以挤进去一个人。他急忙钻进去，用外面的灌木把自己遮起来，希望能躲一躲。

他刚刚躲好，打算喘口气，不料背后的墙忽然不见了。他顿时失去平衡，整个人后仰着倒了下去。

摔下的速度太快，他什么也看不清，只感觉到自己像只失控的皮球，在一个下坡道上撞来撞去。突然，他的后脑受到撞击，整个人一下子晕了过去。

袁天合挣扎着醒过来的时候，发现自己正躺在一个水池里。水池很浅，冰冷的水让他打个了冷战，他慌忙爬了起来。

一个庞大的地宫出现在他的眼前。地宫里雕梁画栋，精美的雕塑随处可见，喷泉、水池、广场、石桥、房屋等应有尽有。墙壁上嵌着一块块发光的石头，把原本黑暗的地宫照得如同白昼。

比起这些梦幻般的建筑，宫殿里更多的是骸骨。无数森白的骸骨散落在地上，宛若一个旧时的修罗场。

骸骨身上的衣物已经完全腐化，就像灰尘一样覆盖在白骨之上，轻轻一碰，就飘散在空气中，消失不见。地上还遗留着各种珠宝、金饰、玉石……件件价值连城。

袁天合明白，如果自己出不去，这些宝贝还不如那池子中的水，至少水还能解渴。命都没了，身外之物毫无意义。

他现在有些后悔，如果当初老老实实带着冬虫夏草回去，也不至于落到这般田地。袁天合叹口气，开始四处寻找出口，可是一无所获。这座巨大的地下宫殿四周全被坚硬的岩石封死，简直就像一个坟墓。

袁天合想找当初掉下来的洞口，可搜寻许久，也没看到这地方有任何洞口或者隧道，仿佛自己是凭空出现在这里一样。他在这地宫里也不知道时间，渴了就喝些水，累了就睡一会儿。

地宫里面找不到任何食物，袁天合饿得两眼发昏。想到自己会在这里活活饿死，成为众多骸骨中的一具，他不免感到绝望。

再次捧起池水，准备灌下肚时，袁天合突然意识到一个不同寻常的地方——地宫里的水池，无论大小，里面的水永远只有一根手指那么深。

起初他以为是自己的幻觉，意识到这点后，他找来一个玉盆样的器皿，拼命地把水池里的水往外舀。无论他舀多少，水池里的水依旧保持着原有的深度，不增不减。

袁天合感觉找到了出去的希望。水不可能无中生有，也就是说，这里有水源。如果能找到水源，说不定自己就能顺着地下水找到出口。虽然希望渺茫，但总好过待在这里等死。

一番探索后，袁天合找到了水源的入口。他抱着必死的决心，潜入了水道。水道很深，连接着一条地下河，他顺着河水流向，游到一个空旷的洞穴中。

“那个洞穴里长满了红色的花，花朵看起来肥硕多汁。当时我实在饿极了，就摘了一朵，咬了一口，没想到味道不错，酸酸甜甜的，我见身体也没什么不良反应，就一口气吃了十几朵。”袁天合说到这里，舔了舔嘴唇。

“你说的这种花，就是朱山骨吗？”周瞳问道。

袁天合点了点头，说道：“我也是后来才知道这个名字的。”

“故事很精彩，但这不是我想知道的。”周瞳并不是没有耐心的人，但此刻他只关心怎样才能救严咏洁。

“正是朱山骨让我变成今天这个样子。它有着极其神奇的功效，让人变得更强壮、更敏捷、更聪明，甚至更长寿……但它有一个副，副作用。”袁天合的身体开始颤抖，原本一脸祥和的他忽然变得面目狰狞，“你，你靠近点，我说给你听。来，靠近一点……”

周瞳发觉袁天合有些古怪。这时候，袁天合看起来就像吴波的小姨，好像下一秒就会变成凶狠无比的野兽。

“我听力好，就这么说吧。”周瞳站了起来。

“来，来，过来！”袁天合黑色的瞳孔一下子变得猩红，原本坐着的他突然从床上弹了起来，拼命扯动铁链，想要扑向周瞳。好在那铁链很结实，袁天合无论如何也挣脱不开。

门外的小姑娘也听到声音，跑了进来，手里拿着一个透明血袋，远远地丢给袁天合。袁天合一把抓住血袋，咬破了外面的塑料，贪婪地将里面的血一吸而尽。

“过一会儿就好了。”小姑娘看着周瞳说道。

周瞳终于明白袁天合为什么要锁住自己了，看来他十分清楚自己的境况。吸过血的袁天合慢慢平静下来，眼睛逐渐恢复了原来的颜色。

“这就是朱山骨的副作用……让人丧失本性，嗜血如狂。”袁天合丢掉手中的血袋，“你的妻子不会死，但是如果不能及时解开朱山骨之谜，她就会变成和我一样的怪物。”

周瞳一愣，问道：“朱山骨之谜？”

“我吃了朱山骨之后，只感觉精力充沛，饥饿感和疼痛感一下就消失了。我当时只顾着眼前的困境，还不知道自己的身体已经发生了可怕的变化……”

袁天合吃完那些红花后，才开始观察洞穴。他看到洞穴另一边有一道狭长的夹缝，大小刚好能容纳一个人，不时有风吹进来。

他钻进岩石夹缝，一直走啊走，发现夹缝越来越宽，最后，自己竟然回到了向导带他们进入的那个山洞。袁天合不敢耽误，靠着记忆在山洞中穿行，终于走出了山洞。

他回到村子，看到的却是一片废墟。房子都被大火焚毁，无论村民或者他们的人，没有一个活口。无论男女老幼，全被开膛破肚，死状惨不忍睹。

“谁杀的？”周瞳不由得问道。

“我花了将近八十年来调查这件事，但始终没找到凶手。唯一一个值得怀疑的对象，就是老贾的手下冬三，就是那个把我们带进村子的人。”

“为什么怀疑他？”

“因为我后来检查了所有尸体，唯独没看见冬三。也许他还活着，也许死在了别处，我不得而知。至于他是不是凶手，仍旧是个谜。”袁天合不由得叹了口气。

“那最近发生的这些事情，还有你孙女袁子淇的失踪，和你有什么关系？”

“我——”袁天合正准备继续往下讲，外面突然响起爆炸声。

“他们来了！”小姑娘的脸色一下变得苍白。

“时候到了。周瞳，你和安吉先走，剩下的事情，她会告诉你。”

“什么人来了？”周瞳一脸迷惑地看着身边的安吉。

“不死之徒。”安吉一把抓住周瞳，拉着他就往后门走。

“袁老先生怎么办？”

“我活得太久了，累了。”袁天合似乎早就料到有这一天，他轻轻转动床前的一个虎头把手，只见屋顶上，悬挂着铁链的锁扣处喷出淡红色的油。

安吉眼眶红润，别过头，不忍再看。袁天合的身上瞬间沾满了红油，随后火光一闪，他立刻被烈焰包围。

一切发生在电光石火之间，周瞳根本来不及做出任何反应，只能眼睁睁看着袁天合被烧成一团。

“走！再不走就来不及了！”安吉拽着周瞳迅速离开小屋。

后门停着一辆摩托车，两个人跨上摩托车，安吉发动油门，车飞驰而出。

周瞳坐在车后回头望去，只见石屋已在一片火海中，有几个人影以极快的速度跳过大火，朝他们追来，跳跃的高度和奔跑的速度绝非常人可及。周瞳想起严咏洁受伤那晚见到的那个身影。

安吉轻车熟路地甩掉“追兵”，在路旁停下了车。她跳下车，一口气跑到树林里，再也坚持不住，蹲下来号啕大哭。

周瞳不由得有些感慨。他站到一边，给刘青特发了条短信，说自己有点事，让他们先回去，明早再碰头。

今晚发生的事情实在太突然，他需要时间整理一下，而且有些疑惑，还需要眼前这个叫安吉的女孩来解答。

安吉哭完后，抹了抹眼泪，站起来，怒气冲冲地看着周瞳说道：“是你把那些‘不死之徒’带来的！”

“我？”周瞳心里一惊。

“对！你来了，他们就跟着来了！不是你又是谁？”

周瞳没有反驳。事情确实太凑巧，恐怕有人一直在暗中监视他们。

“把你的手机拿出来。”安吉伸出手。

周瞳知道她想做什么，连忙退后几步，摇摇头说道：“手机我刚买的，好几千块呢，我自己处理。”说完，周瞳拿出手机，取出 SIM 卡，又在摩托车上找到一个塑料袋，将手机和卡放进去包好，埋到树下，最后在树干上做了个记号。

“这下你放心了吧？等事情结束，我再回来取。”周瞳拍拍手说道。

安吉冷哼一声，没再说什么，也算是认可了这个处理方法。

“安吉，袁老先生的事情我很遗憾，希望你能把你知道的事情告诉我，让我查明一切，相信这也是他老人家所期望的。”周瞳言归正传。

“你倒是挺自信。阿爸查了这么多年都没解开这个谜，你能查得到？如果不是因为淇淇姐，我根本不会让你去见阿爸！”

“也许我能做到，也许我做不到，但是事情已经到了这个地步，多一个人去追查真相总不是坏事，对吧？”

听完这番话，安吉依然不觉得周瞳能对抗“不死之徒”，更别说查清“朱山骨之谜”了。但正如他所说，多一个人调查并不是坏事。

“安吉，你和袁老先生是什么关系？”周瞳开口问道。

“阿爸是我的养父……”安吉低声说道。她想起过往，不禁又是一阵感伤，“说来话长，这里不是聊天的地方。”

安吉骑上摩托车，带着周瞳来到一幢木屋前。木屋搭在湖边，四周渺无人烟。安吉带着周瞳进了木屋，点燃油灯，煮了一壶茶。木屋里面布置精巧，墙上挂着安吉和袁天合的合影，两人站在湖边，脸上都露出真挚的笑容。

“阿爸发现自己身体上的变化时非常恐惧，他对任何食物都失去了兴趣，除了血，人血。”安吉说着，给周瞳倒了一杯茶，“听阿爸说，他完全不记得自己第一次吸人血时的情形。那是一次毫无征兆的暴发，等他清醒过来的时候，那人已经被他咬伤。当时他吓坏了，掉头就跑。后来为了避免自己丧失理智，阿爸每天都会定时吸食血袋，这样就能保持本性。”

“这听起来有些像西方的吸血鬼。”如果不是亲眼所见，周瞳恐怕不会相信安吉这番话。

“确实有些相似。只是阿爸没想到，被他咬过的那个人并没有死，而是也成了嗜血如狂的人。不知道为什么，这种嗜血性就像病毒一样，能通过血液传播，所以感染了这种嗜血病毒的人，又会造就新一批感染者。

“这种人越来越多，有些人甚至开始自称‘不死之徒’，逐渐变成了某种组织。这些人疯狂又残暴，他们并没有把这种事情看作不幸，反而认为是一种天赐的超能力，让他们拥有常人难以企及的寿命、力量和智慧。他们甚至想用这种病毒来改造全人类，并把这称为进化。”

“疯子总是高举伟大的旗帜。”周瞳说着，喝了口茶。

安吉点点头，继续说道：“万幸的是‘不死之徒’的传染力十分弱，没过多久，他们就完全丧失了传染能力，无法再制造新的‘不死之徒’。他们为了重新获得传染的力量，找到了阿爸。许多年来，阿爸一直投入大量的人力、物力研究自己的身体，希望找出清除体内病毒的方法，恢复成正常人。奈何没有这种病毒的原株——朱山骨，一直无法取得突破性进展。‘不死之徒’找上门，假意说要帮阿爸找朱山骨，阿爸那时并不清楚对方的真实意图，只是为伤害他人深感愧疚，也就答应了他们。实际上，他们是想拿到朱山骨，制造更多的‘不死之徒’。”

周瞳轻轻敲了敲桌子，看着安吉问道：“被你阿爸咬伤的那个人究竟是谁？”

安吉摇摇头：“不知道，阿爸说他当时太慌张，根本没看清对方的脸。后来，‘不死之徒’来找阿爸都是戴着面具。”

周瞳一愣。他看安吉不像撒谎，但是要说袁天合不知道自己咬的第一个人是谁，那绝无可能。可他为什么要隐瞒这个人的真实身份呢？

“后来发生了什么事情，让袁老先生发现了‘不死之徒’的真实目的？”

“因为‘不死之徒’拒绝食用血袋。他们的目的就是残害无辜的人，吸干他们的血液，以满足自己的欲望。他们虽然行事隐秘，终究还是暴露了，让阿爸知道了他们的恶行。”

周瞳想起最近几起命案中，死者的血液都被抽干，恐怕就是这些“不死之徒”的罪行。而一直困扰他的面具人，应该就是“不死之徒”。

安吉喝了口茶，又说道：“‘不死之徒’一直找不到朱山骨，便打起了阿爸的主意，因为阿爸是吃过朱山骨的，所以他身体内的嗜血病毒强大得多，一直都具有传染性。阿爸这些年来一直与‘不死之徒’争斗不休，他的儿子和儿媳妇也因此牺牲。这几年，阿爸担心淇淇姐也会出事，所以才决定远离天合生物公司和淇淇姐，躲到这里。”

“原来袁子淇的父母并非死于海难。”周瞳若有所思地说道。

“具体的情况我也不清楚，只听阿爸说是‘不死之徒’害死了他们。阿爸以为只要他远离淇淇姐，就能把危险一并带走，没想到突然出现了一个叫吴波的研究员。淇淇姐看到那份提到朱山骨的科考申请书后十分惊讶，立刻批准了这个项目，并亲自陪吴波去墨沱寻找朱山骨。”

“看来袁子淇和吴波那次去墨沱，真的发现了什么。”周瞳听到这里已经能猜到，后面的腥风血雨，大概就是这次科考引起的。

“这件事只有找到吴波才能知道答案。”

“难道袁子淇不知道吗？”周瞳反问道。

“看来你并不相信淇淇姐。”安吉有些生气。

“在真相完全揭晓之前，我对任何人都保持怀疑。”周瞳毫不掩饰地笑道。

安吉虽然不满，但也无法反驳，只能气鼓鼓地说：“我知道的事情就这些。”

“可是我还有几个问题。”周瞳拿起茶壶，又给自己满了一杯，“除了你和袁子淇，还有谁知道袁老先生的事情？”

“据我所知，没有其他人知道。阿爸甚至不想让淇淇姐知道这件事，但身边的亲人，终究是瞒不住……”

“袁子淇现在在哪里？”周瞳直接问道。

“淇淇姐当然是在天合生物公司了。”安吉脱口而出。

周瞳看她似乎并不知道袁子淇失踪的事情，但他并不急着说出来，而是继续问道：“你最后一次见到袁子淇是什么时候？”

“半个月前吧。淇淇姐来找阿爸，说你可以帮我们找到朱山骨，还说了一堆关于你的故事。不过我觉得她言过其实了。”

周瞳没在意安吉的讽刺，只是意识到袁子淇其实早就计划好要把自己拖下水了。每件事情都环环相扣，他不得不怀疑，她的失踪是不是也是计划的一部分。

“据我所知，袁子淇现在失踪了。”

“淇淇姐失踪了？”安吉睁大了眼睛。

周瞳点点头，慢慢将袁子淇失踪的事情讲给安吉听。

安吉听完前因后果，十分担心：“谁能威胁淇淇姐，让她不敢反抗，乖乖跟着走？”

“我刚开始也觉得她的失踪是故弄玄虚，现在来看，恐怕是另有隐情。无论如何，我们必须要找到她，她一定知道什么我们不了解的信息。”

“只有找到淇淇姐，你才能救你老婆。”安吉补充道。

“什么意思？”

“天合生物公司有一个专门研究嗜血病毒的科研团队，只有他们才能在拿到病毒原株后以最快的速度制出抗毒血清。这个团队并没有任何公开信息，只有阿爸和淇淇姐清楚他们的运作情况。”安吉解释道。

周瞳明白了他目前的处境，想救严咏洁，他需要完成两件事：一是揭开“朱山骨之谜”，二是找到袁子淇。

“还有一件事我想问问你。怎么看起来金焕恩并不认识你？”周瞳说出了自己的疑问。

“我一直都在这里，从未去过天合生物公司，他自然不认识我。”

“那金焕恩知道朱山骨的事情吗？”

“应该并不知道。你怀疑他？”安吉不由得问道。

周瞳点点头，倒不否认：“真相未明之前，许多事情都需要小心谨慎。”

“我要和你们一起去墨沱！”安吉下定决心要完成袁天合的遗愿，也要找到袁子淇。

“也好，一车刚好坐五个人。”周瞳没有拒绝，他也没有拒绝的理由。安吉了解朱山骨，也了解这片土地。

第二天一早，刘青特、老毕和金焕恩在停车场等着周瞳，没想到周瞳出现的时候，竟然还带着酒吧里的那个小姑娘。

老毕笑嘻嘻地冲周瞳挤眉弄眼，说道："大情圣，一晚上不见你回来，敢情是因为有了新欢啊。"

不等周瞳说话，安吉先瞪了一眼老毕。

"和我开玩笑没关系，不过这位姑娘可不好惹。老毕，我劝你小心点。"周瞳笑道。

"我叫安吉，昨晚跟大家见过面。"安吉微微鞠躬。

"长话短说，我给大家讲讲昨晚发生的事情。"周瞳把昨晚的事情简要说了一遍。虽然他没有添油加醋，但是刘青特他们三人还是感到震惊无比，尤其是金焕恩。

周瞳走到金焕恩面前，拍了拍他的肩膀："我想这些事情，你需要慢慢消化一下。"

"为了避免被跟踪，大家把手机留在酒店，老毕给我们准备了卫星电话。"周瞳想起自己埋在树下的手机，万一下起雨来，也不知道扛不扛得住。

"放心，一早我就交代他们了。"老毕掏出卫星电话，拿在手里晃了晃。

"好吧，有什么事车上再说，我们今天要赶到墨沱。"周瞳打开车门，坐到驾驶位上，拍拍方向盘，不由得在心里默默祈祷。

"老婆，等我回来。"

● ● ●

方远和李兴雯带着刑侦大队的同事们，两班轮休，夜以继日地对面具人进行调查。同时，周瞳从墨沱传回来的情报也引起了警方的高度重视。在方远的安排下，三个面生的年轻警员跟随税务部门，以税务稽查的名义进入天合公司内部，查找朱山骨的相关线索。

另一方面，陆晓欢虽然被杀，但李兴雯并没有就此放弃调查。凶手杀人灭口，说明陆晓欢身上一定有重要线索。虽然人被灭口，但是她的过去、她的经历无法被抹杀。

陆晓欢有个好朋友，也是她的蓝颜知己，名叫葛鹏。陆晓欢从事的职业，让她不会轻易相信人，也不会轻易去交朋友。葛鹏是个例外，一个原因就是葛鹏不好女色，平日里与陆晓欢以姐妹相称，陆晓欢不用顾及什么；其次，虽然他们有着不同的遭遇，但都一样悲惨，同病相怜。

陆晓欢八岁时父母离异，母亲带着她改嫁，陆晓欢的噩梦由此开始。继父是个恶魔，同一屋檐下生活不到一个月，就对陆晓欢下手了。母亲知道继父对她所做的一切，却不闻不问，任由继父肆意妄为。

十五岁那年，她不堪折磨，在床上一刀捅死了继父。

她进了少管所，在里面混了三年，出来后便在社会上游荡，去过不少地方，做了很多工作，但似乎都不如意。她有过一次婚姻，因为身体原因，要不了孩子，老公和她离了婚。自那以后，她就彻底放纵自我了。

根据警方调查，陆晓欢和葛鹏是因为租房认识的，他们曾经合租一套公寓。陆晓欢发现葛鹏的性取向后，不但没有远离他，反而与他更加亲近，两个人有点抱团取暖的意思。

葛鹏也来自一个小地方。十五六岁时，他发现自己好像与周围的男孩不太一样，更是难以与他们打成一片。性格孤僻古怪，成了村里人对他的唯一印象。渐渐地，父母也不再管他。

他十八岁那年，父母给他生了个弟弟。弟弟出生那天的晚上，他逃离了家乡。自此游荡在城市的角落，隐瞒了自己真实的一面，艰难苟活。

陆晓欢同情他，他也同情陆晓欢。

葛鹏居无定所，时常更换联系方式。他进过戒毒所，出来后不怎么与人打交道，警方费了很大工夫才查到他的下落，李兴雯和同事在一家酒吧门口堵住了他。

葛鹏一听到“警察”二字，拔腿就跑。

李兴雯早有防备，葛鹏被守在酒吧后门的便衣逮了个正着。

葛鹏被带回公安局，他的身上还携带着毒品。

讯问室里，葛鹏一副无所谓的样子。李兴雯刚在葛鹏对面坐下来，还不等她问，葛鹏自己就先说道：“别想诬赖我贩毒啊，我自己用的。我愿意去戒毒所——”

“毒品的事情，警方会调查核实，按法律办事。我们抓你来，不是为这个。”李兴雯毫不留情地打断葛鹏，直入主题。

“那是为什么？”葛鹏有些蒙。

“陆晓欢。”

“出卖朋友的事情我可不做，我不知道她在哪儿。”

“陆晓欢为什么要躲起来？”李兴雯试探着问道。

葛鹏一愣，闭上嘴不再说话。这让李兴雯确定葛鹏一定知道一些关于陆晓欢的事情。

“陆晓欢死了。”李兴雯突然开口。

葛鹏猛地抬头看向眼前这位女警官：“你骗人！”

李兴雯一拍桌子，呵斥道：“你以为这里是什么地方？这里是公安局！陆晓欢被人谋杀了，你现在是重大嫌疑人！”

“她，她真的死了？”葛鹏眼睛一红，眼泪唰地流了出来。

这反应超出了李兴雯的预料，她本意是给葛鹏施加压力，没想到葛鹏竟然哭了起来。

“如果你不想她枉死，请配合我们警方调查，找到凶手，也算对得起你们相识一场。”李兴雯放缓语气，递给葛鹏一张纸巾。

“我想我知道是谁杀了她。我早就劝她，不要相信这些人。”葛鹏用纸巾擦干眼泪。

“别急，把你知道的事情说出来，我们一定会查明真相的。”李兴雯翻开笔记本，拿起笔，等着葛鹏继续往下说。

“能给我口水吗？”葛鹏问道。

李兴雯让身旁的同事递给葛鹏一瓶矿泉水。葛鹏喝了口水，开始讲述他所知道的事情。

大约一年前，陆晓欢对葛鹏说她遇见了一个豪客，赚了一大笔钱。葛鹏当时开玩笑问她有多大一笔钱，她却笑着不说。当时葛鹏没太在意，出来玩的公子哥，偶尔大方给点小费也挺正常。不过他还是好心提醒陆晓欢，天上不会掉馅饼。

这个电话后，陆晓欢就失联了。葛鹏没多想，以前陆晓欢一不开心，就玩失踪，他也习惯了。

大概半年后，陆晓欢突然约葛鹏出来喝酒。本来不是什么稀奇事，可这次约酒被陆晓欢搞得神神秘秘。几经周折后，他们在一个僻静的小酒吧见了面。葛鹏终于见到了满腹心事的陆晓欢。

“怎么，该不是有了吧？”葛鹏嬉笑着看向陆晓欢的肚子。

“没心思跟你开玩笑。”陆晓欢眉头一皱。

葛鹏没料到陆晓欢会一脸冷漠，这才认真对待起来。

“你怎么了？有什么事跟我说，我帮你出头。”

“我有些害怕……”

“到底出什么事了？你别吓我。”葛鹏从没见过陆晓欢这样。

“我说出来，你一定以为我疯了。算了，你还是陪我喝酒吧。”陆晓欢一口干掉了一杯威士忌。

“姑奶奶，你要是不说清楚，这酒我哪里喝得下去。”葛鹏摁住酒杯，不让陆晓欢继续喝。

“我杀人了。”陆晓欢面无表情地说道。

“杀，杀人……”葛鹏一惊，结结巴巴地不知道说什么好。

“可是我杀的人又活了。”陆晓欢瞪大了眼睛。

“你又拿我寻开心。”葛鹏呼了口气。

“我就知道你不会相信。”陆晓欢脸上的表情僵硬。

“那你把事情的来龙去脉都跟我说说，我才能帮你出谋划策。”葛鹏以为陆晓欢受了什么刺激，需要找人倾诉，他便专心当起听众。

陆晓欢咬了咬手指，给葛鹏讲了一个诡异的故事。

● ● ●

那是一个炎热的下午，陆晓欢接到一个活儿，地点在一栋老旧的居民楼。她一开始是拒绝的，本着安全第一的原则，如果不是酒店房间，她一般都不会去。只是，这个客人很豪气，直接在手机上预付了全部费用，还说如果服务好，多加一倍的钱。

陆晓欢心动了。

她如约来到居民楼，看着古董一般摇摇欲坠的老楼，挣扎着走了进去。楼里没有电梯，陆晓欢咬着牙，通过狭小昏暗的楼道爬上六楼，来到约定的房间门口。

开门的客人是个帅气小伙，长得一表人才。陆晓欢心里暗喜，放下心来，进了屋子。房间里有些简陋，没有空调，屋顶有台老式吊扇拼命转动着。小伙子有些羞涩和笨拙，看起来挺紧张。

陆晓欢觉得这像是个出来偷腥的富家学生，觉得有趣，边调戏边伺候着这位“客人”。两人一直折腾到晚上十点多，但是对方的欲望就像填不满的黑洞。

陆晓欢不干了，要走，小伙子也没拦着，给了她三倍的钱。

过了几天，这个小伙子又找到陆晓欢。陆晓欢照旧去了。这个小伙子虽然有些磨人，但是出手很大方，没人跟钱过不去。

就这样，小伙子隔三岔五就招陆晓欢去一次，每次的钱都给得很多。陆晓欢自然高兴，那段时间她推了其他客人，专门陪小伙子玩。

没想到有一次，两人云雨之时，小伙子忽然狂性大发，一口咬住了陆晓欢的肩膀。

陆晓欢以为他是闹着玩，便笑着想推开对方，可小伙子并未松口。她的肩膀被咬出了血，无论她如何挣扎求饶，对方都不松口，还变得越来越兴奋，不断吸食伤口流出的血。

陆晓欢惊恐万分，拼命反抗，但对方力气太大，她根本推不开他。这时，她看到床头有一把剪刀，她奋力摸到剪刀，一下插进小伙子的颈部。

血溅了陆晓欢一脸，小伙子终于松了口。

陆晓欢一脚把他踢开，忍着肩膀的剧痛，慌忙穿上衣服。这时，她回头看到小伙子躺在地上一动也不动，有些害怕，伸手试探鼻息，发现他没了呼吸。

陆晓欢再也顾不上自己的伤，翻出小伙子的钱包，拿走了全部现金，打算一走了之。她转念一想，万一尸体被发现，警察一定会查到自己身上。

一不做二不休，陆晓欢咬咬牙，放了一把火。老房子着火，一发不可收拾。

之后一段时间，陆晓欢听到警车的声音就心里发慌，决定先躲到乡下避一避风头。

这一躲就是三个月。三个月过去了，陆晓欢发现没人来找她，那场火都上了新闻，如果警方怀疑自己，应该早就来抓她了。想到这儿，她胆子不免大了些，决定回去看看。

陆晓欢特地化了装，戴了假发和墨镜，打算回到城里，再去那栋老房子看看。

深夜，她胆战心惊地去了现场，老房子已经成了一片废墟，鬼影都不见一个。她转身就想离开这鬼地方，忽然，有人拍了拍她的肩膀。

她回身一看，那个小伙子竟然站在她身后，咧着嘴冲她笑。

陆晓欢吓得魂飞魄散，以为遇到了鬼，拔腿就跑。可小伙子动作比她更快，一把抱住了她，将她拖进了巷子。

陆晓欢晕了过去，醒来的时候，发现自己在一个陌生的房间里，手脚都被绑住，嘴也被胶布封上了。陆晓欢万念俱灰，以为小伙子要报复，甚至杀了自己。

可小伙子并没有这么做，而是给她放了一段视频。

视频里是陆晓欢杀人放火的全过程。

“虽然我没死，但那场大火烧死了七个人，如果我把视频给警方，死刑你是跑不了的。”小伙子压在陆晓欢的身上，冷冷地说。

陆晓欢的嘴被胶布封着，想说话却说不出来。小伙子撕开了陆晓欢的胶布。

“你怎么一点事没有？”陆晓欢不敢相信自己的眼睛，自己明明把剪刀插了进去，可小伙子脖子上没有一丝疤痕，身上也没有烧伤的痕迹。

“你要杀我，就要把我的脑袋砍下来。”小伙子说这话的时候，脸上没有一点笑容。

“你想怎么样？”陆晓欢现在反而冷静下来，至少小伙子现在不会杀她，否则何必多此一举。

“帮我做一件事。”

“什么事？”

“引诱一个男人。”小伙子淡淡地说道，“你乖乖听话，按我的要求做到了，我会给你一大笔钱。如果你不听话，我会让你死得很难看。”

● ● ●

“陆晓欢有没有说她去引诱的那个男人是谁？”李兴雯追问道。

“好像是叫吴波。”

李兴雯并不吃惊，这和他们之前的调查基本吻合，吴波是陆晓欢的常客。

"那个胁迫她的小伙子呢？"

"她没有说，我觉得她自己也不知道对方的真实身份。除了告诉我这些事情，她还让我保管一样东西，说她万一出了什么事情，让我把这东西交给警察……没想到，她真的出事了……"葛鹏的眼圈又红了。

"什么东西？"李兴雯精神一振。

"一个U盘。我之前好奇，试着用电脑看过，但打不开。U盘就在我住的地方，我可以带你们去拿。"

● ● ●

严咏洁醒了，或者说短暂恢复了意识，她开口说的第一句话就是问周瞳在哪里。护士不知道怎么回答，只能安慰她，让她保持情绪稳定。

李兴雯接到医院的电话，立刻赶了过去。

严咏洁还发着高烧，一时清醒，一时糊涂。清醒时，她焦急地问李兴雯"周瞳去了哪里"，李兴雯如实相告。得知周瞳暂时安全后，严咏洁又迷迷糊糊睡了过去，恍惚中醒来，又开始反复说着"让他回来，有危险……"。

李兴雯问她为什么这么说，严咏洁又说不上来，只是重复着相同的话。医生最终把李兴雯请了出去，因为严咏洁的情况还十分不稳定。

医生们通过各种仪器能观察到严咏洁身体的变化，但无法阻止这种变化，唯一值得庆幸的是，严咏洁的身体机能还能正常运转。

周瞳在李兴雯打通他电话前主动联系了她，李兴雯向周瞳转述了严咏洁的话。周瞳没有插嘴，在电话另一端静静听着。听到严咏洁的嘱咐后，他心里也不是滋味。他知道这次旅程十分危险，但他没有选择。

一阵沉默后，周瞳请李兴雯用手机帮他录一段语音，在严咏洁醒来后放给她听。李兴雯本以为周瞳会讲什么感人肺腑的情话，可是，她听到的是一个烂俗的笑话。

“就这？”李兴雯忍不住问道。

“就这。她笑点低，听到这个笑话，就会开心一点，也会知道我很好，很安全。”

李兴雯忽然明白了，这是外人无法参与的、夫妻之间的小秘密。她把周瞳的录音导入一台便携音乐播放器里，请护士带进了病房。护士把播放器放到严咏洁床头，按下了播放键。

隔着玻璃窗，李兴雯好像看到了严咏洁的笑容。

# 第七章『小偷们』

洛萨市到墨沱县城有七百多公里，虽然不算太远，但没有高速公路，路况也不好，周瞳他们用了将近十个小时才赶到墨沱。

他们沿途遇到不少游客，多数人以为他们与自己一样，也是出来旅游的，他们也只是笑着打哈哈，但在表面的轻松下，不安充斥着他们每个人的内心。在那黑暗潮湿的丛林里，不知会有什么危险等待着他们。他们究竟能否找到传说中的朱山骨，解开它背后的秘密呢？

老毕、刘青特、金焕恩和安吉四人心里都没有底，可这四个人都认为周瞳心里有底。

周瞳看起来确实是胸有成竹的样子，其实只有他自己明白，这是一场冒险。

众人终于到达墨沱县城的酒店。周瞳觉得有必要再次告知其他人这次行动的危险性和未知性，一旦进入丛林，再后悔就来不及了。

其他人的回应也都在周瞳的预料之中，也有着必须坚持的理由。一行五人里，除了老毕是为了自己一直苦苦追寻的拉格而来，其他人多少都是和袁子淇有关。

五个人一起吃过晚饭后，就各自回房间休息去了。明天一早他们就要进入原始森林，在那里睡觉可就不是一件轻松的事情了。

这家号称整个县城里最好的酒店，也就是大城市里小旅社的标准。整个酒店只有上下两层楼，他们五个人都住在一楼。房间里的摆设十分简单，好在还有一台电视机。周瞳躺在床上，却没有困意，便打算看看电视。可他折腾了好半天，电视上也没出现任何图像。

正当他百无聊赖，准备出去走走的时候，听到有人敲他的窗户。

周瞳拉开窗帘，发现窗外有个男孩。男孩看起来八九岁的样子，皮肤黝黑，两只手扒在窗台上，一双大眼睛正看着他。

周瞳露出一个善意的微笑，从包里抓出几块巧克力，打开窗户，把巧克力递给男孩。可是男孩没去拿巧克力，而是用生涩的汉语问道："你是，周瞳吗？"

周瞳闻言一惊，点点头。

"有人让我给你个东西。"男孩说完，拿出一个拳头大小的牛皮纸包裹丢在窗台上。

周瞳拿起包裹看了看，上面什么也没写，感觉挺沉，不知道是什么东西。"什么人让——"周瞳刚想问男孩是什么人让他送来的，男孩却转身跑开了。

"等一下！"周瞳翻出窗户，要去追男孩，但外面黑灯瞎火，男孩早不见了踪影。

周瞳只能无奈地回到房间。他关好窗户后，小心翼翼地打开牛皮纸，只见里面包着一个铜球。

这铜球有些特别，并非光滑无缝的圆形球体，而是由许多精密的零件拼接而成。周瞳拿在手里摇了摇，感觉铜球里面似乎放着什么东西，便把铜球放到桌子上，试着用手按了按铜球表面的凹槽，铜球表面的连接处竟然发生了位移。

周瞳心下一惊。要把铜球做成这样，恐怕不是件容易的事情。究竟是什么人要通过一个孩子把这东西交给自己呢？铜球里面又藏着什么秘密？

周瞳百思不得其解，一门心思研究起这个铜球。他发现铜球外面一共由六十四块不规则的铜片拼接，每块铜片都是可以活动的，按下其中一块铜片，另外六十三块铜片的位置就会发生变化。无论铜片如何移动，球体的外形始终不会改变。

他研究了大半夜，依旧没有头绪。

有迹可循，就有破解之道。只是，铜球上没有明显的标识和图案，铜片的移动也没有任何规律，周瞳找不到设计者设计球体所根据的原理。

他并不是钻牛角尖的人，如果碰到没有头绪的事情，他会放一放，不去和自己较劲。他收好铜球，沉沉地进入梦乡。

第二天天还没亮，周瞳就被刘青特的敲门声叫醒。

“兄弟，你这是整夜没睡吗？”刘青特看着周瞳浮肿的眼睛，忍不住问道。

“昨天为了这东西折腾到大半夜，你看看。”周瞳眯着眼睛，一边穿衣服，一边把铜球丢给刘青特。

“这是什么玩意儿？哪儿来的？”刘青特接住铜球，左瞧瞧右瞧瞧，什么也看不明白。

“一个小孩给我的。”

“我不信，虽然我不知道这玩意儿是什么，但绝对是个老东西，指不定是什么古董呢。”刘青特拿出放大镜，对着铜球看了一圈。

“给老毕他们看看，看有没有人知道这个铜球是干什么用的。”

“就差你一个了，他们都在大堂等着你，”刘青特看了看腕表，“也就等了——半个钟头吧。”

“我洗漱一下，马上下去。你先把铜球拿过去吧。”

刘青特拿着铜球离开。不多时，周瞳也收拾好，背着包来到了大堂。老毕他们正围着铜球研究，看起来似乎都一头雾水。

“大家有什么看法？”周瞳走了过去。

“不知道。我们要不要先去找送你铜球的那个小孩？”刘青特言简意赅地总结了现状。

“对方愿意见我们的话，就不会躲起来了。铜球先放着，或许某个时候，我们就知道它的用处了。”周瞳拿起桌子上的铜球，放进背包里，“出发前，我们先看看地图。”

周瞳从包里拿出一份地图。这份地图是他根据目前收集到的信息手绘而成的，上面标出了袁子淇等人上次来墨沱的徒步路线。

“因为袁子淇曾经派人找过吴波，所以留下了一些资料和线索。凡是重要的地点，我都标示了经纬度。”周瞳一边展示地图，一边解释道。

“如果袁子淇所言非虚，她就是在这个位置和吴波、孟博文失去联系的。”周瞳说着，把手指移到标着红圈的位置，“离红圈直线距离约莫八公里的地方，也就是我画蓝圈的位置，是搜索队找到孟博文尸体的地点。我们要搜找的重点就是红圈到蓝圈之间这片区域，也就是吴波和孟博文失踪后的行动范围。”

“可那次搜索也是一样的路线，照样无功而返，我们再走同样的路线有用吗？”金焕恩不由得提出自己的疑虑。

“不，我们并不是要按照搜索队的路线走，而是要寻找袁子淇、吴波和孟博文他们所走的路。”周瞳敲了敲地图上的蓝圈。

“你怎么确定他们走的哪条路？”刘青特问道。

“袁子淇这么聪明，她如果真心想让我来帮她，怎么会不留下点线索？”

“淇淇姐聪慧过人，她一定有自己的安排。”安吉虽然不信任周瞳，但她相信袁子淇。

“依我看，大家不用问了，跟着周瞳走吧。有钱出钱、有力出力就是了。”老毕拍拍胸脯，给这段谈话做了总结。

● ● ●

李兴雯从葛鹏宿舍里拿到了那个U盘。U盘果然加密过，没有密码打不开。不过这种级别的密码对专业人员来说算不上难题，技术部门在一个小时后成功破解了U盘密码。

里面只有一张照片。从拍摄角度和清晰度来看，像是用手机偷拍的，拍摄于今年7月4日。照片上，一个年轻男人裸露着身体，正弯腰捡地上的内裤。拍摄的地点是卧室，拍摄者应该是在床上。

技术部门通过天网系统查到了该男子的身份，但结果令他们难以置信——该男子名叫康皓月，死于今年5月19日，不满二十一岁，死因是癌症。

照片的拍摄日期是7月4日，照片中的人却死于5月19日，这显然是矛盾的。技术人员反复核实了很多遍，得到的依旧是这个结果。

李兴雯看到结果也有些发蒙，猜想或许数据库里的资料更新不及时，或者出现了什么错漏。

警方手中的资料显示，康皓月的父亲康凯天是银行高管，母亲胡敏是一家小企业主，家庭环境优越。康皓月十六岁那年被医院确诊为恶性脑瘤，父母带着他全世界求医，仍旧没有治好。

今年5月19日，康皓月在第一人民医院去世，距今已有三个多月。根据医院的记录，死者的尸体被父母领走了，并没有直接送去殡仪馆。

李兴雯想打电话联系康皓月的父母，但两人的手机都打不通。她和同事只好前往康家，却发现家里没有人。一打听，才得知自康皓月去世后，夫妻俩就没回来住过。

之后，李兴雯去康凯天的公司了解情况，得知康凯天已经辞职，公司里没人知道他的去向；胡敏也把自己的公司卖了，下落不明。

康皓月过世后，他的父母就人间蒸发了。他们的亲人和朋友都不知道他们的去向。

还有一件事让李兴雯觉得很奇怪，就是康凯天夫妻俩并没有为儿子举行葬礼，原来走得近的亲戚们都不知道康皓月葬在哪里。

李兴雯想起吴波的小姨王淑华。虽然她没有亲眼看见，但是根据周瞳和刘青特的证词，王淑华可谓是“死而复生”。这种情况是否有可能发生在康皓月身上呢？

这些案件之间有千丝万缕的联系，都透着一股邪气，李兴雯隐约觉得康凯天和胡敏应该知道些什么。警方开始全力追查康凯天和胡敏的下落，他们很快就有了线索。

康凯天和胡敏在儿子去世后离开了市区，在附近县城里租了一套村民的房子住。原来的住户搬去了城里，便把这栋房子租给了康凯天夫妇，既没有登记身份证，也没有任何备案手续。如果不是警方查到康凯天的银行账户记录，很难找到这里。

这栋两层楼的村民自建房虽然不大，但前有院子，后有空地，周边都是山林，也是个清幽安静的好地方。

李兴雯敲开了门，开门的正是胡敏。

“您好，我们是南光分局刑侦大队的，请问您是胡敏女士吗？”李兴雯一边说，一边拿出警官证。

胡敏看到门外的三个人脸色一变，竟然有些慌张。李兴雯都看在眼里。这夫妇二人多半有些问题。

“是，是的，你们有什么事情吗？”

“我们来是想了解一下康皓月的事情。”李兴雯边说边盯着胡敏看。

“我儿子都死了，还有什么好问的——”胡敏说着竟然想关门。

李兴雯用手挡住门，严肃地说道：“胡阿姨，请您配合我们警方的工作，不然我们只能请你们回局里配合调查了。”

胡敏有些害怕，松了手。

“有什么就赶紧问吧，我还急着出去买菜。”

“我们还是进去聊吧。”不等胡敏邀请，李兴雯已经先一步踏进了房子。胡敏拦不住，也只好罢了。

“胡阿姨，您老伴康先生呢？”

“他出去办事了。”

“什么时候回来？”

“这个我就不知道了，他也没和我说。”

“胡阿姨，您别紧张，我们坐着聊吧。”李兴雯说着坐了下来。

房子外面虽然稍显破败，但里面井井有条，家具装饰都很有格调，看得出夫妻俩花了一番心思打理。

“坐，坐，我给你们倒茶。”胡敏拿出纸杯，给李兴雯和另外两名警员倒水。

“胡阿姨，冒昧地问一句，康皓月的丧事你们是怎么办的？”

胡敏一愣，反问道：“为什么问这个？”

“我们正在调查一起医疗案件，怀疑一家药厂的药品有问题。根据我们调查，康皓月生前曾经用过这种药，所以我们想做尸检。”

胡敏沉吟片刻，说道：“孩子已经海葬了。”

李兴雯闻言越发觉得康皓月的事情有蹊跷，如果不是有医院的死亡证明，她甚至怀疑康皓月是假死。关于医院是否作假这件事，她也安排人调查过。康皓月去世那天，值班医生三人和护士十一人都能证明，他们集体造假的可能性不大。

最关键的事情是康皓月没有假死的理由，他既没有犯罪，又没有债务，更没有人找他麻烦。

“这是孩子生前的遗愿。”胡敏见李兴雯没说话，又补充道。

“原来如此。那抱歉打搅了。”李兴雯站起来，又环顾了一下屋子，带着队员走了。

上车后，一个队员说道：“李队，这胡敏神色慌张，应该有事瞒着我们。”

“问是问不出来了，你打电话叫小王和铁头换便装过来盯梢。”李兴雯透过车窗望向屋子，似乎看到胡敏也在透过窗户，看着他们。

● ● ●

周瞳他们运气还算不错，墨沱这几日都没有雨，阳光明媚，这让他们的旅途轻松不少。

黄昏时分，他们来到了地图上红圈的位置，也就是袁子淇之前扎营的地方。这一块区域，只有一处相对平缓的地方适合扎营，即使时隔半年，依旧可以在地面上找到上次扎营时留下的痕迹。

营地的一侧是茂密的丛林，另一侧是巨大的山体，至少偏离常规的徒步路径七公里。

周瞳知道吴波手上有一份地图，图上记录着朱山骨的位置，吴波大概就是按照地图的指引来到这里的。

可是吴波和孟博文为什么在这里甩掉袁子淇呢？又或者，袁子淇在这件事上撒了谎？

“金大叔，有空聊聊吗？”周瞳上前帮金焕恩把帐篷展开。

金焕恩放下手里的工具，点点头。

“孟博文这个人，你了解多少？”周瞳问道。

“他是公司安保部的主管，是小姐的大学同学，比小姐高两届，算是师兄吧。”

“这么说，孟博文应该是袁子淇十分信任的人。”

“确实如此，是小姐亲自安排孟博文到公司任职的。”

“冒昧问一句，你当时为什么没陪袁子淇来这里？”周瞳知道金焕恩一直都在袁子淇身边，墨沱之行这样危险的事情，他却不在，其中必有原因。

金焕恩虽然有些尴尬，还是说道：“小姐指名要孟博文陪她，我不好再坚持。”

“原来如此。”周瞳心里有些纳闷。孟博文究竟有何特殊之处，能让袁子淇如此信任？不过这疑问金焕恩怕是无法回答。

“大家过来吃东西吧。”刘青特煮了一锅面条，锅里散发出阵阵香气。

他们这一路一直在吃面包，如今能喝口热汤，吃点面条，也算是享受了。周瞳和金焕恩走了过去，各盛了一碗面。老毕和安吉也整理完东西，从帐篷里走了出来。五个人围着篝火，一边吃面，一边说笑。

“老刘，你这手艺可以啊，以后谁娶到你，那是福气。”周瞳说着，还朝安吉直眨眼睛，就差直接把刘青特推到安吉面前了。

安吉倒也大方，笑着问刘青特：“刘哥要是喜欢我们这里，我倒是可以给介绍几个。”

刘青特涨红了脸，忙说道：“这事要看缘分，看缘分……”

“要主动出击，才有缘分！”周瞳拍了拍刘青特的肩膀。

“小刘脸皮薄，别逗他了。要是个个都像你这样，不知道有多少姑娘要遭殃了。”老毕算是帮刘青特解了围。

“老毕啊，你说你，我这是帮兄弟解决终身大事呢。”周瞳说着又盛了一碗汤面。

“吃人嘴软，我自然要帮他一下。”老毕笑道。

“一路上咱们并没有什么发现，又没有明确的目标，我们怎么找这朱山骨？”夜色渐渐降临，安吉看着越发耀眼的火光，忍不住问道。

她这一问，所有人的目光自然而然地投向了周瞳。

周瞳还在低头吃面，仿佛感觉不到众人迫切的目光。他把面吃完，才放下纸碗，说道：“老夫掐指一算，今晚会有人来偷东西。所以想要线索，就要抓住这个人。”

“偷东西？”众人异口同声道。

“不错，从我们下飞机开始，就有人一直盯着我们。今早我让老刘把铜球拿去酒店大堂，就是为了引他们现身。”周瞳解释道。

“这个铜球有这么重要吗？”刘青特问道。

周瞳从怀里摸出铜球，在手上抛了抛，说道：“重不重要今晚就知道了，这是他们下手的最好时机。”

“他们敢来，我就不会让他们全身而退。”金焕恩握了握拳头。

“这我倒是很放心。不过我们还是要设个小陷阱。”

● ● ●

原始森林的夜晚充满了野性，你可以听到野兽的嘶鸣，也可以听见昆虫的低语。这里既寂静，却也喧闹。

人类对丛林充满了幻想，浪漫的或恐惧的，因为这里总有未知之地。你很难想象那片茂密的黑暗中究竟隐藏着什么。

在这黑暗的森林里，有几点亮光，那是挂在帐篷外的露营灯。

野兽对这种非自然的光有着天然的恐惧感，绝不会轻易靠近，但是对某些人来说，这无疑是最好的指路明灯。

几个瘦小的身影在丛林里缓缓移动，渐渐以半圆的形态包围了三顶帐篷。在露营灯灯光的照射下，那些身影终于露出面貌——竟然是七只猴子。

这些猴子并非野生，都穿着衣服、背着包，像是训练有素的“战士”。猴子们从后面的背包里掏出几个圆球丢到帐篷四周。球滚落后，发出“扑哧”一声，冒出白色的烟雾。

猴子们纷纷退后，爬到树上。烟雾迅速弥漫开来，很快就把三顶帐篷都包裹起来。帐篷不远处的草丛里有一只挖树根的野猪，闻到烟雾后，瞬间倒在了地上。

猴子们在树上观察，直到烟雾散尽，才又跳下来，大大咧咧地闯进三顶帐篷里。正当它们兴奋地在帐篷里“翻箱倒柜”时，帐篷忽然坍塌，像渔网一样，一下就把猴子们罩住了。

猴子发出刺耳的叫声，又抓又蹬，却摆脱不了帐篷的束缚。看着被困住的七只猴子，周瞳他们哭笑不得。

“怎么办？审猴子吗？”老毕调侃道。

“这些猴子是受过专门训练的。咱们把球给它们，放它们走。”周瞳把铜球从包里拿出来。

“你这是想放猴归山，黄雀在后啊。”老毕的成语虽然用得不伦不类，但是也说中了事实。

“万一放出去，收不回怎么办？”安吉担心道。在丛林跟上猴子，可不是件容易事情。

“老毕有好东西，保证我们不会跟丢。”周瞳一点也不担心。

“这个是定位器。小心一点，这个胶粘上就很难弄下来。”老毕从包里翻出一个指甲大小的芯片，芯片背面有双面胶。

“老毕，你可真是我们的百宝箱啊！”刘青特笑道。

周瞳小心翼翼拿过定位器，把它粘到铜球上，之后试着搓了搓，很牢固，除非用工具，否则根本抠不下来。

他把铜球放到地上，然后挥挥手，示意众人重新躲到半山腰的掩体后面。金焕恩按下机关，帐篷的支架弹起来，猴子们立刻从帐篷里一个个窜了出来。

很快，一只猴子发现了地上的铜球，不过它没有立刻去拿，而是先围着铜球转了三圈，又警惕地碰了碰，确认没有危险后才抓起来。

抓着铜球的猴子叫了几声，飞快地窜进树林里，其他几只猴子也跟着跳上了树。片刻工夫，七只猴子就消失得无影无踪了。

“这猴子成精了啊！是什么人把它们训练成这样的？”安吉看到猴子的一举一动，不由得咂舌道。

老毕掏出一个类似手机的电子仪器，按了几下开关，屏幕上出现了闪烁的光点和方位标识。

“我们这就去会会养猴的人。”周瞳瞅着老毕手里的仪器，搓了搓手。

猴子们在丛林里移动的速度相当惊人，如果没有定位器，周瞳他们根本不可能知道这些猴子去了哪里。即使如此，他们也不敢慢悠悠，一旦对方发现铜球上的芯片，他们就前功尽弃了。

五个人跟着屏幕上的光点一路狂奔。老毕年纪大了，有些跟不上。刘青特看起来比老毕的体力还差，跑了一会儿，脸都发白了。

周瞳一看这情况，知道五个人里速度最快的是金焕恩，其他人怕是都不可能这么一路跑下去。

“金大叔，你先追上去，控制住对方，我们后面跟上来。”周瞳将追踪器递给金焕恩。

“没事儿，我这儿还有备用的。”老毕大口喘着粗气，从背包里又拿出一个追踪器。

金焕恩点点头。他刚才需要等周瞳他们，本就留有余力，如今一个人全力飞驰，那速度竟然与猴子们不相上下。

老毕拿着追踪器，看着两个飞速移动的光点，不由得惊叹道：“这个小金真是个狠人！”

“怎，怎么大家都停下来了？”刘青特这才上气不接下气地从后面赶上来。

“小刘，你这身体要好好锻炼一下了。”老毕嘴上说着，自己却先坐了下来。

刘青特见状，二话不说，也靠着老毕坐下来。

“金大叔先追上去了，我们歇一会儿再走也不迟。”周瞳拍拍安吉，让她也一起休息会儿。

“金大叔一个人没事儿吧？”安吉也是一头大汗。白天走了一天路，晚上又没休息好，体力确实消耗巨大。

“没事儿，他是高手中的高手。”周瞳坐了下来，抹了把汗，不经意地说，“看来袁子淇从来没在你们面前提过金焕恩。”

“淇淇姐还把我当孩子吧。”安吉无奈地笑道。

“袁老爷子也没提过金焕恩吗？”

“没有，你是不是怀疑金焕恩？”安吉看着周瞳。

“那倒没有，只是好奇。有一点我很肯定，金焕恩对袁子淇绝对是忠心耿耿。”周瞳坦诚说道。

“走吧，光点停下来了，离我们没多远了。”老毕拿着追踪器给周瞳看。

追踪器上显示，光点在离他们只有不到一公里的地方停了下来。四个人打起精神，继续前进。他们快步小跑，眼看就要接近光点的位置，却被一座山给挡在了原地。

“老毕，你这机器是不是有问题啊？”刘青特盯着老毕手里的机器问道。

“这可不是那种时灵时不灵的 GPS，用的是微波信号，不可能出问题。”老毕又在追踪器上按了几下，屏幕上出现了新的数据，“我去他奶奶的，地下 57 米！铜球上的定位芯片和小金手里拿的追踪器，都显示是在地下 57 米。”

老毕一边说，一边操作仪器反复确认。

周瞳知道老毕的本事，也相信他的判断，于是便在岩石上摸索起来。如果是在地下，这里必然会有入口。只是夜里全靠手电筒照亮，找起来并不容易。

“这里！”安吉发现岩石上插了根折断的树枝，便在树枝周围摸索，发现了一个被灌木挡住的洞口。

“看起来是金大叔留下的记号。我们进去看看，大家小心。”周瞳拔下岩石上的树枝，举起手电筒率先走进了洞穴，其他人则跟在他身后。

洞穴并不大，里面大概能容纳十来个人。洞穴尽头有一个井口似的地洞，地洞口挂着一条麻藤，看起来像是有人经常用这根麻藤上下。

周瞳探出头用手电筒照了照地洞，只是手电筒光太弱，看不到底。

如今不知道下面是什么状况，他也不敢贸然呼喊金焕恩，怕打草惊蛇，弄巧成拙。

“老刘，以防万一，你在洞口守着，随时支援，我们用对讲机联系。”周瞳拿出包里的迷你对讲机，试了试信号，然后挂在耳朵上。

“你们千万小心。”刘青特点点头，他也知道自己这体形怕是很难爬下去，只能叮嘱他们。

周瞳打头，安吉居中，老毕最后，三个人顺着麻藤慢慢往下滑。地洞深度有好几十米，下来之后，是一片开阔的地下空间。

一条地下河出现在他们面前，河上有一座石桥，显然是人工修建的。他们走过石桥，只见路两边的石壁上插着火把，四周明亮起来。

众人关了手电筒，沿着一条狭长的隧道，来到一个石屋前。石屋有一扇木门，门虚掩着，周瞳透过门缝，一眼看到了金焕恩。

“金大叔！”周瞳叫了一声，推开门。

金焕恩回过头，看到周瞳他们，说道：“就是这个男孩。”

周瞳看到地上有一个男孩，手脚都被绑住，嘴里也被塞了布条。之前的那些猴子也被金焕恩关进一个铁笼里，此时正在笼子里跳来跳去，对着笼子外的人龇牙咧嘴，却无可奈何。

男孩看起来十五六岁，身形消瘦，穿的衣服有点特别，也不知是哪个地区的服装。他的一双眼睛里透着怒火，愤愤地看着周瞳他们。

“这小子太闹腾，说的话我也听不懂，所以先把他嘴堵上了，你们来问话吧。”金焕恩皱着眉直摇头。

老毕从周瞳身后绕到前面来，看到地上的男孩，突然神情大变。他的身体颤抖着，三步并作两步跑到男孩面前，抚摸男孩身上的衣服，一时间有些哽咽。

其他人看得目瞪口呆，不明白老毕为何突然变得如此激动。

“奴马西骨西？”老毕抱着男孩的肩膀，忽然说出一句不知所云的话。

男孩却有了反应，眼神变得柔和起来，缓缓点了点头。老毕颤巍巍地把男孩嘴里的布条取了出来，与男孩你一句，我一句，说着只有他们才明白的语言。

“老毕。”周瞳叫了一声，打断了他们的谈话。

老毕这才回过神来，兴奋地跳起来，抱着周瞳说：“我就知道自己不是做梦！是真的，是真的！这孩子穿的衣服、说的话，和我在村子里见到的、听到的一模一样！”

“拉格？”

“对！这孩子就是拉格族人。”老毕解开了男孩身上的绳子。男孩站起来，活动了一下手脚，依旧警惕地看着这群不速之客。

“我怎么完全听不懂你们在说什么？这孩子到底为什么偷铜球？”一旁的安吉一头雾水，忍不住问道。

“这，我还没来得及问呢……”老毕刚才只告诉男孩他们不是坏人，不会伤害他，以及自己曾经被拉格族人救过，所以才懂他们的语言。

“这本来就是我们的，你们才是偷！还给我！”男孩这时忽然用汉语说道，把目光狠狠投向金焕恩。

金焕恩一股闷气憋在胸口，不知该说什么。自己刚才跟男孩说了很久，他一句汉语也没说。

“金大叔，把铜球给他吧。”周瞳同意了男孩的要求。他们根本不知道铜球的来历和用途，拿在手上也毫无用处。

金焕恩二话没说，把手里的铜球抛了出去。男孩双手接住，一时有些愣住，似乎没想到对方竟然说还就还。

“小兄弟，东西还给你了，老毕刚才应该和你说了我们的目的，所以我们坐下来好好聊聊吧。”周瞳坐到椅子上，招呼其他人也坐下。

虽然老毕心里头也有许多问题想问，但他还是知道轻重缓急的。如今最重要的事情是帮周瞳找到朱山骨，救下严咏洁。

男孩看看手里的铜球，又看看老毕，再看看周瞳，最后目光又扫过金焕恩和安吉，脸上神情几次变换，心里有些犹疑。寻思再三，他还是一屁股坐到床上，双手抱在胸前，不肯吭声。

“孩子，要不你先自我介绍一下？”老毕知道他会说汉语，就没再用方言问话。

“你们先说说，这铜球是怎么到你们手上的？”男孩反问道。

“一个小男孩，大概八九岁吧，昨晚到我酒店房间的窗户外，把这铜球丢下就跑了。”周瞳实话实说。

男孩有些半信半疑，不过他还是说道：“这不是铜球，这是拉格遗迹的圣物——黄昏之眼。”

周瞳点点头，说道：“原来如此，刚才老毕说你是拉格族人，想来这‘黄昏之眼’应该是你们的东西，可是怎么会流落在外？”

“这些事本来我不能和你们说一个字，但是——”男孩把目光投向老毕，“这位老伯会说拉格语，似乎与我们的族人颇有渊源，你们又是为救人而来。我带你们去见族长大人，由族长大人来决定。”

“族长大人在哪里？”周瞳问道。

“族长大人正在来这里的路上。”男孩说道。

“那我们就等一等吧。”周瞳话题一转，“你们又是怎么知道‘黄昏之眼’在我们这里的？”

“我们族人在这里守护遗迹，会特别留意外来人，你们在酒店里的一举一动都逃不过我们的眼睛。”男孩说到这里不由得一顿，这才反应过来，这帮人是故意在酒店展示“黄昏之眼”的，“你们是故意的！”

周瞳笑着看了看男孩，没有回答。男孩知道自己中了圈套，虽然这些人看起来并没有什么恶意，但是也不免有些气恼。

这时，周瞳的耳麦里传来刘青特的声音。“周瞳，有几个人往这边过来了，我怎么办？”刘青特的声音有些紧张。

“下来吧。我想是你们的人来了。”周瞳回完刘青特，看着男孩说道。

“我出去看看。”男孩站起来，往洞外跑去。

过了一会儿，刘青特跟在一群拉格族汉子的身后走了进来。这些人穿着各异，有些穿着和男孩一样的服装，还有一些穿着便装。周瞳在这群人中发现了一个小伙子，那是酒店的一名保安。

刘青特小跑几步来到周瞳身边。他还没搞清楚目前的状况，所以心里七上八下。不过这些人并没有为难他，至少说明他们暂时没什么危险。

“兄弟，怎么回事？”刘青特在周瞳耳边小声问道。

周瞳三言两语，简单地说明了现在的状况。刘青特听完大吃一惊，把目光投向那群拉格族人。

此时，男孩正站在一位年长者身边低头耳语，长者边听边微微点头。“感谢你们归还圣物，我代表拉格族向你们表示敬意。”长者说着一口流利的汉语。他双手抱肩，弯腰致意。

“族长客气了，不过是一个巧合。”周瞳倒是诚实。这“黄昏之眼”对他而言，来得蹊跷，去得凑巧。

“卓戈，给尊贵的客人们准备茶点。”族长吩咐身边的男孩道。

周瞳他们这时才知道那男孩的名字。卓戈跑到房间后面，按下一个机关，柜子缓缓移开，一条密道出现在眼前。

“这里太小，我们到里面用茶。”族长说完，走到前面，带着周瞳一行人走进密道。

众人穿过密道，来到一个宽阔的大厅。大厅被火光照亮，中央是一个祭坛，祭坛一旁摆着一张椭圆形的石桌和十几把石椅。旁边的十二座石雕形态各异，造型奇特，皆为人身兽面。

卓戈把“黄昏之眼”供奉到祭坛上，拉格族人在族长的带领下，跪拜了“黄昏之眼”，围着石桌落座。周瞳他们客随主便，也坐了下来。

卓戈为众人倒上茶，摆上糕点。周瞳他们也不拘束，不客气地随着其他人一起吃吃喝喝。

“我听卓戈说，你们是为朱山骨而来？”族长问道。

周瞳并不否认，他如实说了严咏洁的情况，表明自己要朱山骨来研制药物。

“朱山骨是天神降下的怒火，我们的族人数百年来守在这里，就是为了阻止有人把朱山骨带出去。”族长的神情变得严肃无比。

“可是现在已经有人带出去了，而且造成了严重的后果。”周瞳直言道。

族长脸色微微一变，叹口气说道：“不瞒你说，半年前，有人在遗迹外偷走了‘黄昏之眼’和三株朱山骨，我们还牺牲了三个族人。”族长说到这里，大厅里的拉格族人脸上都显出悲愤的神情。

“您知道是什么人吗？”周瞳问道。吴波和袁子淇他们的科学考察也在半年前，极有可能是他们偷走了“黄昏之眼”和朱山骨。

“两个男人，他们有枪，心狠手辣。好在他们没能闯进遗迹内部，否则后果不堪设想。”

“能说说这两个男人长什么样吗？”

“其中一个戴着眼镜，圆脸，八字眉，嘴角有颗痣；另一个看起来年轻一些，高大一些，虎背熊腰，浓眉大眼，身手十分了得。”

周瞳和刘青特对视一眼——族长口中这两个男人，无疑就是吴波和孟博文。

“你们认识他们吗？”族长从周瞳和刘青特的表情上看出，他们可能认识自己所说的这两个人。

周瞳点点头。大厅内顿时一阵哗然，拉格族人个个眼里都要喷出火来。周瞳知道他们有所误会，于是开诚布公地把所有事情说了出来。

“根据目前我们调查的资料，已经有不少人因为朱山骨的缘故，变成不人不鬼的怪物。如果不尽快研制出解药，不只是我的妻子，还会有更多人受害！”周瞳态度恳切，希望能得到拉格族人的帮忙。

族人们议论纷纷，族长却沉默不语。这是他们从未遇到的状况。数百年来，他们的职责就是保护遗迹不受侵犯，确保朱山骨不被人误食、带走。如今朱山骨被人抢走，而且造成了严重的后果，他们是继续恪守传统，还是帮助外人找出抑制病毒的方法？

随着社会的变迁，拉格族人已经不像从前那样隐居世外。他们早已融入社会，表面上和普通人没有区别，只是暗自保持着过去的传统和习俗，默默扛起自己的责任和使命。族长也明白如今科技日新月异，治愈朱山骨病毒并非天方夜谭，但眼前这些人值得信任吗？

“坦率地讲，就算我们愿意帮助你们，恐怕也未必能拿到朱山骨。”族长终于还是在一片嘈杂中发出了声音。

大厅里迅速安静下来，所有人都把目光投向了族长。

“还请族长详说。”周瞳的心不由得一紧。他不觉得族长是在忽悠自己，因为族长完全可以直接拒绝，没必要另生枝节。

“遗迹外的朱山骨只有三株，全部被抢走了；遗迹内可能有，但是没有人进得去。或者说，进去的人就再没有出来过。”族长解释道。

一旁的卓戈听到这句话，脸色通红，坐立不安。

周瞳注意到卓戈的变化，但没有追问，而是问道：“之前那两个男人没进遗迹吗？”

“他们不是不想进去，而是进不去。”族长说着，看了眼祭台上的“黄昏之眼”，“‘黄昏之眼’本是安放在遗迹外面的，它既是遗迹的保护者，也是通往遗迹的钥匙。他们无法解开‘黄昏之眼’的秘密，所以从遗迹外拿走了它。”

周瞳陷入沉思。“黄昏之眼”既然是吴波他们拿走的，那么如今再次出现在这里，是不是也和吴波有关系？难道吴波来到墨沱了？可警方正在通缉吴波，他根本不可能走这么远。

或者，“黄昏之眼”一直就在墨沱。可是如此重要的东西，吴波为什么没有带回去？又是谁把“黄昏之眼”交到自己手上的？

“几位归还了‘黄昏之眼’，对我族乃大恩，但是我们也无法无视族规，还请见谅。”族长说着站起身来，“这里有房间，诸位可以在此休息。如果还有其他需要，可以找卓戈，告辞。”

族长施礼后带着族人离开了。周瞳没再坚持，热闹的大厅变得冷清下来。“这可怎么搞？”刘青特看着周瞳，厚着脸皮建议道，“要不我们先去找袁小姐，或许她有办法。”

刘青特的提议立刻得到了金焕恩和安吉的附和，他们也觉得正面和拉格族人发生冲突不合适。周瞳听他们说完，笑了。

“老刘，你放心，你的袁大小姐一根毫毛也少不了。”周瞳调侃道。

“什么你的我的……我只是提供一个思路，大家参考一下。”刘青特一如既往，并不擅长撒谎。

“好了，别解释了，我说笑呢。”周瞳搂着刘青特的肩膀，继续说道，“本大师掐指一算，我们进入遗迹的时刻，就是袁小姐现身之时。”

“这怎么说？”刘青特一脸不解地问道。

“天机不可泄漏。”周瞳眨眨眼睛。

“可现在我们要如何进入遗迹？”安吉问道。

“一会儿卓戈回来，我们就知道了。”周瞳也不继续解释，喝着茶，耐心等待。果然，没过一会儿，卓戈去而复返。

“我愿意帮你们。”卓戈开门见山。

“我们也愿意帮你们。”周瞳放下茶杯，笑着说道。

卓戈一愣。

“刚才族长说有族人闯进遗迹一事的时候，你的脸色不太好。而且族长留下你和‘黄昏之眼’，也就是给我们一个机会，族长应该就是你的父亲吧？”

卓戈闻言，神色黯然，点点头说道：“我哥哥一直对遗迹很好奇，总是偷偷研究这些东西。一年前，他进了遗迹就再没出来过。我相信他还活着，我一定要把他救出来！”卓戈说得情真意切，眼睛发红。

“老周，就算你有把握进去，有把握带我们出来吗？”刘青特心里有些发怵。

“没有把握。”周瞳直言相告。他确实没有把握，他可以为了严咏洁去冒险，但其他人没必要，“虽然我不想吓你们，但这是九死一生的事情。”

“我都一把年纪了，该享受的都享受了，怎么也要开开眼界。”老毕为了寻找拉格，穷尽一生气力，如今拉格遗迹就在眼前，他怎么能放弃。

“我去。”安吉简单干脆地表态。

“小姐在哪里，我就在哪里。”金焕恩态度明确。

“我，我……”刘青特有些犹豫。

周瞳拍拍刘青特，说道：“我们也需要有人在外面把风。”

刘青特当然知道这种事哪里需要把风，周瞳这是给他一个体面退出的理由。

“不，我也想进去看看。”刘青特咬牙说道。

● ● ●

遗迹藏身于瀑布后的隐秘峡谷当中，他们需要穿过一个洞穴，才能到达目的地。如果没有地图或者熟悉之人的指引，他们无论如何也找不到这里。峡谷内鸟语花香，美不胜收，但与美丽并生的还有危险，毒蛇、毒虫、野兽、瘴气和沼泽都藏在丛林深处，稍有不慎，立刻便交待了性命。

沿着谷内的溪流一路前行，经过四五个岔口，有一汪深潭。潭水碧绿如玉，仿佛是镶嵌在峡谷中的一块宝石。

要抵达遗迹，众人需要潜入水中，在水道里游上十几分钟。拉格族人为了能够长时间潜水，利用竹管、气囊和牛皮等工具制作了简陋却好用的潜水装备，可以让他们有足够的氧气通过水道。

周瞳他们戴好装备，潜入水中。十几分钟后，他们又一一浮出水面。在他们取下潜水装备的那一刻，还以为自己来到了浩瀚的星空。晶莹的光芒自四面八方射来，宛如群星。“星空”下是一座以巨石搭建的宫殿，造型古朴庄重，四周有精美的壁画和雕塑。

“这里就是遗迹的入口。”卓戈一句话把大家叫醒了。

“了不起，太了不起了！”老毕摸着宫殿的石壁，老泪纵横。他用了几乎一生的时间来追寻拉格，如今拉格近在眼前。

卓戈手里拿着“黄昏之眼”，走上石阶，爬到宫殿建筑的顶端。那里有一个鞋盒大小的平台，平台中央有一个凹槽。卓戈小心翼翼地把手中的“黄昏之眼”放进凹槽。

“黄昏之眼”悬浮起来，四束光从东南西北四个方向射来，照在它上面。

“‘黄昏之眼’原本就是放在这里的，也是遗迹入口的钥匙。许多年来，能够破解这个秘密的人屈指可数。”卓戈神情悲伤，“进去的人就没再出来过，也就把所有的秘密都带走了。”

“你哥哥进去前，没留下什么线索吗？”老毕问道。

卓戈摇摇头，说道：“如果我们知道哥哥有这种念头，无论如何也会阻止他。也怪我太笨，一年来费尽心思，都没办法打开遗迹的门。”

“我们先四处看看，再想办法。”周瞳说着，开始仔细检查宫殿和四周的环境。

“我给你们生点火，大家先把衣服烤干吧。”卓戈找来族人储藏在这里的木材，在宫殿外生起火堆。

周瞳发现，那些好似繁星的光芒是夜光石发出的，那四束强光的光源处有明显的人工痕迹，他猜测应该是利用了凸透镜聚光的原理。

宫殿底部结构四四方方，矗立在洞穴中央。高约十几米，下宽上窄，呈阶梯状，有点像金字塔。上面除了壁画、雕塑，还有一些他不认识的文字。宫殿的四个面各有一条通往中心的石阶，中心有一根圆柱，就像神话故事里的“定海神针”。

周瞳环视四周，发现除了他们进来的深潭，洞穴本身再无出入口，也没有任何像门的设置。难怪吴波他们上次来没能找到路进去。周瞳看了一圈，回到火堆边坐下，其他人也陆陆续续回来，都一筹莫展。

“别看我，我也没找到头绪，先把衣服烘干吧，冷死了。”周瞳把外套脱下来，挂在火堆边上。

“这里还有吃的和一些日用品，大家随便取用。”卓戈指了指角落里一排排用防水油布包裹的箱子。

“你们常来这里吗？准备了这么多物资。”刘青特随口问道。

“我们每月都会来祭祀，也会安排人来巡查，防止有外人闯进来。”卓戈说道。

“卓戈，我以前在青贡地区也遇到过拉格族人，他们隐居世外，跟你们似乎不大相同。”老毕一边烤火，一边说起当年的故事。

卓戈听完后也是一片神往的表情，说道：“我听阿爸说，我们族人很久以前就隐居在来时路过的那片山谷里，后来发生了一场地震，毁掉了村落。族人们便走出了山谷，久而久之就融入新的环境里去了。”

“大隐隐于市啊。”刘青特感慨道。

“被拿走的朱山骨，原来是在哪里？”安吉忽然问道。

“就在那里。”卓戈指向宫殿右侧。

安吉过去查看，发现在宫殿右侧的角落里有一些血迹，土壤似乎也被挖掘过。

“我其实挺好奇，拉格人曾经创造出灿烂的文明，怎么忽然就销声匿迹了呢？”刘青特脑子充满疑问。

“我们也不知道，拉格族世世代代只有口耳相传的族规，那就是守护遗迹，不让任何人进去。”卓戈说到这里，叹口气，“但是这些年来，一些族人，包括我哥哥，受了太多外界的影响，想法已经大不相同……”

周瞳他们明白卓戈的意思：遗迹里的任何一样东西都是无价之宝。就是洞穴里的夜光石，随便拿几块出去，也能卖不少钱。

金焕恩把洞穴搜了个遍，确定没有藏人的地方，忍不住发问：“周瞳，小姐他们怕是找不到这里吧？”

周瞳并没有直接回答金焕恩的问题，而是把目光投向了“黄昏之眼”。

“我们打开遗迹大门的那一刻，就是真相降临的时候。”

● ● ●

康凯天和胡敏的生活极有规律，每天早上八点左右，康凯天会到附近村子的小卖部买一些食物和生活用品，然后就回到家里再不出门。傍晚时分，胡敏则会出门到附近溜达一圈，但康凯天没再出现。

警员盯了他们两天，感觉有些说不出的奇怪。第三天，他们多了个心眼，只派一个人去跟胡敏，留一个人继续监视屋子。

留下的人发现，胡敏走后没多久，康凯天就从后门离开了屋子，穿过一片树林，在一堆杂草里拖出一辆摩托车，骑着摩托车走了。

暗处的警员始料未及，无法再继续跟踪，只能呼叫支援。警方通过调取附近公路摄像头的监控，找到了康凯天的行踪，派出第二批警员开车跟踪。

康凯天骑车绕了几个圈后，进到一个非法采血站。几分钟后，他从采血站出来，又原路返回，在树林藏好摩托车后，回到家里。

康凯天离开后，警方立即封锁了非法采血站，控制住相关人员。通过调查，警方得知康凯天每隔三天就会来采血站买血。

李兴雯立即将情况上报方远，申请搜查令。她怀疑康皓月就藏在屋子里，打算突击搜捕。

凌晨三点，特警从一楼和二楼同时攻入。

康凯天夫妇在二楼被控制住，但屋内并没有发现其他人。

“还有没有王法了！欺负我们老人，我要去告你们！”

“你们有什么权力这么做？我们是遵纪守法的老百姓！”

胡敏和康凯天你一句我一句，大声叫嚷着。李兴雯按照程序出示了搜查证后就不再理会他们，转身来到一楼。

一楼整理得整洁干净，像新房一样。李兴雯上次来过，虽然家具和装饰都保持原状，但她就是觉得有些不对劲。她绕着屋子走了一圈，发现墙角书柜的地面上有摩擦痕迹。

她立刻叫来几个警员帮忙，挪开书柜后，一道暗门赫然出现在眼前。

李兴雯推开门，发现门后是一条简陋狭小的暗道。她弯腰钻进去，摸到一个开关，按了下去，一盏小电灯发出亮光。

暗道不长，没几步就到头了。最里面是一扇铁门，门上有一个小孔。李兴雯把脸贴过去，透过小孔往里看。

昏暗逼仄的房间里，一个赤身裸体的男人正蹲在地上，身体抽动着，仿佛在吸食什么东西。男人似乎发现有人在看他，缓缓转过身来。

那是一张满是鲜血的脸。男人手里拿着一个被咬烂的血袋，饿狼一般看着门外的李兴雯。

“康皓月！”李兴雯脱口而出。

# 第八章 不死之徒

康皓月被送往医院特殊病房，他目前所处的异常状态，已经超过了现有科学能够解释的范畴。在控制康皓月的过程中，有四名特警受伤。这起案件被上级定为绝密，不允许任何人向外界泄露案件信息。

李兴雯被安排对康凯天和胡敏进行讯问。她并没有把他们分开讯问，因为她知道他们对儿子的爱足以让他们开口说实话。

“我们犯了什么罪？你为什么要抓我们？”康凯天搂住妻子胡敏，竭力保持镇定。胡敏双眼通红，身体微微发抖，靠在丈夫肩膀上。

李兴雯并没有呵斥威胁，语气柔和地说道：“我能理解你们的心情，但希望你们不要对警方抱有敌意。目前康皓月的情况你们很清楚，否则也不会把他藏在地下室里。”

“小康没什么情况，他只是，只是，生病了……”康凯天不敢抬头看李兴雯的眼睛。

“康皓月或许是真的病了，但要治好他，你们需要和警方合作。说出事情的真相，我们才能帮得了你们，为你们寻找最有效的治疗方法。”

康凯天夫妇有些犹疑，两个人都沉默不语。

“根据警方掌握的资料，康皓月感染了一种极其少见的病毒，这种病毒改变了他的身体机能，导致他嗜血如狂。”李兴雯的这些资料来自周瞳的情报，但她并不知道这些事是否真实，只能赌一赌。

她的话刚一出口，胡敏就彻底放弃抵抗了。

“真能救我儿子吗？只要能救他，怎么样都行！我求求你们了，救救这孩子吧！”胡敏号啕大哭，长期的压力让她再也坚持不住了。

“阿姨，您先别急，您先告诉我们，康皓月怎么会变成这样？”李兴雯说着，让一旁的警员给康凯天夫妇倒了茶水。

胡敏看看丈夫，一旁的康凯天终于叹了口气，说道：“还是我来说吧。这事要从皓月病情复发，进了医院说起。”

4 月份的时候，康皓月癌细胞转移，病情加重，再次住进医院。康凯天和胡敏急得像热锅上的蚂蚁，却只有无力可使的绝望。康皓月的病情急剧恶化，医生已经让他们做好心理准备。康凯天每日在医院外唉声叹气，胡敏则天天在病房里抓着儿子的手，以泪洗面。

康凯天记得那天是 4 月 28 日，他和妻子刚从医院里出来，就被一个西装革履的男人拦住了。

男人自称叫莫旭东，是生物实验室的一名研究员。莫旭东称他们正在研究一种新药物，可以治疗癌症，甚至能救活濒死之人。他知道康皓月是癌症晚期，医院已经束手无策，问康凯天夫妇愿不愿意把孩子送到他们那里去试试。

康凯天当时很生气，认为是医院里的人泄露了他们的隐私。他根本不相信莫旭东的一派胡言，这样的骗子不知道上过多少次新闻了。

莫旭东并没有因为康凯天的呵斥知难而退，他极力声称去他们那里治疗不需要一分钱，最后留下一张名片，说需要的时候可以联系他。康凯天当时就把名片顺手丢了，但是胡敏捡了起来。

5 月 19 日，康皓月被医院宣告死亡。康凯天和胡敏痛不欲生，他们拒绝把康皓月的遗体送去殡仪馆，而是带回了家。

丧子之痛让胡敏变得神经质起来，她翻出那张名片，拨打了电话。康凯天不忍心劝阻胡敏，或者他自己其实也抱有期望。病急都会乱投医，何况此时此刻。

他们没有想到的是，莫旭东真的来了，还带了几个大汉。他们不由分说，就把康皓月的尸体抬走了。康凯天和胡敏回过神来的时候，才发觉有些不对，觉得自己被骗了。可是对方没要他们一分钱，难不成是抢尸体的？

康凯天本想报警，可电话拿起来又放下，因为实在不知道怎么开口。两个人难过又忐忑地在客厅里坐了一个晚上，实在撑不住，在沙发上昏睡过去。

然而到了破晓时分，他们突然被人拍醒。睁眼一看，儿子康皓月竟然毫发无损地站在他们面前。

康凯天夫妇当时的感受难以言喻。虽然儿子回来了，但这实在是太过匪夷所思。康凯天想去找莫旭东问清楚，可这人仿佛人间蒸发了一样，踪迹全无。电话打不通，所谓的研究室也根本查不到。康凯天甚至觉得自己是在做梦，或者发疯了，但眼前的儿子又如此真实。

康凯天夫妇问康皓月发生了什么，可康皓月对于莫旭东的事情完全不知情，也不记得自己“曾经死去”的事实。康皓月告诉父母，他只记得自己睡了一个长长的觉，做了一个自己也记不清的梦，醒来的时候，就发现自己躺在家附近的公园里。

康凯天夫妇不愿意刺激儿子，便没有告诉他那些匪夷所思的事情。毕竟儿子活着回来这件事是真的，也是值得高兴的，还有什么事情比这更重要呢？两个人很快就被喜悦和庆幸所包围，他们相信自己遇见了奇迹。

康凯天夫妇为了避免给儿子引来不必要的麻烦，打算找个地方避一避，等事情安稳下来，再跟亲朋好友们解释。他们辞了职，卖了房子，然后在远离人烟的大山里找了一幢僻静的房子，开始了新的生活。

然而事情远没有那么简单——他们很快发现儿子有些不对劲。

这首先体现在他的饮食上。他不喜欢吃任何烹饪过的食物，包括以前最喜欢的红烧排骨，而是喜欢吃带血的生冷食品，常常会偷吃猩红的生肉。

除此之外，他还经常往外面跑，一出去就是好几天，康凯天夫妇都联系不上他。对于普通人而言，这可能并不算什么，但是对康皓月来说有些不同寻常。他自幼多病，患上癌症后基本就没过过正常人的生活。不上学，也没有工作，不是在医院躺着，就是在去医院的路上。总而言之，他没什么朋友，也没地方可去。

有天晚上，康凯天和胡敏看见儿子又溜出了门，他们好奇地跟了出去，却看到骇人的一幕。

他们的儿子袭击了一名女孩。他像野兽一样趴在女孩的身上，拼命吸食女孩的血，直到女孩一动不动。

康凯天和胡敏永远忘不了儿子那沾满鲜血的脸，还有那双暴戾却陌生的眼睛。

他们既怕又惊，回到家后辗转难眠。他们虽然不知道儿子为什么会这样，但肯定和那个莫旭东有关系。他们决定在找到原因之前，先把儿子关起来，这样既是保护他，也是保护别人。

他们在水里下了药，把康皓月迷晕后，将他锁了起来。他们改造了房子里的杂物间，把康皓月关在里面。

康凯天夫妇发现，儿子只要有血喝，就会变得十分安静，否则就会兽性大发。康凯天夫妇就这样一边买血来供养儿子，一边四处寻找莫旭东的下落。

“警官，我们实在是没有办法了，救救这孩子吧！”胡敏忽然跪倒在地，痛哭道。

李兴雯急忙扶起胡敏，说道：“我们一定会竭尽全力查明真相。”

康凯天扶住妻子，不住地叹气。

事情到了今天这个地步，对他们而言未必不是一种解脱，每天看着不人不鬼的儿子，实在令他们揪心。

李兴雯说道："还有一些细节，我们需要一一核实，希望你们能继续配合。"

康凯天点点头，问道："我们还能再见见月月吗？"

李兴雯安慰道："会有机会的。"

● ● ●

周瞳的衣服已经烤干了，但他还是没有找出"黄昏之眼"的秘密。

正如他所想的那样，拉格人的文化体系与现存的文化大相径庭，换言之，他以前所学的那些知识根本没有用武之地。而拉格族人早已世俗化，对于祖先留下来的谜题也束手无策。

"老毕，这次我们能不能进去可就看你了。"周瞳想从卓戈那里问些有关拉格的传说，但毫无所获。老毕都比卓戈知道的多。

"我可没那能耐，一点头绪都没有。"老毕也研究了好一会儿，甚至爬到宫殿上转动了好几次"黄昏之眼"，可一点动静也没有。

"你再给我讲讲村子里那些怪物，详细一点。"周瞳需要再确认一下他的推测。

老毕虽然不明白周瞳为什么在意这件事，但还是又讲了一次自己目睹怪物袭人的事情。这一次他讲得比较细致，周瞳也不时地问一些问题。

"我明白了，你是觉得村民们开启祭台的方式值得借鉴。"老毕和周瞳一番交流后，明白了周瞳的用意。

"不错，按照你说的，我觉得开启遗迹大门的关键是声音。"周瞳点点头说道。

"声音？"老毕一愣。

"村民们所进行的仪式，就是制造出特别的声音，对吧？"刘青特插嘴道。

“聪明，不愧是老教授。”周瞳笑道。

“声控开关。”安吉简单总结。

在周瞳的安排下，他们很快从洞穴里找来一堆石头，每个人都从中挑了两块大小相近的石头。

“我站东边，老毕去南边，老刘你去西边，安吉到北边。”周瞳开始安排各人的位置，“卓戈，你找个高处，注意看‘黄昏之眼’的变化，最好能用什么东西记录下来。”

“好的。”卓戈拿了把小刀，攀上了不远处的高台。

四个人站好后，周瞳让大家一起敲击手里的石头，发出整齐划一的声音。可“黄昏之眼”没有任何反应。

周瞳又让大家多敲了几下石头，可除了回音，什么都没有。

“从我开始，顺时针方向，轮流敲击。”周瞳说道。卓戈的哥哥只有一个人，说明机关一个人也能完成。

“动了！”卓戈突然喊道。

当周瞳他们按照顺序敲完一圈后，“黄昏之眼”开始变换形态。周瞳心里一喜，看来他的推测没错，但是这还不足以打开遗迹大门。

“卓戈，记录好‘黄昏之眼’上机关的运动轨迹！”周瞳大声说道。

又一次敲击过后，卓戈把机关的移动轨迹用刀刻在了石壁上。周瞳继续指挥四个人按照不同的顺序敲击石块。因为顺序的不同，“黄昏之眼”上的机关也产生了不同的移动轨迹。

四个方位，有二十四种不同的排列方式，相当于二十四个不同的“字符”。只有将这二十四个不同的“字符”按照正确的顺序敲击出来，才能打开遗迹的大门。

单纯从数学上来讲，二十四个数字排列组合的可能性有二十四的阶乘那么多，想要一个一个测试是绝对不可能的事情，他们必须找出其中的规律。

周瞳把卓戈的记录重新整理归纳后，再次刻在地面上，五个人围着密密麻麻的字符和移动标记，就像面对一大团缠在一起的乱毛线，简直无从下手。

“好家伙，年纪大了，看久了头晕。”老毕干脆坐下来休息。

“卓戈，你哥哥必然是发现了某种规律，才揭开了这个谜题。你再好好想想，他去遗迹前做过什么不同寻常的事情吗？”周瞳问道。

卓戈努力搜索着回忆，过了一会儿，他拿起两块石头敲了敲，说道：“既然‘黄昏之眼’是声控的，那会不会和音乐有关？我哥喜欢吹骨笛，而且吹得很好，但是去遗迹之前，他经常吹一段我以前从没听过的旋律。我还问他吹的是什么，他说是祖先留下的古曲。当时我也没在意，但是现在想来，‘黄昏之眼’的秘密会不会和这首曲子有关？”

“骨笛？”周瞳一惊。他知道这种乐器。骨笛是用兽骨或者人骨打磨而成的笛子，是一种十分古老的乐器。“你还记得那段旋律吗？”

“我想想。”卓戈皱起眉头，他虽然也会吹骨笛，但要他记起一年前哥哥吹过的旋律，还是有挺大难度，“可惜没带骨笛，不然我可以试一试……”

“口琴行吗？”老毕忽然问道。

“也行，有东西摸着试试，总比空手好。”卓戈连忙点头。

老毕从他的背包里摸出一只小口琴，递给卓戈。他无聊时喜欢吹着玩，这东西都是随身带在身边。

卓戈接过口琴，开始试音。也多亏他懂得音律，当年哥哥反复吹奏的那段旋律他还有些印象。他陷在回忆中，慢慢把那段悠扬清澈的旋律用口琴吹了出来。

“就是这样，我吹得不好……”卓戈摸摸头，有些害羞地说道。

“真好听。”安吉赞美道。

“可是吹完了，‘黄昏之眼’也没动一下。”刘青特有些失望。

“音乐是可以跨越时间、地域和文化的语言。”周瞳却很兴奋，慷慨激昂，他感觉自己已经找到那团“毛线”的线头了。

● ● ●

康皓月坐在一张特制的椅子上，手脚都被椅子上的钢环扣住，头上和手臂上还戴着医疗设备，监控着他的脑电波、血氧和心率。一位医生在距离康皓月约莫两米远的位置，关注着他身体的变化。

为了让他情绪稳定，医生给他服用了血浆，并注射了镇静剂。李兴雯和两位同事坐在康皓月的对面，准备对他进行讯问。

椅子上的康皓月歪着头，露出一个似笑非笑的表情。

“你认识陆晓欢吗？”李兴雯不急不忙，喝了口水，才问道。

“不认识。”康皓月说话的时候语调平稳，神志清醒，看起来与正常人无异。

李兴雯什么也没说，用遥控器打开讯问室里的投影仪，屏幕上出现了陆晓欢的照片。

“看着有些眼熟。”康皓月狡诈地眨眨眼睛。

“你知道我们怎么找到你的吗？”

康皓月保持沉默。

“陆晓欢留下了一个U盘。”李兴雯按下遥控器，康皓月的照片出现在屏幕上。照片已经被警方修复过，比起原始图像清晰许多，康皓月的面貌清晰可见。

康皓月的表情变得有些僵硬，眼角抽动了两下，说道：“我说怎么这么眼熟，原来是和她睡过。”

“康皓月，警方已经掌握了所有证据，你这种毫无意义的话是在浪费大家的时间。”李兴雯严肃地说完这句话，语气稍稍缓和了一点，“警方希望你能配合，严格来说，你也是受害者之一。”

没想到此时康皓月笑了，反问道：“受害者？你们这些人什么也不知道，我现在有了更强健的身体、更好的头脑，这是进化。懂吗？进化！人类未来进化的方向！”

“这些话是谁对你说的？莫旭东？”李兴雯趁机问道。

“我劝你们别费心机了，我什么也不会说。”康皓月干脆摊牌。

“你有没有为你的父母想过？”

康皓月挪动了一下身体，看似满不在乎，但眼神开始有些飘忽。

果然，父母是康皓月最在乎的人。李兴雯发现，康皓月“改变”以来，一直没有伤害过他的父母。

李兴雯继续动之以情，说道：“你的父母一直很担心你。他们关着你，就是不希望你继续再去伤人，也不让别人伤害你……”

“人类的进步总是避免不了牺牲，他们只是暂时接受不了。等我们的实验成功了，我会让他们变得更年轻、更健康，甚至永生！”康皓月变得兴奋起来，仿佛一个传道者，“你们知道吗？在这之前，我一年里几乎有半年时间都是在医院里度过的。无数次打针、抽髓、化疗……简直生不如死，但是你们现在看看我，看看我，我可以一拳打死老虎！”

“警官，病人的血压在持续升高，激素分泌异常，脑电波——”医生急忙站起来，可话还没说完，康皓月竟然挣脱了手腕上的扣环，猛地向前一扑。虽然他还没挣脱脚环，但这一扑的力量出奇地大，硬生生带着身下的椅子一起飞出去。

李兴雯反应极快，身体往后一仰，双脚用力踢向身前的桌子。桌子撞上康皓月，延缓了他的行动。讯问室外的警员们也及时赶到，合力把康皓月重新控制住。

一片混乱中，李兴雯的电话响了起来，是医院负责看护严咏洁的警员。

“李队，严咏洁醒了。她好像发疯了，刚刚袭击了一个护士！”警员说话的语气急促，背景音里还能听到嘈杂的呼喊声。

“现在是什么情况？”李兴雯忙问道。

“人暂时控制住了，护士受了伤，但没什么大碍。”

“我马上带人过来。”李兴雯挂断电话。最让她担心的事情还是发生了。

李兴雯赶到的时候，已经有七八名支援的特警封锁了现场，队长方远也在。

ICU病房里一片狼藉，到处都是破碎的玻璃和散落在地上的药品、医疗器械。

“方队。”李兴雯小跑两步上前，一边跟队长打招呼，一边探头看病房。

方远眉头紧皱：“别看了，严咏洁已经被转到特护病房了。周瞳联系上了吗？”

李兴雯摇摇头：“没有。严咏洁现在看起来是和康皓月一样了吗？”

方远点点头，说道：“医生刚才给她做了检查，发现她体内的红细胞数值急剧减少。给她加急输了血，人现在暂时平静了。”

“这到底是什么鬼玩意儿，那些医学专家还没找出头绪来吗？那护士怎么样了？”李兴雯忍不住抱怨。

“外伤，没大碍。医生说严咏洁身上的病毒已经失去传染性，病毒离开她本体后就会死亡。”

“太好了。”李兴雯松了口气。如果又来一个康皓月，那可真是吃不消了。

“康皓月的案子你办得非常好，现在务必想办法把他背后的势力找出来，一网打尽。”方远对李兴雯嘱咐道。

虽然方远的言辞中有赞赏之意，李兴雯却开心不起来。她把刚才讯问康皓月的情况告诉了方远。

“康皓月是入魔了。指望他老老实实招供怕是希望不大，我们要想想其他办法。”李兴雯叹了口气。

“之前跟着税务部门进入天合公司的同事传来消息，说他们在天合公司的资产表上发现了问题。你还记不记得周瞳和刘青特被困的矿山？”

“记得啊，那矿山属于铁山开发公司，不过那公司破产了，所以矿山那块资产被法院冻结了。”李兴雯回忆道。

方远一笑，说道：“铁山开发公司破产前，天合公司通过分公司的负责人，以私人名义收购了铁山公司百分之七十的股权。”

李兴雯一时震惊不已，继而咬牙说道：“天合公司搞得这么见不得人，矿山下面的东西一定跟他们有关系！面具人很有可能也是他们搞的鬼！”

“不排除这个可能性，这是一条重要线索。那个负责人叫余德才，一年前辞职了。你带几个人去跟一下，找到他，了解一下矿山的事情。”

“是！方队，我还想去看看严咏洁。”

“我跟你一起过去。唉，希望周瞳能尽快找到治疗病毒的药物。”

特护病房看起来像监狱囚室，里面有一张带着固定器的床，旁边是正在工作的各类仪器。这里没有窗户，墙壁和屋顶被厚实的隔音海绵包裹着。

严咏洁似乎又陷入沉睡，她的手腕、脚腕和腰部都被粗厚的束缚带固定着，看起来让人心里很不是滋味。

严咏洁的脸色已经好了许多。刚进医院的时候，她的脸色苍白得可怕，如今已是白里透红。从她睡着的样子来看，很难想象这是一个病人。

“她睡着了吗？”李兴雯问身旁的方远。

“注射了麻醉剂和血红蛋白后，她就这样了。”方远觉得严咏洁这种状态，实在算不上睡着，“哦，对了，上面派来一位专家协助我们办案，也是严咏洁的同事，不过看起来有点奇奇怪怪的，叫，叫——”

“我叫任勇。”一个斯文的男声突然从他们背后传来。

“啊，那个，兴雯，你就向任同志介绍一下案件情况，对接一下，我还有点事。”方远有些尴尬，交代完毕便匆匆转身离去。

“方队喜欢说笑，你别介意。”李兴雯只好打圆场。

任勇没说话，只是通过监视器看着病床上的严咏洁。

“你们认识吧？”

“她是组里唯一愿意和我搭档的人。”

李兴雯闻言一愣。

“我们需要做点什么，光在这儿看着，可帮不上她。”任勇不等李兴雯回应，便自顾自说道。

“我们已经尽了最大努力。”李兴雯听到这话感觉非常刺耳，忍不住辩解道。

“我想见康皓月，单独一个人。”任勇并没有接着李兴雯的话说下去，而是有些突然地提出自己的要求。

李兴雯有些跟不上他跳跃的思维。不过任勇是上边派来的专家，他有权力去见犯罪嫌疑人。

“好的，我帮你安排。按照规定，讯问必须双人作业。”李兴雯尽力配合着任勇的要求。

任勇收回看着监视器的目光，转向李兴雯，直愣愣地看着对方，说道：“那种讯问毫无意义，我需要你把他带出来，让我单独见他。”

李兴雯看着任勇，一时间不知该说些什么。如果他不是队长嘴里的“专家”，她一定认为这个人是个疯子。

“我现在越来越佩服严警官了，竟然愿意做你的搭档。”李兴雯毫不客气地回道。

● ● ●

找到迷宫的入口和走出迷宫完全是两个概念，周瞳他们虽然已经知道乐曲就是打开遗迹的钥匙，但怎么使用这把钥匙，还是让人困惑。

老毕、安吉、卓戈他们三个都是懂乐理的人，已经把旋律的谱子写了出来。无论是五线谱还是简谱，似乎都看不出有什么不同寻常的地方。几个人也尝试着在“黄昏之眼”旁边做些实验，还是没有找到二者之间的联系。

“不对，不对。”周瞳看着他们在那边折腾半天，忍不住摇头说道。

“怎么不对？”安吉问道。

“这就好比‘鸡同鸭讲’。每种文化都有他们不同的记录乐谱的方式，西方是用五线谱，而我们中国人用的是宫、商、角、徵、羽。如果不找出这套独特的体系，就没办法把曲谱翻译过来。”周瞳解释道。

“卓戈，旋律既然是你们祖先留下来的，是不是家里有曲谱什么的？”老毕问道。

“我只是听哥哥说过，没看到过曲谱。”卓戈摇摇头。

“那你们族人用什么方式写曲谱？”周瞳问道。

“这个我倒是见过，是用一种符号，但是我也不了解这些符号的具体意思，族里几乎没什么人懂这些东西了。”卓戈说道。

“那还等什么，赶快写出来，我们一起研究一下。”刘青特边说边感慨。这么重要的线索，卓戈怎么现在才说，要不然他们也不用折腾这么久五线谱了。

卓戈真没想到这一层，如今听周瞳一说，也明白是怎么一回事了。虽然他不知道这些符号分别对应哪些字符，但还是把族人记录音乐的符号一个个默写出来了。

“我记得的就这么多了。”卓戈抓抓头。

周瞳深吸一口气，围着地上的这些字符慢慢转着圈，就像爱画者欣赏一幅名画一样聚精会神，浑然忘我。

其他人也不敢上前打搅，老毕干脆找了个地方躺下来闭目养神。他毕竟年纪大了，一番折腾后早已疲乏，竟然睡着了。刘青特则跟在周瞳屁股后面，保持两米距离，在那儿努力研究。

卓戈自知自己不是那块料，所以守在旁边，看着周瞳他们转圈圈。安吉也没去看那些符号，而是走到了水潭边那里，找了块石头坐下来休息。金焕恩始终一言不发，他只关心袁子淇，所以一直注视着水面，期待着有人从水里浮出来。

时间一分一秒地过去，在这山洞里也不知道白天黑夜。老毕睡得香甜，竟然打起鼾来，鼾声如雷，还有回音。

卓戈捏了一把汗，生怕这声音会吵到正在解谜的周瞳和刘青特。不过周瞳看上去并没有受到什么影响，只有刘青特不停地看向老毕，直皱眉头。

“我知道了！”周瞳一拍手，兴奋地说道。

“怎，怎么了？”老毕被惊醒，眯着眼四处张望，以为发生了什么事情。

其他人早已围到周瞳身边。

“我一直在想音节和字符的关系，却忽略了最简单的东西！”周瞳有些懊恼自己竟然耽误了这么长时间，“你们看，卓戈画的字符和‘黄昏之眼’上面的机关移动轨迹，它们是一样的。”说着，周瞳蹲下来，圈出其中一个符号，又圈出一旁绘制的机关移动轨迹。

他这么一圈，众人立刻明白了。把那移动轨迹竖起来看，就和卓戈画的字符一模一样。

“原来如此，原来如此！”刘青特直拍大腿。

原来拉格族人的音乐符号和机关移动的轨迹是一样的，代表“哆”的字符是两个对立的三角形，而机关一侧的移动轨迹，刚好也是两个对立的三角形。

“我已经把所有字符和它们对应的敲石顺序列了出来。我们现在要按照旋律，一一敲击，这样才能打开遗迹。虽然一个人就能完成，但四个人会更快一点，大家记住自己的位置和敲击顺序，我们去试试。”

周瞳说道。

他们重新来到“黄昏之眼”四周。在周瞳的指挥下，四个人开始敲击石头。“啪、啪、啪、啪……”

“黄昏之眼”上的机关随着敲击的声音开始运动。周瞳他们输入了所有“密码”，放下了手中的石块，开始等待。

整个洞穴仿佛瞬间被冰封住，听不到任何声音，包括呼吸声和心跳声。

“咔。”

“黄昏之眼”发出清脆的响声。这声音就像火球，融化了坚冰。

短暂停顿的“黄昏之眼”再次启动，整个宫殿开始晃动，犹如地震一般。

众人急忙从台阶上下来，只见宫殿开始慢慢下沉，头顶碎石纷纷落下，灰尘四起。安吉险些被一块碎石砸中，好在金焕恩眼疾手快，一拳打飞了石头。

“大家来这里躲一下。”卓戈急忙挥手，招呼所有人来一块岩石下躲避。

一阵地动山摇之后，宫殿已经完全消失，取而代之的是一个圆形平台，平台上有一根约莫一人高的圆柱。圆柱看起来无比光滑，没有任何雕饰，有一种简约之美。

周瞳他们慢慢从岩石下走出来。这神奇的一幕，震惊了所有人。

“现在怎么办？”刘青特哆哆嗦嗦地问。

“现在这里由我们接管了。”忽然，一个洪亮的声音从周瞳他们身后传来。

刚才洞穴里一片混乱，谁都没有注意到水潭里有人浮潜进来。周瞳回过头，一眼就看到了袁天合和袁子淇两人，他们身后还有十个手持武器的保镖。

安吉慢慢从周瞳这边走出来，来到袁天合身边。

“小姐，这是怎么回事？”金焕恩震惊万分。

“金叔叔，你先站到一边，这件事我以后再和你解释。”袁子淇没有像往常那样笑嘻嘻，而是脸色苍白，神情严肃。

金焕恩回头看了眼周瞳，目光中透着歉意。

“没事儿，你先过去吧。”周瞳平静地说道。

周瞳这边只剩下刘青特、老毕和卓戈，四个人面对十几个人，高下立分。

“袁老先生，您这是凤凰涅槃了啊。”周瞳一脸笑容，仿佛旧友重逢，一边说着，一边朝袁天合走去。不料在距离对方三四米的时候，袁天合突然像猛兽一样扑向周瞳。

周瞳也算身手了得，金焕恩想制服他恐怕也要费一番工夫，但是在袁天合面前，他宛若任人宰割的羔羊，不堪一击。

袁天合瞬间掐住周瞳的脖子，把他摁倒在地。

“住手——”金焕恩想要上前帮忙，却被袁子淇拉住。

袁子淇对金焕恩摇了摇头。金焕恩一脸不解，却也只能叹口气，退了回去。

刘青特、老毕和卓戈围上来，想帮周瞳，周瞳却挥挥手，示意他们不要过来。

“袁……袁先生……你动……气……干吗？”周瞳几乎喘不过气，不过他还是保持镇定，从嗓子眼里挤出一句话。

“我不喜欢你自以为是的样子，给我一个不杀你的理由。”袁天合手上的劲道稍稍松了几分。

“你们……进去了……还要……出来啊……”周瞳伸出手，慢慢把掐住自己脖子的那只手往外扯。他知道，这就是袁天合刚才没杀他的原因。

袁天合确实要杀周瞳，他知道的太多，但是正如周瞳所说，他没有把握进去后还能出得来。他苦心经营了这么久的事情，绝不能功败垂成。

袁天合放开了手，周瞳这才从地上爬了起来。

“没事儿吧，兄弟？”刘青特上前扶住周瞳。

周瞳摸了摸颈部。说不痛那是假的，没想到这个袁天合如此蛮狠，和那天在石屋中所见之人，简直有天壤之别。

“周瞳，你不是说他自焚了，怎么又出现在这里？”老毕被眼前的状况搞蒙了。

“以后有机会再说。”周瞳觉得眼下不是解释这个事情的好时机，对面的袁天合还虎视眈眈，接下来要小心应对了。不然不仅是自己，老毕他们几个人的性命也会受到威胁。

“我劝你不要耍花招儿，老老实实跟我们进去，我拿到想要的东西，自然不会为难你，还会帮你治好你的老婆。”袁天合直截了当，完全阐释了什么叫威逼利诱。

“看来我们没有选择。走吧。”周瞳知道如今这个形势下，再说什么也没用，只能走一步看一步。

“等一等！”金焕恩此时却大声说道，“小姐，这究竟是怎么回事？”

金焕恩是个直性子，如今他心里有诸多疑问，实在是不吐不快。他来这里本就是为了袁子淇的安危，什么遗迹、朱山骨、拉格，他虽然好奇，但并不关心。可让他担心了一路的袁子淇突然以这种方式出现在这里，而且一言不发，一反常态，他完全不能理解。

“金大叔，你不相信我吗？”袁子淇有些生气地看着金焕恩。

“小姐……”金焕恩一时语塞，“这遗迹里面必定危险重重，你没必要去冒险。”

“子淇，不要跟他废话。”袁天合看向金焕恩。“再敢拦着，我就对你不客气了！”

金焕恩因为袁子淇父母的缘故，一直对袁天合恭恭敬敬，即使他并不喜欢这个神秘的老头。可现在袁天合这种态度，他不由得怒火中烧，他也不再低声下气，而是毫不客气地回瞪起袁天合。

“爷爷，这事让我——”袁子淇担心袁天合对金焕恩动手，想要开口劝说。

“还是让我来说吧。”周瞳这时候插嘴道，“袁老先生，这事情不说明白，别说金大叔，我们几个人进了遗迹，怕是也很难专心应对，所以有些事还是提前说清楚比较好。”

袁天合冷哼一声，没有阻止周瞳。

“千百年来，这地方只有进去的人，没有出来的人。这次大家进去必然是九死一生，就算死，也不能做个糊涂鬼啊。”周瞳说完看了金焕恩一眼。

“正是如此！”金焕恩附和道。

“袁小姐。”周瞳把目光转向袁子淇，袁子淇却避开了周瞳的目光。

“这事还要从你失踪那天说起。能让你毫无反抗就乖乖听命的人，怕是不多，你爷爷袁天合就是其中之一。严格来说，你一直都是听你爷爷的指令在做事。你行事任性，对经商也并不在行，如果背后没有人指导你，偌大的公司，你短短几个月就管理得井井有条，这实在很难说得通。也只有你金叔叔相信你是天纵奇才。”周瞳娓娓道来，言语中不乏讥讽。

“如今还说这些干什么？老老实实跟我们进遗迹，找到朱山骨，事情就结束了。”袁子淇瞪了周瞳一眼。

周瞳笑道：“哪有那么简单。吴波的事情，你是不是应该先告诉我们真相？”

刘青特闻言一惊，追问道：“袁小姐，看在吴波老婆孩子的分儿上，你告诉我，吴波究竟是怎么了？我也好给我妹妹个交代。”

“我说的就是真相。吴波失踪了，他的事我不清楚！”袁子淇不耐烦地呵斥道，“周瞳，你少玩花样，哪来这么多废话。爷爷，我们走！”

可袁天合并没有动，他身体微微颤抖着，仿佛听不见袁子淇的话。一名保镖见状，立刻递给他一袋血浆。袁天合开始吸血，对外界的事情毫不关心。

周瞳忽然一拍手，一副恍然大悟的样子，对袁天合说道："老爷子，你这孙女可是大大的不孝啊！"

"周瞳，你在胡说八道些什么！"

"你知道你爷爷为什么不阻止我继续说话吗？看来他也不信你啊。"周瞳打算把水搅浑，只有这样他才有机可乘，"明明遗迹外面就有朱山骨，那个时候你拿到朱山骨直接给你爷爷，现在又怎么会整出这么多事情来？"

"周瞳，你要是冤枉小姐，我一定饶不了你！"金焕恩怒道。

"其实，只要一件事就足以证明袁子淇不是第一次来这里。"周瞳故意在这里微微停顿，看着安吉说道，"安吉，老爷子能来到这里，是你一路留下记号，通风报信吧？"

"不错。"此时，安吉已经没有隐瞒的必要，回答得干脆利索。

"所以，既然都是第一次来——袁子淇，怎么就你知道要潜水，还特意戴了副耳塞？"周瞳目光如炬，盯着袁子淇耳朵上的耳塞。

袁子淇有些不自然地取下耳塞，说道："碰巧有。"

"碰巧？你问你爷爷信吗？"

"好了！"袁天合喝完血，出言打断了周瞳，"周瞳，上次我对你说的话并非完全骗你，朱山骨可以救你老婆。你继续在这里拖延时间，无疑就是在消耗你老婆的命。"

周瞳一下子没了声。袁天合一句话就戳中了他的软肋。

"真相要一个一个去发现，问题要一个一个去解决，你想在这里把所有事情说清楚，那是不可能的。"喝过血的袁天合变得理智起来。

"好，我只有一个问题，你到底要朱山骨干什么？"周瞳在石屋里已经问过袁天合，但此一时彼一时。

袁天合深吸了一口气，眼睛里放出光芒：“人类从诞生那一刻开始，就在和病毒斗争、融合，并且在这一过程中不断进化，直至今日。朱山骨确实是一种极为罕见的病毒，但它也是让人越级进化的终极病毒，一旦找到清除副作用的方法，那将会是人类有史以来最伟大的发现！”

“原来你是想当神。”周瞳讥讽道。

“我以为你会与众不同，能够理解我的想法。”袁天合有些失望地摇摇头。

“凡是要做神的人，都是恶魔。”周瞳不屑地说道。

袁子淇听到周瞳这句话，浑身一颤。袁天合皱了皱眉头。

周瞳这时转过身，对刘青特、老毕和卓戈说道：“你们现在退出还来得及，我相信袁老先生不会阻拦。”

“除了周瞳，其他人随意。”袁天合说道。

“一把年纪我怕个鸟，不进去看看，死都不瞑目。”老毕脱口而出。

“我要找哥哥！”卓戈语气坚定。

刘青特左看看右看看，目光不由自主地停留在袁子淇的脸上，最后也咬咬牙说：“去，去看看呗。”

周瞳点点头，转身走向了圆柱。圆柱下是一个圆形的平台，约莫半个篮球场那么大，足够站下十几个人。其他人也纷纷跟在周瞳身后，走上平台。

周瞳轻轻抚摸着圆柱，发现圆柱一侧有一个凹槽。他用手掌压下凹槽，圆柱上竟然亮起光来，整个平台开始缓缓下降，就像一部电梯。

平台继续下沉，周瞳他们头顶的圆形豁口也在机关的运作下开始慢慢闭合。最终，遗迹入口完全关闭，四周陷入一片漆黑中。

每个人都在黑暗中提高了警惕——不知这部“升降梯”会将他们带去哪里。

● ● ●

要把康皓月从医院里弄出来不是件容易的事情，李兴雯要是这么做，肯定会违反规定，即使她愿意承担责任，还要面临三个问题：康皓月发起狂来怎么控制他？任勇的人身安全能不能保证？还有，任勇为什么要单独和康皓月见面？

第三个问题，李兴雯当面问过任勇，任勇说他有办法把自己变成康皓月。虽然李兴雯也学过犯罪心理学，知道专业人士可以代入分析对象的心理模式和行为模式去思考下一步的行动，但她不了解任勇，对这种斩钉截铁的回答，她还是心存疑虑。

可如今案子进入死胡同，康皓月的不配合让调查变得十分艰难。严咏洁的情况也日趋恶化，周瞳又下落不明，现在时间紧迫，他们必须尽早查明真相。李兴雯决定咬牙赌一把。

她找来了钛合金锁链，打算用这个来束缚康皓月。这种锁链比手铐结实得多，即使康皓月发狂，应该也无法挣脱。之后，她要求任勇执行任务时必须配枪，同时，她会在暗处监视，以防不测。

这两个条件任勇都答应了，但要求见面的地点定在康皓月与陆晓欢见面的旧楼里。

“为什么要在那里？”李兴雯质疑道。

“对性和血的欲望在那里交织缠绕，那是他最像人的时候。”任勇的说话方式突然产生变化，李兴雯不由得心里发颤。看起来任勇已经逐渐进入状态了。

李兴雯把行动方案向方远做了汇报，方远没有反对，叮嘱她小心。

任勇则从商店订购了一些零散的家具和日用品，把屋子布置了一番，让这里看起来仿佛没被烧过一样。当天，他提前两个小时去了那栋被烧毁的旧楼。

李兴雯在隐蔽的电源插口里安装了一个针孔摄像头，通过这个摄像头，她能在楼下的房间里看到屋子内的情况。准备工作做好以后，李兴雯把康皓月带了过去。

“为什么来这里？”康皓月在车上看到那栋楼，没有下车。

“有人想在这里见你。”李兴雯倒也没骗他。

“谁？”

“去了就知道了。”

“你要是想刑讯逼供，我劝你省省力气。”

“我是警察，只要你老实点，不会伤害你。”李兴雯打开车后门，握住锁链，示意康皓月下车。

康皓月迟疑了一会儿，还是下了车。他的胳膊和手都被锁链锁在一起，看起来有些行动不便，稍微动一下，锁链就会碰撞在一起，发出刺耳的声响。好在这栋楼已经没有住户，要不然怕是会引起围观。

康皓月进入那间熟悉的屋子，一个陌生的男人正坐在客厅的椅子上看着他。那张椅子他记得很清楚，是自己从附近家具店里买来的。

“他是谁？”康皓月警惕地看着任勇，却只跟李兴雯说话。

“我的同事——”

“我是谁，你应该来问我。我是犯罪心理学专家任勇。”任勇站起来，走上前，伸出了手。

康皓月看了眼任勇，没伸手，只露出了一个轻蔑的笑容。任勇有些尴尬地收回手。

“你和任警官聊聊，不要耍花招儿，我一会儿就带你走。”李兴雯简直看不下去。这位“专家”哪里像是讯问高手，语言和动作都太笨拙青涩了。警告完康皓月，她就关上门离开了。

她下了一层楼，来到另外一间屋子，打开准备好的电脑，屏幕上出现了楼上客厅的清晰画面。画面中，任勇更像是屋子的主人，康皓月仿佛才是来做客的客人。任勇招呼康皓月坐下后，自己才落座。

“不管你想做什么，都是徒劳的，何必浪费时间。”康皓月受不了任勇直愣愣看着他的样子，直截了当地说道。

任勇还是盯着康皓月看，仿佛听不到他说话。

“你是不是有病？傻子吗？别装神弄鬼！”时间一长，康皓月开始变得焦躁不安。吸血的欲望陡生，他脸部的肌肉开始不受控制地抽动、变形。

任勇特意嘱咐李兴雯，带康皓月来之前不要喂他血浆，让他保持饥饿感。康皓月开始试着挣脱铁链，尝试着向任勇靠近，试图攻击他，吸食他的血液，那动作和神态就像动物园里发狂的老虎。

“我一直很好奇，你染上的这种病毒，究竟让你对血有多么渴望。”任勇站起来，轻松避开康皓月。

好在康皓月的移动被锁链限制。隔着铁笼，老虎是伤不了人的。

即使如此，看到康皓月狰狞的样子，楼下的李兴雯还是不免为任勇捏把汗。她已经做好准备，一旦情况不对，就立刻冲上去。

任勇绕到康皓月背后，一脚把他踢倒。康皓月挣扎着翻过身来，但是他手脚被锁，没有人帮他，他很难站起来，只能躺在地上。

任勇走到旁边，从随身的包里拿出一包血浆。康皓月看到血浆，浑身颤抖，嘴里发出沉重的呼吸声。

任勇用脚踩住康皓月，手里拿着血袋在他面前晃动。此时，任勇已经完全不像之前那个生疏的、文质彬彬的警员，更像一个正在威胁人的地痞流氓。

“陆晓欢给你什么感觉？让你能够忍受对血的饥渴？”

“她……她是我的第一个女人……”康皓月在理性和兽性之间挣扎，脸上的神情忽明忽暗。

“是的，你一辈子都在病床上，几乎没过过正常人的生活。如果是我，我会变成什么样？”任勇自问自答，“我会抱怨，我会恨……”

“给我血……给我血……”康皓月的声音已经近乎哀求。

“可是你没伤害你的父母，说明你还顾念亲情。”任勇陷在自己的分析中，并没有理会康皓月的话，“你应该是接受了任务……对，你早就知道了陆晓欢和吴波的关系，所以才布局，威胁陆晓欢帮你做事。究竟是什么样的事情，是只有陆晓欢才能完成的呢？”

康皓月咬着牙，发出怒吼，但没有回答任勇的问题。

“你应该知道陆晓欢已经死了。当你知道她死的时候，你是什么感觉？或者，人就是你杀的？”不管康皓月回不回答任勇的问题，他都没有停止问话。

李兴雯从来没有见过如此混乱的问话场面。任勇的问题十分跳跃，没有任何联系，至少在她看来是这样的。

这时，任勇忽然把血袋塞到康皓月嘴边，康皓月毫不犹豫地一口咬下去。

血浆在口中四溢，康皓月贪婪地吸食着，仿佛整个世界里，再没有什么比进食更重要的事情。

“吴波在哪里？”任勇忽然用柔和的声音问道。

“家里。”康皓月几乎是脱口而出。当他终于意识到发生了什么的时候，一脸难以置信。

任勇对着摄像头，喊道：“赶快派人去吴波的家！”

李兴雯马上向方远进行汇报，准备组织警力，围捕吴波。

汇报完毕，她还似未反应过来一样，看着屏幕里的任勇。她怎么也想不明白，为什么几句话，就能让康皓月仿佛被催眠了一样，顺口就说出了关键问题的答案。

这情景让她忽然想起了一个人，一个在心理学界无人不知的奇人——达伦·布朗。这位英国家喻户晓的心理学家，被许多人称为世纪之交最伟大的心理魔术师，曾经一手策划震惊世界的“俄罗斯轮盘赌”电视直播自杀事件，实施“催眠抢劫”组织普通民众街头盗窃，并且还直播“彩票预言”并顺利猜对彩票，因此被终生禁止购买任何类型的彩票。

不过她现在没有时间再去探究任勇的心理魔法，抓捕吴波更加重要。

最危险的地方就是最安全的地方。吴波的老婆孩子都走了，家里空着，吴波躲回家里，真是让人意想不到，知道后又深感合情合理。

任勇这时才长舒一口气，他已经浑身是汗。

康皓月喝过血，已经恢复了神志，盯着任勇说道："你刚才到底对我做了什么？"

任勇没有回答他的问题，只是以怜悯的口气说道："如果人类都'进化'成你这个样子，那该是多么可悲的一件事情。"

# 第九章 赌博

周瞳他们本以为这部“升降梯”会把他们带到更深的地下，但是事实并非如此。“升降梯”在下降一段距离后，便开始平行移动，持续了大约半个小时，又开始慢慢上升。

就在大家忐忑不安的时候，“升降梯”忽然急速上升，上面的人稍有不慎，就会被甩下来。众人急忙蹲下，互相拉住，以免失足跌落。

“咔！”

“升降梯”一个急停，上面的人由于惯性被抛起来，又重重落下。

“亮灯！”

刚才为了省电，所有人都关了光源，如今袁天合一声令下，他的手下纷纷打开手电筒。四周一打量，大家都惊出一身冷汗。

距离他们头顶一米不到的地方，就是纹丝不动的岩石墙壁，如果不是“升降梯”停下来，他们直接就会变成肉饼。

“至少设计这个平台的人没想过杀人，要不然我们肯定全挂了。”老毕抹了把汗。

周瞳举着手电筒，照了一圈，发现四周的石壁被打磨得十分光滑，有明显的轨道痕迹。“升降梯”应该就是沿着这些石轨运动的，只是不清楚它的动力来自何处。

“升降梯”停下的地方正好有一条通道，用手电筒照过去，可以看到螺旋向上攀升的石阶。也不知这通道有多长，能通向哪里。

“走吧，就这一条路，也没得选。”周瞳说道。

“你们走前面。”袁天合摆摆手。

周瞳知道袁天合并不信任自己，不过也无所谓，他喜欢走前面，至少可以专心观察情况，不会有人添乱。

石阶不算太窄，够三个人并排而行，但周瞳还是让老毕和刘青特一人一个台阶，不要并排走。一旦出了什么事情，起码不会三个人一起挂了。

石阶不难走，一路上来，并没有遇见任何机关或者陷阱。

“这地方不按套路来啊。既然不想让人进来，那按理说应该有些陷阱才对。”刘青特一边爬，一边东张西望。

“你以为是进古墓啊，还陷阱。遗迹也就是遗失的文明，这里应该曾经是拉格的城市之一。”老毕以长者的口吻教训道。

“如此伟大的文明就这么消失在历史的长河里，实在是千古难解之谜，如果我们能揭开背后的真相，必将是青史留名的大发现啊！”刘青特被老毕口中的“遗迹”两个字刺激到，内心的兴奋暂时压制了恐惧。

“前提是活着出去。”周瞳回过头来友情提示道。

“你别老吓我，这么多人，我不信还出不去。”刘青特回头看看那十个全副武装的保镖，感觉就像是自己的护卫。

周瞳没有再说话，因为他已经看到了前面的出口。

“好冷啊。”后面有人小声说道。

其他人也都有这种感觉，好像越往上走，感觉越冷。周瞳捏了捏鼻子，他走在最前面，离出口越近，寒气越甚。

出口处有一扇雕有四头神兽的石门，周瞳伸手摸了摸石门，石门触感就像冰块，指肚都被冰得隐隐刺痛。

石门中心有个凸出的旋钮，应该是开门的机关。周瞳正准备按下旋钮，一只手突然从后面拉住了他。

周瞳转头，看向拉住他的刘青特，苦笑道："现在可没退路了。"

刘青特吞了吞口水，搓了搓手掌，说道："你让我做好心理准备。"

"准备好了吗？"

"好——"

刘青特话音未落，周瞳已经按下机关，石门缓缓开启。

凛冽的寒风夹着雪花，还有白色的光，瞬间涌入通道。周瞳一咬牙，顶着风雪走了出去。其他人亦步亦趋，也都跟着周瞳走出通道。

白茫茫的雪地之上，只有他们一行人。四周雪山环绕，云雾弥漫，看不清山谷的模样。

正当众人发愣之际，身后传来"砰"的一声。石门突然关闭，沉入地下，好像从来没有存在过一般。袁天合大惊失色，立刻让手下扒开积雪，寻找出入口。

"没用的，这就是一条单行道，即使走回刚才的位置，我们也没办法启动'升降梯'送我们回去。"周瞳劝袁天合不要白费力气。

"那我们怎么出去？"刘青特慌忙问道。

"先找到遗迹，再想出去的方法。"周瞳做不到未卜先知，但他相信，拉格不是古墓，不会有来无回。既然有入口，必然有出口。

这时，雪山上刮起一阵暴风，云雾被稍稍吹散。雪山之下，一座宏伟的古城露出冰山一角。只是短短一瞬，云雾很快就再次聚拢，把古城重新笼罩。只是一眼，就让雪山上的所有人心驰神往。

他们从未见过这样的城市，晶莹剔透，在一片白色的世界里反射着五颜六色的光，宛如一座梦幻之城。

"太美了。"就连一路上保持沉默的袁子淇，也忍不住赞叹道。

"真的好美……"刘青特也由衷赞道，虽然他是看着袁子淇说的。

雪山之上，袁子淇迎风而立，秀发飘扬，脸蛋冻得通红，眉宇间沾着几片雪花，清冷却又美艳。

“老刘，口水快结冰了。”周瞳笑道。

刘青特回过神来，悻悻地瞥了眼周瞳，小声说：“袁小姐真不像是坏人，她多半有苦衷。父母双亡，爷爷又是这个样子，你可别老是针对她。”

“你这话我同意一半。”周瞳笑了笑。对于袁家的事情他已经猜到七八分，不过现在他的首要目的是救严咏洁，明知袁天合和袁子淇在利用他，他依旧义无反顾。

“大家抓紧时间下山，务必在天黑前进入古城。”袁天合发号施令。

这里的气候和地质条件都十分恶劣，天黑之后更是寸步难行，一旦发生雪崩，他们一个都别想活。而且他们身上的衣服虽然不算单薄，但如果在雪山上过夜，怕是会被活活冻死。

周瞳观察了一会儿，勉强找到一条好走一点的路——一条紧贴着峭壁的路，不断蜿蜒向下。他拿出一把折叠铲铲开了路面的积雪，在厚厚的冰层下发现了人工石板。

“这条路应该是通往遗迹的路，大家小心一点。”周瞳依旧走在前面，其他人紧随其后，慢慢向山下移动。

冰峰陡峭，茫茫大雪又掩埋了路径，众人几乎无处下脚。

他们根本没想到会来到雪山上，所以穿的鞋子都不是雪地靴。不管是普通球鞋还是登山鞋，在这样的冰面上行走，没什么差别。

周瞳手里拿了一把刀，遇到滑的地方，就用刀凿孔，或者将刀插进冰面，作为支撑。其他人也纷纷效仿他，一点一点向下攀爬。

众人艰难地行了一段路，来到了一座悬崖边上。悬崖深不见底，云雾缭绕，他们想要下山，必须走到悬崖另一边。连接两边峭壁的，是一段约莫半米宽的小路，上面覆盖着冰雪。所有人都知道，只要稍有不慎，他们就会跌落下悬崖，摔得粉身碎骨。

周瞳深吸了一口气，背对着悬崖，身体正面紧紧贴在崖壁上。虽然寒冰剐蹭着皮肤，就像刀割，但他丝毫不敢后仰。

所有人一个跟着一个，大气都不敢出，贴着冰山，像螃蟹一样横着挪动。

还剩一半路程，周瞳身后忽然传来一声惊呼，袁天合的一个保镖一脚踩滑，掉下了悬崖。

事情不过发生在瞬息间，所有人都惊出一身冷汗，没有人敢再动半步。

周瞳知道这么下去不是办法，必须有人先过去。“大家不要动，我先过去，然后抛绳索过来。”周瞳说着，继续向另一边挪动。

“咔。”

一阵轻微但沉闷的碎裂声突然从山体内部传来。所有人脸上都是一凝，面色顿时变得铁青，不自觉地往山顶望去。只见巨大的冰山崩裂，震起漫天雪雾，向他们呼啸而来。

头顶上的轰隆声越来越大，周瞳心里暗骂一声。内心越是恐惧，身体越做不出反应。

“快跑！”这时，老毕突然大喊一声，撒腿就跑。

其他人这才反应过来，争先恐后地往下跑。但再怎么跑，也跑不过呼啸而来的雪崩。巨大的冲击力将所有人瞬间冲散。

雪崩的威力是任何语言和文字都难以描述的，只有亲身体会过的人才知道它的恐怖。

紧急关头，周瞳跳进一道冰缝里。飞雪弥漫，目不能视，周瞳感觉有人在头顶，他一把抓住对方，拼命往冰缝里拖。即使躲进了冰缝，周瞳还是被涌入的雪浪裹挟进了冰缝深处。

不知过了多久，失去的意识渐渐回拢，周瞳感觉到四肢无比僵硬，背后更是传来阵阵刺痛，整个人好像被大卸八块了一般。他试着深吸了一口气，活动了一下手脚，虽然尚不灵活，但是好在并无大碍。

“老毕！刘青特！……”周瞳慢慢坐起来，靠在冰块上呼喊着。

然而冰峰之下，只有一片寂静。

周瞳环顾四周，发现自己正在一处狭小的冰川夹缝之中，往上看不到头，左右两边也不知通往何处。更糟糕的是，他的背包不见了。应该是在刚刚的雪崩中被冲落了。他扶着冰慢慢站起来，起身时余光一扫，忽然看见右边的雪堆处，有一截手臂露在外面。

周瞳这才想起来，慌乱中他好像拽住了谁的胳膊，把人一把拉了下来。他一瘸一拐赶过去，把人从雪里扒出来——竟然是袁子淇。

袁子淇看上去情况不佳，周瞳拍了她几下，她依旧没有醒过来，好在她仍旧有呼吸。

周瞳将外套脱下，裹在袁子淇身上，不停地轻拍她的面颊，叫她的名字。刚叫了几声，刺骨的寒冷就全方位将他包裹，冻得他牙齿直打战。

不行，再这样下去，袁子淇没醒，自己先搭进去了。周瞳准备起来活动一下，暖暖身子，刚准备站起，就见袁子淇猛吸一口气，醒了过来。

“周瞳？……其他人呢？”袁子淇问道。

“不知道，雪崩把大家冲散了。”周瞳摇摇头，“你先试试，手脚能动吗？”

袁子淇试着动了动，虽然四肢有些僵硬，但还有知觉，能感到痛，也能动。

“没问题。”袁子淇说着想要站起来，但还是十分吃力，差点滑倒，幸亏周瞳扶住了她。

两个人手脚都有扭伤，行动上不免有些迟缓，好在路不算难走。他们已经到了冰山的底部，不再有滑落山崖的风险，甚至可以依靠双臂的支撑，借助两侧的冰壁，防止自己摔跤。

这冰缝也不知有多长，周瞳和袁子淇走了约莫一个小时，依旧没有走出去。

现在他们最大的威胁是气温，天色渐渐暗下来，冰缝中的温度越来越低，而他们的体力已逐渐不支，尤其是袁子淇。如果再走不出去，找到避寒的地方，他们会活活冻死。

周瞳使劲拍了拍脸，强迫自己保持清醒，忽然听到身后“扑通”一声。

“我不行……不行了……”袁子淇一下摔坐在地，浑身直打哆嗦。

“起来！不能停！”周瞳赶紧过去拉袁子淇。一旦停下来，很容易就会睡过去，而一旦睡过去，就再也别想醒来。

“再坚持一下，很快就能出去了。”周瞳的声音也在抖，但他知道自己不能放弃。他这话不仅是对袁子淇说的，也是对自己说的。

“你……别管我了……走吧……”袁子淇说着说着，眼睛就要闭上。

“醒醒，醒醒！袁子淇！”

周瞳一边喊着，一边用力想要把她摇醒。但袁子淇一动不动，就像昏死过去一般。

周瞳环顾四周，目光所及，只有彻骨的冰冷。如今是上天无路，入地无门，如果丢下袁子淇，她必然是死路一条。周瞳内心挣扎了一番，一咬牙，将袁子淇背了起来。

天色越来越暗，风穿过冰缝，发出“呲呲”的声音，宛如死神的吟唱，仿佛要在这冰冷的世界里带走一切鲜活的生命。

周瞳深吸一口气，继续向前走去。

也不知过了多久，夜幕已经完全降临。周瞳感觉到自己体内的热量正在慢慢流失，双腿也已经变得麻木。

“为什么要救我？”

背后的袁子淇突然出声，惊得周瞳一愣。

“既然醒了，就赶紧下来。”

袁子淇冷哼一声，从周瞳背上爬下来。

周瞳活动了一下酸胀的双臂和肩膀，冷冷地说道："无论是谁我都会救的，你不要想太多。一会儿温度会降到更低，我们不能再走了，而且我也没力气了，先找个地方躲一下。"

好在冰缝之间有天然形成的凹槽，可以抵御部分寒风。两个人挤在一起，不仅可以相互取暖，还能相互照看着些。毕竟冰山上的夜晚太过危险，哪怕一个小憩，都有可能再也醒不过来。

周瞳和袁子淇挤进一个稍大一些的凹槽中，将袁子淇的背包抵在外围，这样也可以抵挡寒风。做完所有准备后，周瞳闭上了眼睛，假装看不见眼前的袁子淇。

袁子淇却无法做到旁若无人，忍不住问道："你刚才为什么要挑拨我和我爷爷的关系？"

周瞳仍旧闭着眼，直截了当地说出自己的推测："你在暗中调查你父母的死，因为你觉得那不是意外，甚至可能和你爷爷有关系。"

袁子淇浑身一僵，死死地盯着周瞳，眼神里透着杀气，冷冷地问道："你怎么知道的？"

"这个并不难。首先，我很确定上次你、孟博文和吴波三人并没有走散，没有你的协助，我不相信吴波有能力从墨沱回到家。后来，你通过那个小孩把'黄昏之眼'给我的时候，我就更确定了。"

"什么小孩？"袁子淇一脸无辜。

周瞳笑了笑，说道："小孩毕竟是小孩，你能给他钱，我也能。虽然他没看过你的脸，但是光听他的形容，我也能猜出是你。"

"就凭这些？"袁子淇皱了皱眉头，没再继续否认。

"不只这些。既然你们已经拿到了朱山骨，那为什么孟博文会死？吴波又怎么会变成现在这个样子？你为什么要隐瞒事实？"

"这些问题只能说明你的推理是多么不符合事实。"袁子淇不屑道。

"原本我也想不明白，不过看到一本相册后，我就知道为什么了。"

“相册？什么相册？”

“所谓的胁迫，其实就是你被你爷爷叫去了青贡，还顺带想把我骗去，于是你就让金焕恩来找我。金焕恩倒是个实诚人，被你这个大小姐忽悠得团团转。他为了找你，给我拿来了一本你的家庭相册。”周瞳耐心解释道，“里面有你从出生一直到十八岁的照片。”

“金焕恩在哪里找到这本相册的？”袁子淇一惊。

周瞳眼睛睁开一条缝，看着袁子淇说道：“他说，是在袁天合的故居找到的。”

袁子淇脸上的表情顿时阴晴难辨，周瞳并未理会。

“很多事情，你比我更清楚，也更怀疑。只是，无论是你，还是我，都没有证据证明你父母的失踪和你爷爷有关系。”

“你说出来，不怕我杀你灭口吗？”袁子淇厉声威胁道。

“你不是那种人，而且——”周瞳忽然睁开眼睛，“而且我会活着，活着回去救我老婆。”

周瞳说完，像什么都没发生过一样，又开始闭目养神。

一旁的袁子淇沉默不语，内心有种难以言喻的感觉。就像那根扎在她心底的针，突然被别人看见、拨动，比起恐慌和不安，更多的竟然是轻松。

两人就这样有一搭没一搭地说着话，只是为了确认彼此的意识还清醒。极寒的环境下，打个盹有时就能夺人性命。

时间缓慢流逝，黎明的阳光终于透过狭小的缝隙，照在他们的脸上。周瞳慢慢睁开眼，看向眼前的袁子淇，两双眼睛里都布满血丝。

好在休息了一段时间后，两人的体力都恢复了大半，便沿着冰缝继续往前走。白天有了阳光，气温回升不少，没有夜里那般寒冷。

一路上，两人都专心赶路，没有说话。不知过了多久，走在前面的周瞳钻进一个冰窟窿，袁子淇赶忙跟上，却在起身抬头间和周瞳撞了个正着。

"周瞳！你——"袁子淇刚想质问周瞳为何停步不前，可话刚出口，眼前突然豁然开朗，一座壮丽雄伟的奇迹之城就这样毫无预兆地出现在她的面前。

袁子淇被眼前这座古城惊呆了。一栋栋石头砌成的房屋整齐有序地排列着，窗户则是用晶莹剔透的水晶制成，在阳光下折射出彩色的光芒。广场、雕塑、高塔、桥梁……那些用石头、黄金和玉石打造而成的建筑，美轮美奂，宛若人间仙境。

古城的中央是一座金色的宫殿，这是古城里最高的建筑，也是最为奢华和吸睛的存在。虽然隔着很远，周瞳和袁子淇还是可以看到宫殿外围遍布的黄金和闪闪发光的宝石。

从周瞳他们这个方向看去，可以看到一条宽阔的道路，笔直通向古城的中心。路面用玉石铺就，上有精美的百花图案，形态各异，栩栩如生，让人不忍踏足。

周瞳和袁子淇注目良久，都被眼前所见震撼了。这座古城虽然没有现代都市那么繁华，但是建筑的建造工艺和艺术水准，当今之世绝无仅有。

作为城市，这里唯一缺少的，就是生气。

整座城一片死寂，没有人，也没有动物，甚至连植物也看不到一株。

"这里看起来比古墓还糟糕。"惊叹之后，周瞳终于说出了自己的感受。

"或许我们到了死神的领地。"袁子淇虽然没进过古墓，但对于古城诡异的气氛也深有感触。

"希望我们能在这里找到一些御寒的衣服和食物。"周瞳咽了咽口水，他应该有十个小时没吃过东西了，最后一块压缩饼干是在"升降梯"里吃完的。

"这里未必有能吃的东西，但是如果能找到其他人，食物应该不是问题。”袁子淇知道袁天合手下的背包里除了武器，最多的就是食物，每个人都带了两周的口粮。

“老毕！刘青特！”周瞳扯开嗓子喊了起来。

声音飘散开来，却是石沉大海。

“爷爷！金叔叔！有人吗？”袁子淇也一边往古城方向跑，一边大声呼喊。

没有任何人回应他们。两人四下喊了几声，忽然觉得哪里不太对劲——人们常说“山谷里的回音”，但如今在这雪山环绕的古城里，无论他们喊多大声，往哪个方向喊，都听不到任何回音。

周瞳和袁子淇怀疑声音是否能在这里正常传播。于是，两人往相反方向走去，隔开一百多米的距离，大声叫喊，看对方能不能听见喊声。

结果是：不能！

他们又进一步缩小距离，最终发现，只要相隔超过五十米，两人就听不到对方在喊什么。

“这些石材可能具有吸音的特性。”周瞳拍了拍身边的一堵墙，“这也算是好事了。”

袁子淇明白周瞳所说的意思，如果是因为他们的声音传播不远，那么还有人活着的可能性会更大。否则经过了一夜，其他人还没有来到这里，也就凶多吉少了。

“我们先去房子里找找有没有可以用的东西吧。”袁子淇说着，把目光投向周瞳，征求他的意见。

“也好，古城这么大，想找人不容易，我们先安顿好自己。”周瞳点点头。

两人进入一栋石屋。屋子里面与古城外表所展现的梦幻璀璨大相径庭，这里凌乱不堪，许多器具都被打碎、破坏，卧室里还有三具骸骨。从骨骼比例和盆骨状况来看，应该是一男一女，外加一个孩子，多半是一家人。

周瞳和袁子淇在屋子里找到几张用金丝编织的毯子一样的织物，因为极寒的天气和特殊的材质，这些织物竟然丝毫无损。周瞳试着把这些织物包裹在身上，发现颇有御寒的效果，便立刻和袁子淇找来好几张织物，裹在衣服里面，暂时解决了保暖的问题。

最令他们欣喜的是，他们在屋子里找到了可以生火的器具和燃料。拉格人的燃料是一种类似于固体酒精的物质，但比固体酒精更耐烧。

接下来，只剩食物。

有了火，他们能融冰，能高温消毒，水的问题就解决了。但是食物不可能凭空出现，在这里，他们就算想吃草根和树皮都是痴心妄想。

周瞳和袁子淇又翻找了好多栋石屋，里面的情况大同小异。想想也知道，就算以前这里粮食满仓，过了这么久，吃的东西肯定也全部腐化了。

在绝境面前，求生是本能，任何能救命的东西，他们此刻都能咽下去。皇天不负有心人，周瞳在翻遍一栋房子的每个角落后，终于找到一种能吃的东西。

这是一种干硬的动物皮，已经很难看出是从什么动物身上剥下来的了。这种皮被加工处理过，铺在床上当毯子用，因为极寒的气温和特殊工艺，它并没有腐烂，意外地留存了下来。

周瞳用水把皮煮软，用刀削成小片，慢慢吞下。

味道难以忍受，更谈不上有什么营养，但是能填饱肚子，让他们活下来。

袁子淇久久难以下咽，却看着周瞳笑嘻嘻地一片接着一片把皮吃下肚子。

“我们难道吃的不是同一种东西吗？”

“需要一点想象力。”周瞳闭上眼睛，把一片皮放进嘴巴，“我们现在坐在西餐厅，对，就是最棒的那家 WEST HOUSE，他们家的黑椒牛扒简直就是人间极品，我们点了两份……你看，服务员端上了牛扒，五分熟，刚刚好，切下一块，放进嘴里，黑椒与牛肉的鲜味混合在一起，你慢慢咀嚼，然后咽了下去……”

袁子淇按照周瞳的方法，终于咽下了第一片水煮皮。吞下了第一片，接下来就不难了。

两人吃了半张水煮皮后，停了下来，那份令人魂不守舍的饥饿感消失了。

“好好睡一觉，明早我们去冒险。”周瞳脸上始终挂着笑容，往炉子里添了燃料。

火光跳跃，屋子里温暖起来。周瞳和袁子淇隔着火炉，各自靠在一边，倚墙而卧。

“这里未免太奇怪了。”袁子淇睡不着，想起在城内所见的东西，感到匪夷所思，“街道上没看到一具骸骨，所有人都死在屋子里。到底是什么让他们不敢出门，宁愿被活活困死在家里？”

“答案或许就在这古城之内。”周瞳闭着眼睛回答道。

“明天我们去哪里？”

“那座金碧辉煌的宫殿。如果老毕、老刘他们活着，当然还有你爷爷，他们应该也会去那里。”

袁子淇撇过头，去看火炉另一边的周瞳。周瞳的脸被火光映得通红，看起来有些邋遢，满脸胡楂，头发乱蓬蓬的，跟叫花子区别不大。

“周瞳，我很好奇，像你这样的人，是怎么娶到严咏洁这样的大美女的？”

“什么叫我这样的人？”

“就是轻佻、邋遢、一贫如洗的人啊。”袁子淇笑道。自从来到青贡，她就一直没笑过，没想到如今深陷险境，却忍不住笑了。

“虽然很不甘心，但我好像也没有反驳的立场。”周瞳摸了摸脸上的胡楂，想起严咏洁，睁开了眼睛，眼角溢着笑意。

● ● ●

警方不动声色地清空了整栋楼的住户，特警包围了吴波的公寓楼，狙击手也已就位，只等一声令下。

“开始行动！”方远下达了命令。

窗外的特警瞬间破窗，往屋内投了烟雾弹。这种烟雾弹除了能阻碍视线，还含有麻醉成分，有利于警方迅速控制现场。与此同时，另一批特警戴着特制面罩，破门而入。虽然他们训练有素，但还是被眼前的景象惊住了。

一个裸体女人被倒挂在客厅中间，颈部插着一根输血管，一个样貌狰狞的男人就在一旁，通过输血管吸食着女人的鲜血。

“乓！乓！乓！”

三发麻醉弹射入男人体内，可男人只是微微一晃，继而咆哮一声，向开枪的特警猛扑过去，张嘴就咬住了特警的面罩。

特警虽然早有防备，但是男人的爆发力和速度都远远超过正常人。特警一时避闪不及，被扑倒在地。

其他特警立刻对男人连续射击，四五枪后，男人才慢慢倒下，扭曲变形的脸竟然开始慢慢复原——正是失踪已久的吴波。

其中一个特警打开耳麦，向方远汇报：“嫌疑人吴波已被控制，一名女子大量失血，需要叫救护车。”

李兴雯赶到医院时，吴波仍在昏迷中。医生们已经有了治疗康皓月和严咏洁的经验，所以对于吴波的状况并不吃惊。即使如此，医生们也拿不出有效的治疗方法，只能一方面用血浆供养病毒，减缓其破坏人体机能的速度，另一方面用其他药物缓解患者的痛苦。

李兴雯透过玻璃窗看着昏迷中的吴波，心里无比焦急。吴波知道许多关键信息，审问他，不仅可以让案件取得极大进展，更重要的是能获取更多关于朱山骨这种病毒的信息。

“医生，能让他尽快苏醒吗？”李兴雯问医生。

“能救活就不错了，麻醉药的剂量太大了。而且这种病毒也很奇怪，一方面损坏着人体机能，一方面也提高了人的承受能力，普通人被注射进这么多麻醉药，当场就会死亡。”医生直摇头。

“那大概要多久才能醒过来？”李兴雯继续追问。

“需要观察七十二小时，我们会尽全力。”医生扶了扶眼镜，算是给出了一个明确的答复。

李兴雯接着去看望了被吴波囚禁的女孩，女孩因为失血过多，身体还十分虚弱，好在没有生命危险。

女孩名叫林馨，是海王大学的学生，暑假没有回家，一个人住在寝室里，因为还没开学，所以失踪了也没人发现。

林馨目前的身体和心理状况都不适合问话，李兴雯只能等待。

任勇则在其他警员的帮助下，把康皓月送回了特护病房，之后赶来和李兴雯会合。得知吴波还需要七十二小时的时间后，任勇也不由得有些失望。

“周瞳那边有消息了吗？”任勇问道。

李兴雯摇摇头：“完全失联了，和他一起的人一个也联系不上。”

任勇皱了皱眉头，觉得周瞳这个时候离开严咏洁，有些不负责任。

“任，任警官……以您的资历和权限，是不是行动上会比较自由一些？”李兴雯忽然吞吞吐吐地问道。

“并没有，我们也需要向上级请示。”任勇说到这里停下来，意识到李兴雯话里有话，“有什么可以直说。”

“我想请您帮个忙，去一趟青贡，接应一下周瞳。”李兴雯知道自己这个请求有些不合规，但是她没办法离开，而身边唯一有能力，也值得信赖的人，就是任勇。尤其是在她亲眼看到任勇如何对付康皓月之后，更加确信任勇是最好的人选。如果他能去支援周瞳，那再好不过。

任勇没想到李兴雯会提出这样的请求，一时有些犹豫。

李兴雯看着任勇的神情，意识到自己的请求过于冒昧，笑了笑，摆摆手说道："我也只是——"

"也好，比起在这里等着，我更想去看看青贡那边的情况。"

李兴雯话还没说完，任勇就把这件事应承了下来。

李兴雯有些意外，话刚出口她就已经后悔，没想到任勇竟然答应了。

● ● ●

周瞳和袁子淇几天来总算睡了一个安稳觉。两人在清晨的阳光中起身，用雪水煮了小半块皮吃，然后收拾好背包，出发前往古城中央的那座黄金宫殿。

古城占据了整个山谷，周瞳他们正处在南部的边缘地带，离宫殿的直线距离不算太远。

古城里遍布着各种雕塑、墙绘和文字，与其他文明古城全然不同。如果不是身临其境，很难想象一座城市会像博物馆一样赏心悦目。周瞳随手拿起路边一个装饰台座，细细打量。这个台座应该由某种绿色宝石打磨而成的，通体碧绿，不见一丝杂质。

"这般制造工艺的文明，竟会悄无声息地消失在历史之中。"周瞳把玩着台座，内心有些感慨。

"而且还是整座城市突然消失，所有人被困死在家里。"袁子淇补充道。

周瞳小心翼翼地把台座放回原处，尽量不改变它原有的样子。

"你倒是难得，见到这些价值连城的宝物，竟然没有占有的欲望。这些东西可是多少钱也买不来的。"袁子淇并非信口开河，她生在富贵之家，见过许多平常人见不到的好东西，但那些东西和这座古城根本无法相提并论，简直是萤火难与皓月争辉。

“没办法，我们搞历史研究的人都这样，不会用金钱来衡量文物的价值。”

“我不信，至少不是所有搞历史研究的人都会像你这样。”

周瞳笑了笑，没有再说什么。

两人一边朝宫殿走去，一边沿路寻找其他人的踪迹，但是没有任何发现。周瞳和袁子淇嘴上不说，但心里都不免担忧：他们会不会是那场雪崩仅存的生还者？

两个多小时后，他们终于来到了宫殿前面。

宫殿前是一个广场，广场上有七座巨大的人形白玉雕塑，五男两女，形象各异，姿态却保持一致。每个人手里都捧着一朵花，高举过头顶，单膝跪地，面露虔诚之色。

“朱山骨……”袁子淇脱口而出。

“这花就是朱山骨吗？”

袁子淇一愣，知道自己一时失言。这无疑是承认自己曾经见过朱山骨。不过，周瞳已然猜到了这些，她也没必要再隐瞒。

“不错。从雕塑看，拉格人曾经把朱山骨奉为圣物。”袁子淇点点头。她看了一眼周瞳，而周瞳只是注视着雕像，陷入了沉思。

“你看这七座雕像下面都有一行字，看起来应该是同一句话，只是不知道什么意思。”周瞳走到一尊雕像前蹲下，抚摸着上面的文字。

“卓戈可能知道。”袁子淇说道。

周瞳默默把这些字的形状记了下来，期望或许未来有机会能弄明白其中的含义。

两人不再在雕像前停留，穿过广场，来到宫殿大门前。大门有七八米高、四五米宽，以罕见的黑玉石打造，形状并非常见的长方形或扇形，而是六边菱形。

宫殿大门紧闭，周瞳上前推了推，纹丝不动。袁子淇以为是门太重，于是上前和周瞳一起用力推，但还是没法打开大门。

“会不会是有什么机关？”袁子淇在门上摸索。

“或许是，我们找找。”周瞳也在门四周寻找起来。

两个人搜寻了半天，一无所获。

“也许有其他进入宫殿的方法。”说完，周瞳抬头看了看宫殿的外墙，有些无奈。这墙最少十几米高，材质光滑又坚硬，几无攀爬的可能，只能再找其他入口。

宫殿的占地面积很大，两个人围着宫殿走了一圈，试了好几扇门，没有一扇门可以打开。

“见鬼了，这宫殿封得严严实实。”袁子淇走得气喘吁吁，忍不住抱怨道。

周瞳一时间也无计可施。如果封闭宫殿的人不想让人进去，那想要进去一定不容易。

两个人都望着宫殿，一筹莫展。这时，背后忽然传来响声。

这是周瞳他们进入古城以来，第一次听到其他人的声音。

两个人不约而同地转身，只见一个活人，正一只手拍打着地面，一只手焦急地向他们挥舞，嘴里还喊着话，穿着打扮与卓戈差不多。

周瞳震惊之余，终于听清这人喊的究竟是什么。

“快跑！快跑啊！”

周瞳和袁子淇一脸茫然，谨慎地朝那人走过去。

“你说什么——”周瞳一边走，一边对那人喊话，但话还没说完，那人就转身跑走了。

几乎就在同时，他们身后突然传来“砰”的一声，宫殿大门瞬间弹开。周瞳和袁子淇一扭头，就看到密密麻麻、宛如僵尸的怪物，从门内蜂拥而出，瞬间汇聚成一股浪潮，向他们扑来。

周瞳和袁子淇这一刻终于明白为什么要跑了。

这些怪物明明是人的身体，头却好似野兽一样，龇牙咧嘴。身体则干枯如朽木，像是干尸一般。

他们没有时间去思考为什么会发生这样的事情，本能地撒腿就跑。显然怪物们的运动能力比他们好太多，就算他们领先了几十米，也完全不可能逃脱。

周瞳慌乱中带着袁子淇跑进一间屋子，立刻反锁上了房门。

原本他们还担心这些怪物会破门而入，奇怪的是，怪物们只是围着这栋房子发出刺耳的声音，但就像害怕什么一样，始终不敢靠近、触碰房子，就算有一扇窗户是破损的，它们也不敢伸手进来。

两个人大汗淋漓，惊魂未定。周瞳也不敢大意，推过来一块石板，挡住了破碎的窗户。

这栋房子和其他房子没有什么区别，房间里依旧有两具骸骨。

“这些究竟是人是鬼？”袁子淇透过缝隙，看到怪物们正朝他们咆哮。

“以前应该是人，现在是什么还真不好说。”周瞳说着，找了个角落坐了下来。

“它们不敢靠近房子，恐怕是因为害怕房子里的什么东西。我们如果能找出这个东西，或许就有办法驱赶这些怪物。”袁子淇环顾四周，希望能找出让这些怪物恐惧的东西。

“歇会儿吧。”周瞳摇摇头，看着旁边的骸骨说，“如果真有这样的东西，这些人就不会死在房子里了。”

“那为什么怪物不敢进来？不试试怎么知道！”

袁子淇说的问题，也正是他在思索的：怪物为什么不敢靠近房子？

正当他们迷惑不已的时候，情况再次突变，原本围着他们房子的怪物忽然纷纷散开，往另一个方向狂奔。

周瞳找了个缝隙，顺着这些怪物看去。只见街道尽头有几个人影，其中一个穿着红色冲锋衣的最为打眼，正是老毕！

“是老毕他们！”周瞳打开窗户大喊，“快跑！”

可是距离太远，声音传不过去。

“他们听不到。”袁子淇提醒道。

“不行，要想办法救他们。”周瞳说着，打算爬出窗户。

一个经过窗口的怪物伸出爪子抓了一把，周瞳身上的衣服立马被撕出五道口子，人也险些被抓走。

“快进来！你这是干什么？不要命了吗！”袁子淇见状，赶忙把周瞳往屋子里拽。

“你在这里等着，我带他们来这里会合。”周瞳从袁子淇的手里抽出胳膊。

“那你小心一点。”袁子淇知道自己拦不住，只能叮嘱周瞳小心一些。

周瞳点点头，一个翻身，踩着房子外墙凸出的部分爬到屋顶。

古城的房屋都是上窄下宽的梯形结构，好在屋顶都一般高，整齐有序，从一栋房子跳到另一栋房子的难度不算太大。

周瞳居高临下，看着街道上密密麻麻的怪物，一阵恶寒。那些怪物就像饥饿的蝗虫，迫切地寻找着粮食。

老毕他们的出现，仿佛是旱地里突然冒出的麦子，所有的“蝗虫”都从四面八方拥来，争先恐后地抢夺这份“美味”。

周瞳一边向老毕所在的地方急奔，一边仔细观察四周，寻找脱身的办法。跑近一些后，他发现刘青特也在老毕身边，还有袁天合和他的六个保镖。虽然他早有心理准备，但看到原本十几个人的队伍如今只剩九个人，内心还是百感交集。

袁天合的手下虽然有枪，但是子弹也只能短暂延缓怪物们袭来的速度，一群人不得不一边开枪，一边向后退。可他们不知道，自己后退的方向，正有其他怪物围拢过来。

周瞳站在高处，对底下的情况一目了然。一旦怪物们围住他们，他们就是死路一条。老毕他们恐怕也是第一次遇到这些怪物，看上去都十分慌张，根本不知道如何应对。

周瞳离他们还有一定距离，这个距离喊叫声传不过去，而等他跑过去，一切就都晚了。

情急之下，周瞳捡起身边的一块碎石，用力扔向老毕他们所在的位置。碎石砸在他们头顶房屋的窗户上，打碎了窗户，溅起的碎片砸落在地。

老毕抬头一看，终于发现了屋顶上的周瞳。周瞳跳起来打手势，让他们往上爬。一群人看到周瞳，大喜过望，立刻往屋顶上攀爬。

与此同时，怪物们也冲到了他们跟前。

一个殿后的保镖瞬间被怪物扑倒，七八个怪物猛地围上去一阵撕咬。几秒钟后，保镖连骨渣都没剩下，地上甚至看不到一滴血。

袁天合浑身发抖。他知道自己如果不靠血浆维持清醒，很快也会变成眼前这种可怕的怪物。

保镖的倒下，虽然残酷，却为其他人赢得了短暂的时间。剩下的八个人爬上屋顶，总算死里逃生。

那些怪物尝到血腥味后，更加癫狂，叫声更刺耳，围着屋子团团转。那七八个吃到血肉的怪物，竟然不再畏惧房子，几个起落就跳上房顶，继续追杀他们。

刘青特气喘吁吁地跑在最后，一个怪物眼看就要把他扑倒。这时，一把铁锹突然一下拍在冲来的怪物头上，发出一声震耳的闷响。怪物应声倒地，刘青特才算逃过一劫。

刘青特转头看向自己的救命恩人，只见一旁的老毕举着手中的铁锹，一脸恨铁不成钢的样子。一个保镖也注意到这边的情况，转身过来射出一梭子子弹，为老毕和刘青特解了围。

“不要跑了，弄死它们！”袁天合回头一看，见怪物只有七八个，而他们手里又有武器，完全可以击退它们，不必再狼狈逃跑。

保镖们毕竟训练有素，闻言纷纷定下心神，抬枪射击，枪枪爆头。七八个怪物很快就倒下，但看起来似乎并没有死，身体仍在屋顶抽搐。

不过它们的攻击力大大下降，对袁天合一行人不再构成威胁。

周瞳借这空当跑了过来，一把抱住老毕和刘青特。“你们没事儿就好！”看到老毕和刘青特都活着，他总算松了口气。

“多亏你提醒。”老毕看着下面数不清的怪物，不由得抹了把汗。

“除了我们，就没再见过其他人了。”刘青特眼睛一下就红了。他心里挂念着袁子淇，如今看到周瞳也是一个人，自然觉得袁子淇已经遇难。

“你放心，袁子淇跟我在一起，还活着。”周瞳看出刘青特的心思，告诉了他袁子淇的消息。

“淇淇在哪里？”一旁的袁天合听到孙女的消息，立刻问道。

“她在那边的房子里等我们，我带你们过去。”周瞳看袁天合关切的神情不像作假，便如实回答。

“太好了，我就知道她吉人自有天相！苍天有眼！”刘青特双手合十，连连对天鞠躬。

“兄弟，你这也太重色轻友了吧。”周瞳打趣道。

“你们找到朱山骨没有？”袁天合又问道。

“没有。”周瞳摇摇头。

袁天合有些失望，不过他知道周瞳不会撒谎，毕竟朱山骨也关系到他妻子的性命。

“金焕恩和卓戈呢？你们不在一起吗？”周瞳没看到金焕恩和卓戈，不由得问道。

“雪崩把所有人都冲散了，我们被冲进一个雪沟里，费了好大力气才爬出来，一路上谁也没看到。”老毕说道。

“你们呢？”刘青特在一旁问道。

周瞳没有说那晚他和袁子淇的“长谈”，只说他们被冲进冰缝中，侥幸生还。

“走吧，我们先去和淇淇会合，再说其他事情。”袁天合有些不耐烦地催促道。

周瞳点点头。这里确实不是说话的地方，下面怪物们还在蠢蠢欲动，不知道什么时候就会变得不受束缚。周瞳赶忙带着其他人回到此前的那栋楼里，袁子淇看到他们都平安归来，脸上露出欣喜的神色。

“爷爷。”袁子淇看到袁天合，尊敬地叫了一声。

袁天合点点头，说道：“你没事儿就好。”

这爷孙俩看起来就像是公事公办的上下级关系，从他们的言语中丝毫感觉不到亲人间的关切与温情。

“袁小姐，我就知道你一定会没事儿的！”刘青特的喜悦倒是毫无掩饰。

“看到你还活着，我也很开心。”袁子淇莞尔一笑。

刘青特顿时感觉自己像被云朵托上了天空，舒坦无比。因为这句话，他愿意为袁子淇赴汤蹈火。

屋子里现在还剩十个人：周瞳、袁子淇、老毕、刘青特、袁天合和仅存的五个保镖。朱山骨还没有找到，他们却已经损伤惨重。

时间对他们来说也十分紧迫。首先就是食物问题，用动物皮充饥等同于望梅止渴，长期食用并不现实。其次，周瞳不能再耗下去，严咏洁的身体不能再拖了，必须尽快找到朱山骨，研制病毒的解药。而对于袁天合而言，也有一个致命的问题，一旦携带的血浆吃完，他就会彻底发狂，变成完完全全的怪物。

他们必须尽快找到朱山骨，然后离开这里，不然到最后，他们就只能与身边的骸骨做伴了。

周瞳问袁天合他们有没有看到一个穿着和卓戈相似的男人，袁天合摇了摇头。周瞳怀疑这个人极可能是卓戈的哥哥，他或许知道什么。

可是现在外面怪物横行，不知道什么时候才会离开，找人谈何容易。

尽管现在情况并不乐观，周瞳还是说出了自己的猜测——朱山骨就在那黄金宫殿中，他们无论如何都要设法进入宫殿，一探究竟。

然而现在宫殿四周遍布怪物，要进去无异于天方夜谭。

“再难也要试试。一旦这些怪物退回到宫殿里，我们根本不知道宫殿的门还会不会打开！”周瞳坚持己见。

其他人面露难色，老毕和刘青特也都沉默不语，他们都知道这其中的凶险。

“我也觉得应该试试，总比坐以待毙好。”没想到最先站出来赞同周瞳的人竟然是袁子淇。

“有什么计划？”袁天合终于开了口。

闻言，周瞳捡起一块石头，用石头在地上画出了宫殿周边的地图。他刚才围着黄金宫殿走了一圈，把周边建筑和道路位置暗自记在心里，如今画出来，虽然十分简略，但足以说明周边情况。

“我们现在在这里。”周瞳在地图上画了一个叉，标出他们所在的位置，“距离大门的直线距离两百米左右。无论从哪条路前往宫殿，路上都会有怪物，所以要进入宫殿，我们必须把怪物引开。”

“引开？那可要诱饵。”袁天合不由得冷笑。

“只有诱饵还不够，我们还需要一个陷阱。”周瞳狡猾地一笑，看着袁天合继续说道，“我看袁先生好像带了炸药。”

袁天合脸色微微一变：“不行！”

“我猜袁老先生带炸药是想出去用的，”周瞳语气一转，“如果拿不到朱山骨，一切不都没意义了？”

“就算我给你，这点炸药也炸不死几个怪物。”

“我不是要炸死那些怪物，我是要炸这座塔。”周瞳指着宫殿外的一座高塔说道。

炸高塔？众人俱是一惊，顺着周瞳手指的方向看去，透过窗户，一座十几层楼高的塔出现在众人眼前。

周瞳向众人详细解释了他的计划。简单来说，就是所有人分成两组，第一组人负责安置和引爆炸弹，第二组人负责做诱饵，引开怪物。当第二组人把怪物引到指定地点的时候，第一组人绕路去炸倒高塔，让高塔倒向怪物追击的方向，拦截住怪物，为大家赢得时间，冲进宫殿。

计划本身并不复杂，但是有两个关键问题：一是爆破一定要精准，让高塔按照设想的方向倒塌；二是充当诱饵的人必须把所有怪物引开，抵达指定地点，否则计划也会失败。

"这计划何止是大胆，简直是不要命！"刘青特听完周瞳的计划，已是一身冷汗。

"我手下这两个人是专业爆破的，应该没有问题。"袁天合指着两个保镖说道，算是同意了周瞳的计划。事到如今，似乎也没有别的选择。

"老毕，你也懂一些爆破，就和这两位兄弟一起负责爆破的工作吧。"周瞳看着老毕说道。

老毕知道周瞳是好意，自己哪里懂什么爆破，不过是个托词罢了。不过自己一把年纪，硬要拼命，恐怕也会是他们的拖累，便没有拒绝周瞳的好意，点点头，算是接下了这差事。

"咱们剩下的这些人，就是香甜的诱饵了。"周瞳自嘲道。

"不能就这么冲出去吧？我们还是要好好合计合计。"刘青特抹了抹额头的汗，担忧地说道。

"老刘说得没毛病，我们不是出去送死，而是要置之死地而后生。"周瞳说着，在地图上的高塔一侧画了一个圈，"我们还要再分三个小组，通过左边、右边和中间这三条路线，引导怪物到指定地点会合。"

"看起来，左边这组要跑的距离最远。"刘青特看着地图说道。

"正是如此，左边、中间、右边，三条路线的难度从大到小。"周瞳用石头画出路线，情况一目了然，左边路线的诱饵需要跑动的距离是右边的三倍以上。

“既然是我提出的计划，我就到左边这组——”

“我也到左边！”周瞳话没说完，就被袁子淇打断。

“那我也去左边！”刘青特急忙说道。

“打住！你们两个去右边。袁小姐，你的脚都冻伤了就别逞能了，至于老刘……你的任务就是保护好袁小姐。”周瞳向刘青特眨眨眼睛。

“没问题，一切行动听指挥！”刘青特斩钉截铁地回答道。

袁子淇虽然不情愿，但也没再坚持。这是生死存亡的关头，容不得自己逞能。

“袁老先生，你带你的人从中路走，没问题吧？”周瞳征求袁天合的意见。

“你一个人走左边没问题吗？”袁天合倒是有些担心，这种状况下，损失一个人都是少一分力量。

“一个人吸引的怪物也会少点，大家都是赌运气。”周瞳看似无所谓地耸了耸肩膀，准备继续研究后续计划。

只是，他心里很清楚，自己这把赌得有点大。

# 第十章 永生的代价

众人在一起仔细研究了计划，尽力完善所有细节，希望能确保所有环节都没有纰漏。

三组诱饵从左自右依次出发，将怪物引离高塔。每组间隔三分钟。左边最先出发的周瞳必须坚持奔跑十二分钟不被怪物抓住，中间一组需要奔跑六分钟，右边一组时间最短，只需要跑三分钟左右。

怪物被引开后，爆破组有五分钟左右的时间设置炸药。一旦三组诱饵到达集结点，炸药就要被引爆。这时，高塔就会从天而降，宛如大坝，挡住怪物。他们趁此时机，就可以一鼓作气冲进宫殿。

“可是，万一那些怪物也跟着冲进宫殿怎么办？”刘青特提出自己的疑虑。

“这些怪物虽然围在宫殿四周，但没有一个进入，它们就像畏惧城里的楼房一样畏惧着宫殿。宫殿对它们来说更像是个牢笼，现在宫殿应该是暂时失去了束缚它们的能量。”周瞳指了指宫殿一侧的一幢塔楼，“宫殿有六个角，每个角都有一幢塔楼。昨天，塔顶的黄色宝石是闪着亮光的，可现在你们看，那些宝石已经不发光了。”

“一旦宫殿恢复能量，这些怪物就会被重新锁回去，古城就变成我们刚来时的样子了。”刘青特恍然大悟般说道。

“就是这样，所以我们必须马上行动，因为不知道黄金宫殿的能量何时恢复，大门一旦关闭，我们就无计可施了。”周瞳最担心的便是这一点。

“事不宜迟，我们要赶紧行动了。”袁天合刚吸食了一袋血浆，神志清醒，气力充沛。

纸上谈兵的时间已经足够多，如今该是付诸实践的时候了。众人再次爬上屋顶，按照分组各就各位。

好在这里无线对讲机并未失效，他们可以通过对讲机沟通。只是备用电池早就不知丢到哪里去了，对讲机的电量也已经所剩无几，只能希望在电量耗尽之前，他们能冲进黄金宫殿。

周瞳深吸一口气，看着腕表，开始倒计时：“五、四、三、二、一！”

话音一落，周瞳纵身一跃，跳下房顶。

闻到肉香的怪物们立刻朝他扑过来，周瞳不敢停留，拔腿就跑。

他要在领先大约五十米的情况下，狂奔十二分钟不被怪物赶上，或者赶上后不被抓住。周瞳的跑步速度在剩下的十个人里应该是最快的，但他显然低估了怪物的速度。

刚跑了没两分钟，就有两三只怪物追上了周瞳，与他仅隔两三个身位。他仿佛已经能够感受到怪物嘴里吐出的阵阵热气。

此时到了一个拐角，周瞳一跃而起，一脚蹬上墙面，借助墙壁的反弹，以最快速度钻进巷子。

这条路是他精心选择的。怪物虽然跑得快，但是缺乏灵活性，更重要的是巷子窄，怪物再多也不能一拥而上。周瞳借助这个急转弯，终于把身后的怪物甩了几个身位。

其他人站在屋顶，看到周瞳一路狂奔，都为他捏了一把汗。

袁天合这组也做好了准备，开始倒计时。周瞳跑出小巷的同时，中路的袁天合也准时出发。

密密麻麻的怪物们被瞬间分流，不是身临其境的人，不免会觉得这场面有些壮观。可是对周瞳和袁天合他们来说，生死就在旦夕之间。

此时，一只怪物一把抓住了周瞳的肩膀，周瞳本能地向后挥刀砍去，怪物的脑袋落地，失去脑袋的怪物依旧径直向前奔跑，只是没了方向，终于撞在墙上，轰然倒地。

这把刀是他从那几个保镖手里要来的，现在救了他的命。只是，周瞳虽然侥幸从怪物爪下溜走，但体力已经明显下降不少。然而，那些怪物好像根本没有极限一样，速度丝毫不减。

虽说是冒险，但周瞳也不是凭着蛮力去赌运气，这条线路上所有可以利用的建筑设施和道路设置都是他的武器。

在三组人的努力下，宫殿前面的怪物已经明显减少，高塔下也终于空了出来，没有了怪物。老毕和两个保镖拿着炸药直奔高塔，按照预定的方案安装炸药，计划进展十分顺利。

就在这个时候，周瞳那边出了状况。

周瞳原本打算借助房屋旁的石台攀上屋顶，暂时喘口气，可一脚下去才发现，这石台的台基竟然早已断裂，外力作用下，石台顿时倾塌。

周瞳瞬间反应过来，借助墙壁保持平衡，只是身形一晃，没有摔倒。就在这眨眼间，怪物已然到了身后。

周瞳就地打滚，跟着就劈出一刀，硬生生斩断了怪物的双腿。

可一个倒下，还有千千万万个怪物不断袭来，眨眼的工夫，又有两个怪物追了上来。周瞳不敢恋战，再耽搁片刻，其他怪物就会全部围上来，到那时候，他插翅难飞。

两个怪物近在咫尺，周瞳要么回身战斗，要么拔腿向前跑，但能不能快过两个怪物，他并无把握。

生死就在一线间，周瞳必须搏一搏。

怪物抓住了周瞳的外套，周瞳倏地一个回转，舍弃了外套，像泥鳅一样滑了出去。

可另一个怪物比他更快，一只利爪直接从侧面横扫而来。周瞳避无可避，只能再次就地打滚，这才将将避开。

可当他再站起来的时候，又有七八个怪物上来围住他。如果不是道路狭窄，这些怪物早就如潮水一样把他吞噬了。

离集结点只剩下最后五十米，另外两组即将会合，如果他赶不到，那么队友引来的怪物就会将他团团包围。

周瞳奋力挥刀，希望能杀出一条血路，这无疑是螳臂挡车、痴人说梦。浓烈的死亡气息将他淹没，被吞噬只是时间问题了。

周瞳从未想过自己会死在这里，而且尸骨无存。他不恐惧，却心有不甘。严咏洁还在等着他，等他带着解药回去救她。

到此为止了吗?

周瞳杀红了眼，发出震人心魄的怒吼，就像仅存的悲壮骑士，一个人对抗着千军万马。

不停地挥刀、挥刀、挥刀……刀砍进肉里，血花四下飞溅。

眼前依旧是黑压压的一片，周瞳甚至再也感觉不到绝望，只知道自己挥刀的手不能停下。

就在这时，一团火球从天而降，落在他与怪物之间。火球炸裂开来，汹涌的怪物浪潮顿时被截断。

三个人影从房顶跃下，周瞳身边的一个个怪物被一拳一拳打飞。

“金大哥！卓戈！”来人竟然是金焕恩和卓戈，还有一个陌生面孔，像是提醒他和袁子淇快跑的那个人，他身上穿着与卓戈相似的衣服。

“快走，这火球挡不了它们多久。”金焕恩拍拍周瞳的肩膀，拉着他就要进入前面的房子。

“不行，往这边，跟我走！”

周瞳来不及向他们解释，只能拖着他们继续往前跑。四个人一路疾奔，终于在集结点与另外两组人会合。

“小姐！”金焕恩看到袁子淇，眼睛一下就红了。

“金叔叔——”袁子淇也感慨万千。

“现在不是叙旧的时候。”袁天合皱皱眉头。

他们顺利会合，也就意味着，怪物们也会在高塔前会合。他们不敢再耽误，一鼓作气赶到集结点，向还在高塔下的爆破组发送信号。

只听“轰隆”一声，爆炸掀起巨大气浪，高塔在弥漫的烟尘中轰然倒塌。

“如此宏伟的艺术杰作就这样炸毁了，实在太可惜。”刘青特不禁叹气惋惜。

“拉格人封闭了这座城市，就从未想过要把这些呈现给世人。”周瞳是现实主义者，他这次能死里逃生已是万幸，能否活着出去还是未知数，实在没有余力去感慨这些。

众人不再停留，直奔黄金宫殿。撂倒零散的几个怪物后，他们终于进入了这座辉煌却沉寂的宫殿。

黄金宫殿内部比他们想象中要简朴许多，几乎只有空旷的大厅和走廊，看不到任何装饰和器具。只有四周墙面和地板上有一些不规则的金属线条，像电路板一样。

“这些是什么？”袁子淇忍不住摸了摸那些微凸的金属线条，触感冰凉。

“看起来像是某种导电装置。”周瞳说道。

“别管这些，去找朱山骨。”袁天合迫不及待，就要带着手下在宫殿内四处搜索。

宫殿内道路四通八达，就像一座小城市。这里没有想象中那么奢华，也看不到怪物造成的杂乱无序。

宫殿里原有的陈设有被挪动的痕迹，但被挪动的东西并不在这宫殿里，只能是有人将它们移出了宫殿。如果一定要说，周瞳感觉这里更像一个监狱。宫殿被移空的目的显而易见——有人把这里改造了，用来囚禁外面的那些怪物。

“别急，我们先问问这位朋友，或许他知道点什么。”周瞳把目光投向那张陌生的面孔。

大家刚才都急于逃命，来不及询问这个陌生人的来历，如今有了喘息的时间，也不由得好奇地看着他。

“他就是我哥哥，哈布！”卓戈露出笑脸。

哈布抱了抱弟弟的肩膀，面露惭愧，说道：“如果不是我，你也不会身陷险境。”

“说起来，我们还要感谢你的提醒，让我们逃过一劫。”周瞳发自内心地感谢道。哈布的提醒让他们远离大门至少几十米，不然面对突然从大门里冲出来的怪物，他们未必能逃脱。

“我刚来的时候也差点被这些怪物抓住，它们每隔七天就会从宫殿里跑出来，大概二十四个小时后，宫殿四周的宝石会再次亮起，那时候怪物就仿佛受到什么东西控制一般，重新回到宫殿。”哈布回忆起躲在这里的那段日子，也不由得冷汗直冒。

“我在宫殿前面的广场上看到了朱山骨的雕像，上面有些文字，你们能认出来吗？”周瞳说着，想把那几个字符画出来。

“永生花。”哈布脱口而出。

“永生花？”周瞳轻声念道，停下手里的动作。

这是拉格人为这种花起的名字，比陈俊的朱山骨更虚幻，想来这也是这种花最初的名字。

“这种永生不如早点死。”老毕不屑地说道。

袁天合的眼角抽动了一下，显然老毕这话让他不舒服。

“你进过宫殿吗？”袁天合咳了一声，问哈布。

“不是你们想出这个法子，恐怕没有人能进来。”哈布直言道。

“既然你认识这些文字，有没有发现什么关于永生花的线索？”袁天合追问。

“我只是根据族里留下的一些古籍残本，揣摩出这几个字的意思，并不真的精通。”哈布只得苦笑，接着又补充道，“不过整个古城我都走遍了，没有看到过永生花，如果有，那么一定是在这座宫殿里。”

这句话给了袁天合信心，他点点头，说道：“就算掘地三尺，也要把永生花找出来。”

“时间不多了，明天太阳升起的时候，那些怪物就要回到宫殿里了。”哈布说到这里脸色变得苍白，“拿到永生花，我们怎么出去？”

这个问题没有人可以回答，所有人都陷入了沉默。

“你，你们也没办法吗？”哈布抓着弟弟的手微微颤抖。

“我相信这座宫殿一定会有出口。”周瞳上前一步，自信地说。

“何以见得？”哈布不解。

“这座宫殿最初并不是用来囚禁怪物的，所以在建造之时，拉格族人一定不会把这里建成只进不出的牢笼。”周瞳分析道。

这话一出口，颓丧的众人又重新燃起希望。这一路下来，周瞳的能力和勇气，他们有目共睹，这时候，他的话无疑是一剂强心针。

为了寻找永生花和宫殿的出口，所有人分成了四组，其中周瞳、袁天合和袁子淇一组，其他三组也至少各有一个袁天合的保镖。这些护卫和袁天合不仅仅是雇佣关系，他们和安吉一样，都受过袁天合的恩惠，对袁天合忠心耿耿。

其他人自然也心知肚明，袁天合这么分组是为了掌控全局。如今生死关头，他们也不愿计较这些，毕竟大家最终的目标是一致的。

刘青特想和袁子淇分在一组，却被袁天合拒绝，他不好意思坚持，只能继续与老毕做伴。

袁天合大致把宫殿分成四个区域，一个组负责一块区域。老毕改装了对讲机，把语音传输改成发射无线电脉冲信号，这样需要的电量极小，任何一组只要有所发现，就可以发送代表他们那个组的脉冲信号，其他组接收到信号，就立刻赶过去会合。

“老毕，真有你的，这也行！”刘青特竖起大拇指。

“小意思，以前跟着摸金校尉探大墓的时候，那才是——”老毕正准备吹牛，余光瞥见周瞳冲他们走过来，就闭了嘴。

“你这是一朝被蛇咬，十年怕井绳啊。”刘青特笑了起来。

“周瞳吧，是个讲义气的小兄弟，就是做人原则性太强。”老毕想起自己之前差点被周瞳送进牢房，还是心有余悸。

“我可听见你说我坏话了。”周瞳笑嘻嘻地走过来，搂住老毕的肩膀。

“打心眼里的赞美。”老毕笑道。

“好吧，我就当褒奖了。”周瞳说着神色变得严肃起来，叮嘱道，“多加小心，这宫殿里面怕是还有古怪。”

“放心，我可是身经百战，倒是你，那个袁天合跟怪物没太大区别……”老毕扫了眼远处的袁天合，忍不住眉头一皱。

周瞳点点头，又看看刘青特，拿起对讲机，转身回到袁天合他们那边。

四组人对了时间，如果三个小时内都没有任何发现，就回到原地集合，再另行商议。

这里刚好有四条路，周瞳他们走了最靠左边的一条。袁子淇本来有一肚子话想和周瞳说，但因为袁天合，她只能保持沉默。周瞳和袁天合的注意力都在寻找永生花和出口上，一路上，除了三个人的脚步声和呼吸声，四周只有一片寂静。

“这么找是不是大海捞针？”袁子淇跟着搜索了十几个房间后，终于忍不住说道。

“没那么大难度。”周瞳倒是挺乐观。

“如果是我，一定会把永生花藏到十分隐秘的地方，不可能随便放在这些房间里。”袁子淇说道。

“淇淇说得有道理，我们不能这样盲目找下去。”袁天合也赞同道。

“永生花是植物，但它的生长似乎不需要阳光，无论是袁老还是吴波他们，都是在地底找到它的，对吧？”周瞳问道。

“不错，当年我就是在洞穴里发现了血——永生花。”袁天合再次确认。

“我虽然没有见过永生花，但是观察过它曾经生长的土壤和周边环境。遗迹入口处的宫殿旁原本生长着永生花，那里有两个明显的特别之处，一是潮湿，二是温度高，特别是土壤下面的温度，要远高于周边，极有可能是地下的热能传导到地面，造就了适宜永生花生长的环境。”周瞳说出了自己的分析。

“这里又干燥又寒冷，可能根本没有永生花。”袁子淇似乎有些抗拒寻找永生花。

“反过来说，只要我们能在这里找到温暖潮湿的地方，就有可能发现永生花。”周瞳依旧保持乐观，“我对其他三组人也说过这件事，让他们留心。”

三个人继续找了一会儿，还是一无所获。袁天合的血瘾又犯了，他们只好坐下来休息。

袁天合把包里的食物拿出一些分给周瞳和袁子淇，他则打开一袋血浆吸食起来。周瞳注意到，袁天合包里的血浆只有两三袋了，一旦血浆用完，袁天合无疑就是他们最大的威胁。

“你们有没有铲子或者锤子之类的东西？”周瞳手头已没有任何称手的工具。他一边问，一边津津有味地吃着手里的压缩饼干。自从他吃过那些动物皮后，感觉任何正常的食物都是全世界最高级的美味。

“军刀行吗？”袁子淇从包里拿出一把瑞士军刀。

“借给我试试。”周瞳把饼干塞进嘴里，把手上的粉末拍掉。

袁子淇把刀丢给周瞳。袁天合则双手拿着血袋，拼命吸着血，眼睛却一直注视着周瞳。

周瞳拿过军刀，这里敲敲，那里敲敲，像个装修工人。

“你是在找暗室吗？”袁子淇好奇地问道。

“不是，找管道。这么大的建筑里，竟然没看到排污或者排水装置，是不是有些奇怪？外面的房子都有简单的排水装置，这么大的宫殿里没理由见不到。”周瞳一边仔细敲打地面，一边解释道。

“你是说有人特意把这些东西和设施移除或者隐藏了。”袁天合心头一震，放下血袋，明白了周瞳的意思。

“不错——”周瞳话还没说完，忽然，一直静默的对讲机发出了三声脉冲音。

“三组有发现！”袁子淇对两人说道。

按照约定，哪个组有发现，就发出脉冲信号。一组是一声，二组是两声，刚才对讲机响了三声，那么就是三组的信号。三组有四个人，分别是金焕恩、卓戈、哈布和袁天合的一个保镖。

“走！”

三人立刻往回走，来到三组负责的区域。他们一边喊，一边四处寻找金焕恩他们的身影。毕竟对讲机只能发送脉冲信号，无法定位。

这时，其他两组人也都跑了过来，一起帮忙找人。

“他们在这里！”一个保镖叫道，声音有些惊慌。

这是一个有着圆形穹顶的空旷大厅，只有一个出入口。大厅里的装潢与宫殿内其他地方完全不同，没有凸出的金属线，墙壁和地面都雕刻着精美的永生花图案；穹顶上有彩色的壁画，不知是用什么颜料绘制而成，竟然没有半点褪色。壁画所绘的，正是这座古城。那时的古城鲜花遍地，人流如潮，人人手里都拿着一朵永生花，仿佛在举行一场盛大的庆典。

大厅中央还有一块约莫两米高、一米宽的巨大石碑，石碑上密密麻麻刻着陌生的文字。金焕恩、卓戈和哈布就像是被人施了魔法，站在石碑旁边一动不动，而那个与他们一起行动的保镖身体已经被纵向切成两半，瘫在地上，血流了满地，场面令人作呕。

“不要过来。”金焕恩手里拿着对讲机，说话的时候嘴唇几乎没动，而是用腹腔硬生生把这几个字挤出来。正是他按下对讲机上的按钮，发出了信号。

他此时手上力道一松，对讲机掉下来，就在一瞬间被切割成五六块，摔落在地上。

众人这才看清楚，房间里竟然有数不清的透明细线，横七竖八地围绕在金焕恩他们身边，甚至有几根线已经穿过他们的身体，细小的伤口渗出血迹。这些线极细，看起来像钢丝，却完全没有钢丝的光泽，不知道是用什么材料制成的，如果不是特别留意，根本看不清。

周瞳试着用手里的军刀去砍离房间门口最近的那根线，却发现线十分有韧性，不但砍不断，反而让军刀出现了豁口。

大家瞬间就明白那护卫是怎么死的了，一时间只觉得头皮发麻。刚才发现金焕恩他们的保镖长舒一口气，幸亏自己刚才没有贸然进去，不然也被这些透明线切成好几块了。

“我们不知道碰到了什么机关，这些线忽然就射了出来。”卓戈说话的时候头微微偏了一下，头发立刻被削掉了一撮。

“小心一点。”哈布立刻在一旁提醒。

金焕恩看上去还能坚持，但卓戈和哈布的身体都在微微颤抖，这么一直保持不动，一般人坚持不了多久。

“得赶快想办法救他们！”袁子淇看见金焕恩深陷险境，不由得急道。

“要救他们必须找到机关在哪里。”老毕以前下墓的时候也遇到过不少机关，但从没见过如此凶险的场面。

周瞳看了一会儿，发现这些线都是从地面射出来，另一头射在穹顶或墙上。而且角度应该也是设计好的，线射出时并没有破坏大厅内的壁画和石碑，也正因为金焕恩他们站的位置紧靠石碑，才算躲过一劫。

老毕和刘青特在大厅外面找了一圈，并没有看到任何类似机关的东西。

“你们回忆一下，在机关发动前，你们都做了什么？”周瞳问道。

“我们在围着石壁看。”金焕恩说道。

“我，我想是我踩到了机关，我的脚，脚下……”哈布满头大汗，支支吾吾地说道。

周瞳站在外面，距离他们有十几米远，看得并不清楚。哈布一提醒，他们才注意到他右脚下的石块凹了进去。

周瞳爬下来仔细一看，才发现哈布踩着机关的腿被一根线贯穿了，滴滴鲜血正顺着线滑落。只要一抬脚，他的腿就会被线切断。

机关不在外面，周瞳他们根本无从下手。大厅内外都陷入一片寂静，谁也想不出更好的办法去救里面的三个人。

就在众人束手无策的时候，宫殿内的金属线条忽然发出了淡淡的白色光芒，像是接通了电源，整个宫殿仿佛活了过来。

大门的方向传来隐隐的、杂乱的脚步声，宛如开战前的厉兵秣马，令人心神颤抖。

“麻烦了，时间提前了。”刘青特抹了把汗，“这两天阳光充足，这宫殿的能量八成是太阳能！”

“那些怪物要进来了，没有时间磨蹭了。”袁天合厉声说道。这个大厅里极有可能藏着什么秘密，如果杀了哈布能够关掉机关，他会毫不手软。

“即使关掉机关，一时半会儿也破解不了谜题，我们先找地方避一避！”周瞳见袁天合已经掏出了枪，急忙说道，想要把袁天合引走。

这个时候，哈布大声喊道：“石碑上的不是文字，是密码！每十七个一组，一共三十二组，破解它，或许就能找到永生花！”

众人闻言皆是一惊，袁天合也停下了手上的动作。哈布能只身来到遗迹里面，足以证明其能力。如果破解碑文密码需要他的知识，那他就有存在的价值，袁天合不会轻易取他的性命。

可这改变不了哈布的腿被线贯穿的事实。哈布自己也清楚这一点，像终于下定决心一样，他闭上眼睛，使劲咬着牙，猛地抬起了腿。

大厅里的线“唰”的一声全部收了回去。

同时，哈布的小腿瞬间也被切断，血流了一地。他再也忍不住，嘶吼起来。

“啊！——”

一旁的卓戈扑上前去，一把抱住将要摔倒在地的哥哥，失声痛哭起来。一时间，众人都被哈布的举动所震撼。

“快给他止血，这样下去会失血过多。”金焕恩在一旁提醒道。

卓戈闻言，急忙用衣服抹掉眼泪，从衣服上硬生生撕下一段布条，紧紧绑住哈布的小腿根部，又从包里翻出应急纱布和绷带，堵住截断面。

机关暂时被关闭，但是外面的人依旧不敢轻易踏进去。周瞳知道他们没有太多时间伤感，必须尽快找到永生花和出去的方法，尤其是哈布，必须尽快出去找医院处理伤口。

“金大叔，你看看哈布刚才脚下的石头有什么特别的地方吗？”周瞳大声喊道。

金焕恩看着那块血迹斑斑的石头，发现上面有一些细小的符号，似乎与石碑上的密码符号差不多。

“上面有些很小的符号，不是很明显。”金焕恩说道。

周瞳在自己目力所及范围内寻找着那种地砖，果然发现了两三块。这些地砖上的符号也是刚好十七个，似乎与石碑上的密码有什么联系。

“大家慢慢走，小心不要踩到有字符的地砖。”说着，周瞳小心翼翼地走进大厅，其他人也低着头，跟在他身后慢慢走进去。

不出所料，踩到那些地砖才会触发机关。周瞳一路小心避开地砖，终于来到石碑旁，轻轻拍了拍卓戈的肩膀，说道："我们找到出口前，你哥哥就交给你照顾了。"

卓戈咬着牙，拼命忍住泪水，点了点头。

石碑上的字符正如哈布所说，比起文字更像是数字。虽然碑上密密麻麻都是字符，但依据形态仔细分析，这些字符其实只有十七个。

可石碑上的三十二组字符与地面地砖上的字符之间究竟有什么联系？

"周瞳，会不会是按照石碑上的顺序去踩对应的地砖？"刘青特问道。

"会不会太简单了？这个石碑就像是引诱来人按照上面的顺序踩地砖，这个信息太明显、太清晰了。根据我们之前的经历来看，拉格人可不欢迎外来者。如果没有机关我们倒是可以试试，但是现在只要一次试错，必然发动机关，所以……"周瞳同意刘青特的猜测，只是他们没有试错的机会。

"所以要有绝对把握。"刘青特顺着周瞳把话说完，心里不由得凉了半截。

这时外面的脚步声越来越大，即使他们看不见，也能感觉到怪物逼近的压迫感。它们正陆陆续续回到宫殿，不知道什么时候就会回到这里。

"小刘的想法行不行不好说，不过——"老毕指了指那块沾满血的地砖，又指了指石碑上最后一行字符，"一模一样。说明哈布刚才踩的砖块是石碑上最后一段符号，所以我们如果要试，肯定不能倒着来。"

"这样未免太危险了。"袁子淇看向周瞳，期待他能提供别的思路。

周瞳沉思片刻，对着袁天合说："我可能需要一点时间，要拜托你们挡住那些怪物了。"

• • •

其他人都退出了大厅，周瞳抬起头，观察起穹顶上的壁画。这幅壁画所绘的场面宏大壮观，看上去像是拉格族人的某种庆典，人们纷纷从住所赶往城中广场上的宫殿，每个人的手里都捧着一朵永生花。壁画用色缤纷绚丽，极尽奢华。但周瞳相信，所有这一切不过是为了隐藏一个秘密——关于石碑的秘密。

画中人物繁多，难以尽数，有趣的是，仔细一看，这些男女老幼虽服装各异，但大部分都是千篇一律的同一张脸，因此，那些相貌不同的脸显得格外特别。

这样一幅极其耗费心力的杰作，如果说是画师偷懒，就有些牵强了。

更特别的是，那些相貌不同的脸每隔十六个人就出现一次，刚好能与石碑上的十七个字符对应。

周瞳脑子飞速运转，脑海里不断排列着各种可能性，这一次他没有试错的机会，任何遗漏和粗心都会让他丧命。

拉格人对音乐的热爱毋庸置疑，从他们把乐曲作为遗迹入口谜题的答案就可见一斑。如果音乐最基本的元素是音符，那么绘画的根本是什么？线条还是色彩？或者说，在拉格人心中，哪个才是绘画的灵魂？

不知为何，周瞳这时候忽然想起了严咏洁，也不知道她现在怎么样了。

严咏洁喜欢美术和音乐，休息的日子里，她常会拉着周瞳去听音乐会，或者去美术馆看画展。周瞳常说她暴力的表象之下，有一颗温柔的心。如果她不从警，说不定会成为艺术家。

周瞳记得严咏洁曾经逼着他做过一回模特，为他画了一幅素描。

“画得挺不错，你不给上点颜色？”僵坐了一个小时后，周瞳活动着酸胀的四肢问严咏洁。

“这是素描，还没听说过给素描上颜色的。”严咏洁白了周瞳一眼。

“没有颜色的画看起来总像少了点什么。”周瞳故意和她拌嘴。

“俗气，颜色总会迷惑人的眼睛，只有线条才是绘画的灵魂……”

严咏洁说的这句话，在周瞳脑海里反复回响。

“线条才是绘画的灵魂……”周瞳默默念着这句话，头顶上色彩缤纷的壁画好像在他眼里慢慢褪去了颜色，只剩下最简单、最原始的线条。而这一刻，谜题的答案也终于出现了。

那些勾勒人物的线条，正是石碑上字符的变形。

就在这个时候，大厅外响起了枪声。

“周瞳，你别站着发呆，快做点什么！”袁天合看见周瞳望着穹顶发呆，厉声催促道。

周瞳看了看外面，知道自己没有时间犹豫了，一旦更多怪物冲过来，袁天合他们是挡不住的。他收回目光，紧紧盯着头顶上的壁画。

画面所描绘的是一场祭典。既然这是一幅叙事性的壁画，那它就不是毫无意义的装饰。有祭典，就意味着有“流程”；有“流程”，就会有顺序。

画中人从住所出发，随着人流前往城中广场的宫殿，应该就是最终的顺序。踩一趟地砖，就是跟随拉格族人经历一趟祭祀之旅。

周瞳深吸一口气，一脚踩下了第一块地砖。

砖块凹下去，发出“咔”的一声。机关并没有发动。周瞳长舒了一口气，接连踩下第二块、第三块地砖……直到第三十二块地砖被踩下。

大厅寂静无声，这一刻，所有人的心都提到了嗓子眼。

“哐、哐、哐——”几声刺耳的撞击声后，整个大厅竟然转动起来。

“快进来！”周瞳大声喊道。

大厅入口即将因为旋转而封闭，厅外的人纷纷跑进大厅。很快，整个大厅变得漆黑一片。众人的手电筒早已没电，手中也没有火把可用，只能靠声音来确认其他人的安全。

众人虽然看不见，但是能感觉到大厅正在缓缓下沉。所有人依靠喊声聚到一起，紧紧挨着身旁的人，神经高度紧绷——除了周瞳。

刚才那番看似简单的踩砖，早已让他大汗淋漓，此时他终于可以喘口气了。坐在地上，他一时有些愣神。冥冥之中，是严咏洁救了他一命。

“你快起来，万一有危险你怎么跑？滚着走吗？”刘青特就在周瞳身旁，赶忙催促周瞳站起来。

“移动途中不会有问题的。”周瞳笃定地说。

听周瞳这么一说，刘青特悬着的心稍稍落了一些，但还是有些半信半疑。毕竟在这种地方，正常人实在很难放松下来。

“你是怎么破解谜题的啊？”刘青特吞了吞口水，好奇地问道。

“我老婆给我的灵感。”周瞳语气里透着得意。

“这时候你还秀恩爱！”

“简单来说，这个谜题与绘画有关，穹顶上的壁画就是钥匙。”

“竟然是这样，我还以为那就是个装饰呢。唉，只希望接下来别再出什么幺蛾子了。”刘青特说着，在心里又把吴波骂了千百遍。

不是这个妹夫，他现在应该正躺在温暖的家里，看着书，备着课，吃着美味的食物，喝着香浓的咖啡……刘青特陷入美好的想象中，在伸手不见五指的黑暗中露出陶醉的笑容。

不过他的美梦很快就被一阵剧烈的震动打破。“怎么了？怎么了？”刘青特一屁股坐在地上，抓住一旁的周瞳，慌声大喊。黑暗中，好几个人没有防备，直接摔倒在地上。

一片慌乱中，一道刺眼的红光从头顶射进来，紧接着，千万道光汇聚成一片。周围的墙壁和穹顶不见了踪影，取而代之的是遍布岩石的洞穴，一颗颗红色的宝石在他们的头顶上发出璀璨光芒，血红色的花海环绕四周。

花海里只有一种花，那花鲜红如血，形态宛如牡丹却看不见枝叶，绽放在潮湿的黑石地里，发出诱人的芬芳。

“永生花！”袁天合两眼放光，没有了此前的沉稳，奋不顾身冲进花海，捧起一朵永生花。

其他人对永生花没有这么强的执念，更多的是震惊于这地底下的瑰丽世界。袁子淇则没有任何动作，只是咬着嘴唇，皱起眉头。

“这就是永生花？吃了能长生不老？”老毕好奇地走到永生花前，忍不住问道。

袁天合以为老毕真想长生不老，把一朵花递给老毕，说道：“不错，吃下去，长生不老未必，但是可以多活几百年。”

“老而不死，那不就是老不死？罢了，罢了，我可消受不起。”老毕把袁天合递给他的花扔到地上，拍拍手走开了。

袁天合并没有因为老毕的嘲笑而大怒，反而露出诚恳又严肃的神情：“我知道你们在想什么，你们以为我找永生花就是为了自己长生不老，我不否认这一点，但是，我更期望永生花能给全人类带来福祉，人们再也不用害怕那些病痛、死亡——”

“恐怕拉格族人以前也是这么想的，但是结果，我们都看到了。”周瞳打断了袁天合的演讲。

“那是因为他们不具备现在的科学技术，我相信，只要拿到这些永生花，就能找出这花所隐藏的秘密，就能，就能抑制它所带来的副作用……”袁天合一时太过激动，血瘾突然复发，他急忙拿出最后一袋血浆，开始疯狂吸食。

周瞳把一切看在眼里，心中思考着对策。永生花一定要带回去，但必须把花交给可以信赖的人，不能让如此危险的东西落到这个企图改变全人类的疯子手中。

“这些宝石还发烫呢！”刘青特的声音从远处传来。

周瞳这才回神，发现刘青特已经不在原地，而是借着凹凸不平的墙面，爬到能触摸到宝石的地方去了。

“这玩意儿不像是宝石，我估计是什么矿石，又发光又发热，小心有辐射！”老毕在刘青特下面喊道。

刘青特闻言忙缩回手，想赶紧下来远离这些石头，刚准备往下撤，就听老毕又喊道：“不过可以敲一些石头带上，万一再遇到黑咕隆咚的地方，就用得上了！”

刘青特一想也是，现在活着出去比什么都重要，便用随身的折叠铲敲下几块石头，放进背包里。

这时候周瞳也走过来，小声在他们身边说道：“袁老头那是最后一袋血，之后我们要小心点了。”

老毕和刘青特一听，脸色也不由得一变。

只见另一边，袁天合吸完了血，开始指挥两个护卫把永生花摘下来放进包里。这里永生花的数量惊人，不可能全部带走，袁天合直说可惜。

他们历尽艰险，终于拿到了永生花，也付出了十分惨重的代价。

找到永生花的兴奋已过，众人不得不面对残酷的现实——如果他们不能活着出去，一切都毫无意义。

周瞳他们搜遍了洞穴，但四周全部是坚硬如铁的岩石，找不到任何出入口。

“这洞穴不像是天然形成的，更像是永生花的人工种植场。”老毕分析道。

既然是人工打造，必然会留有通道。如果找不到其他出入口，那么他们只能原路返回，回到黄金宫殿里面。可那么做与自杀无异。

偏偏这个时候，周瞳并不着急。他让大家先休息一下，用来恢复体力。

这一天确实是够呛，众人早就透支体力了，都在为了活命而强撑着，如今忽然松懈下来，疲累的感觉一下子就涌了上来，将他们重重压垮。

唯一不需要休息的人只有一个——袁天合。他本想催促众人继续前行，但看到他们糟糕的状况，知道继续行动只会适得其反，但也不愿意坐着干等，于是也敲下一块宝石当作光源，四处查看起来。

袁天合用刀敲了敲岩石，岩石上只留下了轻微的划痕。想要靠他们的装备凿出一个洞口来，简直是痴人说梦。

“不再多休息一会儿？”周瞳的声音从袁天合背后传来。

“足够了。时间对我们来说，都很紧迫。”袁天合扯了扯嘴角，意味深长地看着周瞳。

两人心照不宣，周瞳笑笑没搭茬儿，而是突然问出一个袁天合完全没有预料到的问题。“一直没有安吉的消息，你不担心她吗？”

“生死有命，她进来的时候就知道这次九死一生。”袁天合沉默片刻才回答道。

“她可是把你当父亲。”袁天合的话虽有道理，但是太没人情味。周瞳有些为安吉不值。

“你怎么突然问起她？现在可不是伤感的时候。”袁天合皱皱眉头。

周瞳深吸一口气，心里确认了一件事，但没有继续谈论，而是岔开了话题：“我们现在只能往下走。”

“往下？”

“不错。我们去看看你们刚才摘永生花的地方。”

两个人一前一后走到花海之中。周瞳蹲下来，拔出四五株永生花，扔到一边。袁天合看到心有不悦，这些花对他而言无疑是宝贝，如今被周瞳当大白菜一样扔在地上，实在令他心痛。

花海中顿时秃了一块，下面的黑石地露了出来。周瞳捡起一块黑色的石头仔细查看。石头摸起来有些湿滑，而且比真正的石头软，稍微用点力就能捏碎。

“袁老见过这种石头吗？”周瞳问道。

“没有，我之前看到永生花的时候，花下面就是一般的泥土。”

“这地方很明显是人工建造的，建造的目的应该就是大规模种植永生花。”

“看起来是这样，可是这和找出口有什么联系？”袁天合问道。

“在上面的时候，我发现宫殿里没有任何排水设施和运输管道，很有可能是被人拆除了，而这里的黑石是湿润的，这说明下面很有可能有灌溉系统或者地下水。”

“那还等什么，赶快叫大家一起挖！”袁天合说完，急忙转身去喊醒其他人。

周瞳找来一把折叠铲，率先动起了手。其他人睡了大半个钟头，总算缓过气来，听袁天合一说，也都拿起身边的工具，纷纷四散开来。

没过一会儿，刘青特突然朝周瞳大喊：“老周，这里有东西！”

其他人闻言跟着周瞳一起跑了过去。只见在黑石下，有一根一拳粗的褐色管子，水正源源不断地往外冒。

“这应该就是水源了。老刘，还是你运气好！”周瞳笑着看向刘青特。

“凑巧，凑巧。”刘青特抓抓头，谦虚道。

“大伙一起来吧，以管子为中心，我们一起往下挖！”周瞳也不废话，说完就干了起来。

其他人都各自找了一个位置开始拼命向下挖，不过一个小时的工夫，他们就挖了一个三米多深的大圆坑，依旧没有找到这根水管的尽头。

“不会有百来米吧？”老毕满头大汗，气得直跺脚。

没想到，两脚过后，地面突然发出“咔”的一声，他们脚下的黑石瞬间塌落，所有人跟着坍塌的黑石一起坠入黑暗中。

周瞳大脑一片空白，甚至来不及做出任何反应。眨眼间，他感觉浑身一激灵，冰冷的水瞬间将他包裹。

周瞳心中一喜，奋力向上游去。片刻后，周瞳终于露出水面，他大口喘着粗气，向四下望去，只有滔滔水声和一片漆黑。他一边浮水，一边大声呼喊其他人。

就在这时，不远处的水面亮起红光。周瞳定睛一看，发现是举着红宝石在水面扑腾的刘青特。

“老刘，我在这儿！”周瞳一边喊，一边朝刘青特游去。

“周瞳，没事儿就好，其他人呢？”刘青特感觉腿有些发麻，但还是拼命打着水，不停晃动手里的石头。

“没看见，这里有许多暗流，或许他们被冲到了下游。太危险了，我们先上岸！”周瞳拉着刘青特往岸边游，两个人借着宝石的光爬上了岸。

这时，不远处传来拍水的声音。刘青特举起宝石，又大喊着袁子淇的名字。漆黑的水面上，有个模糊的人影正朝着亮光游过来，是金焕恩。

“小姐呢？”金焕恩还没游到岸边就急迫地问道。

“他们可能被冲到下游了。”周瞳伸出手把金焕恩拉上岸。

刘青特忽然看着远处，惊恐地喊了一声：“你……你们看……”

周瞳和金焕恩顺着刘青特的目光看去，宝石的红光在黑暗中散发着诡异的气氛。他们隐隐约约看到地下河中并非一马平川，河中央立着许多尖锐的石头，而其中一块石头上，正插着一个人。由于距离太远，他们看不清那人是谁。

“石头借我一下。”金焕恩从刘青特手里拿过宝石，再次跳进水中，游向河中间。片刻后，他爬上石柱，举起宝石上前查看，才看清被尖石刺穿的人是袁天合的一个保镖。保镖的眼睛睁得很大，腹部被石头贯穿，血肉横流。

金焕恩用手轻轻拂过保镖的脸，合上了他的眼睛，心情沉重的同时又松了口气。他把保镖身上的包取下来，这才返回岸边。

刘青特连忙问是谁，金焕恩说是保镖。

“还有其他人落在石头上吗？”周瞳追问。

“没有了。这是那保镖的包，我们看看有什么东西。”金焕恩把宝石还给刘青特，把包打开，里面有一把枪、四盒子弹、一捆绳索、几朵永生花和一些杂物。

“你拿着吧。”金焕恩对周瞳说。

周瞳没有推辞。他的包在雪崩时就掉落了，要在这里生存下去，这些工具都极有用处。他背上包，抹了一把脸上的水，说道：“我们先看看周边的环境，再想办法去找其他人。”

这个地下空间十分庞大，中间是一条宽阔的地下河，两边是岩石滩地，许多奇形怪状的钟乳石遍布洞穴顶部。周瞳他们三人朝着河流下游的方向慢慢搜索，水流的声音在洞穴里回响不息，压制了他们的喊声。

走出一段路后，还是没有看到其他人的身影。金焕恩有些焦急，这时，在河道急转弯的地方，他们在河中看到了亮光。

袁天合高举着宝石，站在河中一块平坦的大石头上，旁边还站着袁子淇和老毕，卓戈抱着哈布坐在石头上。

两边的人都挥手大喊，因为相隔甚远，虽然能互相看到，但是听不清楚对方在说什么。金焕恩又想游过去，却被周瞳一把拉住。

“小姐在对面，我要过去！”金焕恩急道。

“别人不说，老毕水性极好，这么点距离，他理应可以游过来，可是依旧待在石头上，恐怕这水里有什么危险。”周瞳态度坚决。

金焕恩顿时明白了周瞳的意思，还是有些不甘地问：“那怎么办？不能看着小姐不管啊！”

“先搞清楚情况。”周瞳拿出包中的永生花，摘了一片花瓣丢进河里。花瓣在水面上轻轻一晃，突然就被水下一股暗流吸走，沉入水底，不见踪影。

此时不用周瞳多做解释，金焕恩和刘青特也知道是怎么回事了。

“把绳子抛过去，拉他们过来！”刘青特想到一个办法。

“可以试试，有金大叔在这里，只要绳子够长，应该可以扔到对面去。”周瞳也同意这个想法。

三个人立刻把背包里的绳索接到一起，找来两块石头，各绑住一头，打算把绳子抛过去。就在这个时候，对面突然发生了变故。

袁天合一把抓住身边的卓戈，朝他的脖子咬去。卓戈此时正抱着行动不便的哈布，一时竟无法做出反应。

袁子淇眼疾手快，一把拽开卓戈，大声喊道：“爷爷！您干什么？”

袁天合此时血瘾突犯，浑身发抖。如今没有了血袋，他已经无法再控制自己。他的面部渐渐开始扭曲，嘴里发出嘶吼，眼中布满猩红的血丝，样子癫狂。

老毕发现情况不对，赶紧拿出折叠铲，抵住袁天合，挡在袁子淇和卓戈前面。可是，一把铁铲如何挡得住袁天合。只见他右手一挥，铁铲就被打落到水中，紧接着，袁天合就以迅雷不及掩耳之势扑向老毕。

石头上的空间并不宽裕，老毕除了跳河，避无可避。更重要的是，袁天合速度极快，就连金焕恩恐怕也不好对付。

老毕终究是老了，没了年轻时的体力和速度，瞬间就被扑倒在地。

“救人啊！”刘青特大叫一声，心急如焚。虽然他一路上经常和老毕斗嘴，但如果没有老毕，他恐怕早就死了。

周瞳知道袁天合已经丧失人性，再说什么也没用，他急忙拿出包里的枪，对着袁天合连开数枪。他现在无比感谢那些被严咏洁逼着练习打靶的日子，这虽然无法让他成为神枪手，但足以让他在五十米左右的距离内击中目标。

袁天合应声中枪，掉入水中，失去了踪影。

“我先过去看看！”周瞳把枪收好，用绳子一头绑住自己的腰，另一头交给金焕恩，纵身跳入河里。

金焕恩以一己之力拽住绳子，确保周瞳不会被暗流带走。周瞳费尽力气，终于挣扎着游到了对岸。

只见老毕脖子上被咬了一个大口子，血汩汩地往外冒。袁子淇和卓戈正拼命压住伤口，希望能帮他止血。

老毕看到周瞳浑身狼狈地游了过来，苍白的脸上露出笑容，骂道：“妈的，看来过不了这一关了……不过……老子也活够了……该风光的也风光了，如今能死在拉格，也算是死得其所……”

周瞳紧紧握住他的手，一句话也说不出来。

老毕吐了一口血，坚持着继续说道：“平时挺会说话的，这时候也不安慰安慰我。喀，我有两件事，想你帮我……”

“你说，我一定帮你办到。”周瞳眼眶红润，应承下来。

“你……如果有机会遇到……一个叫阿雅的姑娘……告诉她……我……我用了一辈子去找她……”

“你放心，我会的。”

“最后，我不想变成怪物。”老毕很虚弱，但语气很坚决。

话刚说完，老毕睁着眼睛，再也说不出一个字。他的目光仿佛能穿透这幽暗的地下世界，看到那繁花盛开的山谷中，一幢石屋前，一位美丽的姑娘正缓缓展露笑颜。

# 第十一章 反水的恶魔

周瞳依照老毕的遗愿，处理了遗体，让他不会因为病毒变成“活死人”，并将他埋葬在了河边。

老毕一向乐善好施，为人仗义，除了周瞳，其他人虽然与他相处时间不长，但多多少少也受过他的关照。危急关头，也是他站出来保护了袁子淇和卓戈。众人在这座十分简陋的墓前沉默着，一阵令人窒息的压抑感和绝望感正悄然散开。

“刚才的情况，我不得不开枪。”周瞳站在袁子淇身旁，开口说道。虽然情非得已，但袁天合毕竟是她的爷爷。

“他不是我爷爷！”袁子淇忽然狠声说道。

“小姐……”金焕恩以为袁子淇愤怒未消才会这么说，本想安慰一下，不料袁子淇接下来的话让他万分震惊。

“我并不是在说气话。对不起，金叔叔，这件事瞒了你这么久。”袁子淇此时已经没有顾忌，整理好情绪继续解释着，“永生花除了让人嗜血，还有一个副作用，就是让人失去生育能力。”

一个惊人的事实就这样摆在众人面前，所有人都不知该说些什么。

“我父亲是被袁天合收养的，和安吉还有那些护卫没什么区别。”

袁子淇终于把憋在心里的话说了出来。

金焕恩浑身一震，忽然想起什么，看着袁子淇问道："那老爷和太太的死……"

"他们根本不是失踪了，是被袁天合杀了！"袁子淇说到这里，跪倒在地，潸然泪下，"爸妈出事前，可能预感到会有不好的事情发生，所以给我留下了一封信。"

天合生物公司有专门研究朱山骨的团队，帮助袁天合清除体内的病毒。袁正刚和李瑶夫妇一直以来帮袁天合打理公司的日常业务，自然是知道袁天合嗜血一事。只是，袁正刚他们都想错了，这个研究团队的目的并不是清除病毒，而是扩散病毒，进而达到改造人类的"终极理想"。

夫妇俩知道研究团队的真实目的后，找到袁天合，劝说他放弃计划。几次劝说之后，袁天合终于答应了。

研究团队被解散，袁天合看上去也放弃了自己的野心，靠着血浆稳定度日。然而因为一次意外，袁正刚偶然发现袁天合不只吸食血浆，还在吸食活人血。有的人因此遇害，有的人则被袁天合变成了他的同类。

夫妇俩开始暗中收集证据，他们发现袁天合除了明面上的研究团队，还私下成立了一个叫"不死之徒"的组织，这个组织的成员全都是和袁天合一样嗜血的怪物。

袁正刚夫妇的调查虽然进行得十分隐秘，但还是被袁天合知道了，正面冲突不可避免。于是，预感到危险的袁正刚夫妇给当时还在国外留学的女儿写了一封信，让金焕恩亲自送到袁子淇手上。

信中，袁正刚交代了自己是袁天合的养子，袁子淇与袁天合并没有血缘关系，也写明了袁天合的疯狂计划，让袁子淇留在国外，暂时不要回国，提醒她千万小心，注意安全。

不承想，袁子淇刚收到这封信，就联系不上袁正刚和李瑶了。她打电话询问袁天合，袁天合告诉她，两人出海旅游去了。

没过几天，袁子淇在新闻里看到父母乘坐的那艘邮轮出了事故，全船的人无一生还。

袁子淇痛彻心扉，却只能装作什么也不知道，一如既往回到国内，仍旧把袁天合当作自己的亲爷爷一样对待。只是私下里，她开始暗中调查这一切，想要为父母报仇。

就在这时，袁天合突然对袁子淇说他累了。唯一的儿子和儿媳去世，他一人实在力不从心，没有精力再打理公司事务，想要以“假死”的方式脱离出来。袁子淇不明白袁天合葫芦里到底卖的什么药，不过如果袁天合离开，她无疑可以放开手脚调查。

事实证明她太天真了。袁天合确实离开公司去了青贡，但是他的势力依旧存在，表面上是袁子淇接手了公司，实际上公司仍被袁天合牢牢把控。袁子淇一直小心翼翼地应付各种考验，终于得到了袁天合的信任。

“你和吴波、孟博文那次来墨沱的真相究竟如何？”事情既然已经讲到这个份儿上，周瞳觉得有必要问个清楚。

“吴波究竟怎么了？他还有救吗？”刘青特也紧张起来。妹妹和孩子还在等着吴波回家，如果吴波变成了怪物，他不知该如何面对妹妹和孩子的目光。

袁子淇擦干眼泪站起来，看着刘青特，一脸真挚地道歉：“对不起，骗了你这么久。”

“你——你也是有苦衷的。”刘青特实在很难对着袁子淇发火。

“根据目前的研究来看，直接吃了永生花的人，恐怕……”袁子淇没有继续往下说，但她的意思已经很明白了。

“这是他自作自受，只是害了我妹妹和孩子！”刘青特咬牙切齿道。

“不，并不是这样，其实他也是受害者。”袁子淇轻声反驳，把吴波的事情原原本本说了出来。

原来，吴波拿到陈俊的遗墨后曾写过一篇论文，因为内容过于荒诞，被学术刊物退了稿。吴波便把这篇论文上传到自己的博客，供有兴趣的网友阅读。

这篇文章被“不死之徒”发现了，最终传到了袁天合那里。文中所描述的这种花，无论外形还是效用，都与袁天合当年吃过的花一模一样。袁天合也是第一次听说这花的名字。他立刻找人去联系吴波，想要买他手上的这本古籍，可吴波态度坚决，拒绝了这桩交易。

袁天合不愿意太过张扬，便安排“不死之徒”暗中调查吴波的方方面面，发现他经常找一个叫陆晓欢的应召女。“不死之徒”很快就控制了陆晓欢，让她去探查吴波的底细，并设法拿到那本古籍。

陆晓欢拿到了古籍的复印本，并了解到吴波正在研究书中的谜题。袁天合拿到复印本后，却完全看不懂书中的内容，便试探性地把文中部分内容给历史学教授们看，但这些教授对书中的内容嗤之以鼻。

袁天合明白，要想找到朱山骨，最终还是需要吴波的助力。于是，他们通过陆晓欢对吴波进行暗示，迫切需要研究经费的吴波，抱着试试看的心态给天合生物公司写了申请书。

这份申请书自然很快就获得了批准，袁天合便安排袁子淇和孟博文陪吴波去墨沱进行科学考察。孟博文是袁天合的心腹，早已被袁天合洗脑，期待有一天能成为永生不死的人。

他们按照书中指引，一路来到了遗迹外的水潭，因为袁子淇不擅长潜水，试了几次还是心有余而力不足，所以只能留在潭边接应。

吴波和孟博文在遗迹入口找到了永生花，却无法破解入口的谜题。就在这时，拉格族人发现有外人进入，立刻赶来阻止他们。袁子淇眼看着他们追了上去，只能躲在树林里，不敢声张。

吴波和孟博文在遗迹入口与拉格族人们发生冲突，两人寡不敌众，受了伤，眼看就要被擒。吴波情急之下，把一朵永生花塞进了嘴里。按照古籍中记载，这种花能使伤口自动愈合，让人瞬间拥有超出常人的力量。吃下永生花后，他身上的伤口果然开始慢慢愈合，感觉整个人充满了力量。

吴波赶紧把永生花递给孟博文，却发现身边的孟博文没有任何回应。他转头一看，发现孟博文已经倒地，心脏上正插着一支箭，人已经说不出话。吴波内心一阵恐慌，不管三七二十一，把花塞进孟博文的嘴里，期待这神奇的花能让孟博文起死回生。

吴波扛着孟博文跳进深潭，游了出来。留守在外的袁子淇见两人从水潭中爬出来，急忙上前想要帮忙，可吴波看见她，竟然转身就跑。

袁子淇拼命追赶，但根本追不上吃了永生花的吴波，只能眼睁睁看着他扛着孟博文消失在丛林中。

忌惮拉格族人的袁子淇不敢逗留，赶快离开了丛林，联系了袁天合。袁天合派人来和袁子淇寻找失踪的两人，经过几番搜索，他们在丛林里发现了孟博文的尸体，可是吴波不见了踪影。

袁子淇不希望袁天合发现遗迹，所以隐瞒了部分事实以及遗迹的位置。周瞳收到的那具奇怪的尸体，就是孟博文。他的头部没有腐烂，正是因为他嘴里的那朵永生花。

“所以你那么胡闹，只是为了演戏给袁天合看。”周瞳此时才明白，袁子淇把尸体送到他家，其实根本没想查出什么真相，只是为了应付她爷爷。

“一开始我并不相信你能查出什么。”袁子淇倒是坦诚。

“事已至此，我们还是先想办法出去吧。”刘青特止不住地瑟瑟发抖。

其他人也好不到哪里去，地下气温低，他们的衣服也都湿漉漉的，撑不了太久。虽然疑问仍然存在，但眼下脱困更为重要，他们没再耽搁，继续沿着河岸向下游走去。

然而，河流并没有把他们带到出口，眼前的景象令他们瞠目结舌。

地下河的尽头是一个巨大的漩涡，就像无尽宇宙中吞噬一切的黑洞。道路前方只有密不透风的岩壁，绝望在他们的头顶盘旋。

“怎，怎么办？”刘青特说话变得结巴起来，心中顿生不祥之感。

“地下河这么大的水流都没有淹没洞穴，一定是因为有泄出的地方。看起来，这就是唯一的出口。”周瞳搂着刘青特的肩膀问道，“你憋气最长能憋多久？”

“不行，我做不到。”袁子淇摇摇头，额头直冒冷汗。一旁的刘青特狠狠点头，表示赞同。

“就这么跳下去，未免太冒险。”金焕恩也有所顾忌。河流下的水道不知道有多长，他们无法确定潜水的时长，万一超过极限，他们依旧无法浮出水面，那么被水冲出去的就是尸体了。

卓戈在一旁搀扶着哈布，默不作声。所有人都知道，哈布不可能熬得过这一关，跳下去无异于自寻死路。

周瞳凝视着水面，并没有说话。十几个人进入遗迹，如今只剩下六个。

永生花，多么讽刺的名字。

此时，除了地下河的咆哮，每个人都沉默不语，无论他们做出怎样的选择，都需要极大的勇气和运气。

“我的包里……有一个气囊……”这时，哈布突然颤声说道，身体因为失血过多而瑟瑟发抖。

卓戈帮助哈布从包里拿出一个气囊，这正是他们族人用来潜水的工具。周瞳他们也用过，只是用完后就丢在了入口处，没有随身带上。

“有这个气囊，至少可以在水里换气五次。”卓戈补充道。

一个气囊，六个人，这就是哈布和卓戈一直保持沉默的原因。

“袁姐姐，你用这个吧。”卓戈把气囊递给了袁子淇。

“不行，这里你最小，你自己用吧。”袁子淇十分感动，但还是轻轻推开了气囊。

“我要陪着哥哥。”卓戈语气坚决，把气囊又塞回到了袁子淇的手中。

“卓戈……我……好像……不能陪你了……”哈布的声音越来越

微弱。

卓戈说不出话来，只是强忍着泪水，使劲摇头。之前众人的注意力都被袁天合吸引走，没有发现哈布的状态竟然到了如此糟糕的地步。

“你是……男子汉了……”哈布眼中满是不舍，可是话未说完，便再也无法发出声音。毫无生气的手耷拉在地，没了温度。

“哥哥！”卓戈再也按捺不住，抱着哈布失声痛哭起来。

老毕和哈布，两条生命在这么短的时间内匆匆逝去，任谁也无法释怀。难以言喻的沉痛像一记重锤，狠狠砸在每个人的心上。

“卓戈。”良久，周瞳轻轻叫了一声。即使被卓戈记恨，他也要做这个坏人，他们不能再等了。

卓戈闻言一愣，没有说话，只是用袖子胡乱擦了擦脸上的泪，站了起来。

“我要带他出去。”

袁子淇把气囊递给卓戈，却被他再度拒绝：“袁姐姐，你留着用吧。我是个男子汉了，保护女性是男子汉无可推卸的责任！”

“拿着吧，女士优先。”周瞳也说道。

其他人都点头赞同，袁子淇这才没有再推辞。

“我们把包里的东西都倒出来，看看有没有能用上的。”周瞳说道。

包里的东西都被倒了出来，周瞳把食物整理出来，每人一份。剩下的东西也没有什么用处，带在身上反而成了累赘，只能留在洞穴里。

周瞳把装着永生花的包递给袁子淇，说道：“麻烦你了。”

袁子淇默默接过包，她知道周瞳的意思，拿着气囊的人就是生还概率最大的人。她用绳子把包紧紧绑在身上，对周瞳保证道：“只要我能活着出去，一定会尽我所能医治严咏洁。”

仅剩的五个人站在河边，看着河中巨大的漩涡，都在心里默默给自己打气。他们知道自己别无选择，这是唯一的出路。

“大家记住，在头进入水前的最后一刻再吸气，一秒也不要浪费。”

周瞳伸展一下四肢，看着其他四个人，笑着说道，“我们外面见。”

“扑通”一声，周瞳跳进河里，漩涡巨大的吸力瞬间把他从岸边扯到中间，不过片刻，他已然消失不见。

“小姐，我先走一步。”金焕恩深吸一口气，紧随其后。

下一个是卓戈，哈布的尸体被他牢牢绑在背后。他对袁子淇点点头，也义无反顾地跳了下去。

岸上只剩下袁子淇和刘青特两个人，袁子淇看着湍急的河水，大声问道：“刘老师，你有想去的地方吗？”

刘青特没有想到袁子淇会突然问他这种问题，一下子面红耳赤起来，结结巴巴不知道该怎么说。袁子淇转头看了他一眼，微微一笑，未等他回过神来，就已跳进了河里。

“去阳光明媚的花园！”这是刘青特此刻能想到的最浪漫的地方，说完他眼睛一闭，跳了下去。

● ● ●

虽然冰冷刺骨的水令人绝望，但周瞳还是尽量让自己放松，任由强劲的水流带着自己在水底打转、翻腾，除了偶尔将自己推离危险的岩石，不做任何徒劳的抵抗。

每一秒都是煎熬，每一秒都是生与死的界限。

黑暗中，他的脑海里浮现出许多面孔，这些面孔就像水里的泡影，出现又消失，好像近在咫尺，却什么也触碰不到。

周瞳的脑海里渐渐变得一片空白，水正一点点侵入他的身体，就像千万把小刀直往肺里钻。他能感觉自己一步步走向死亡，却无力反抗。

时间在这个时候变得不再真实，一秒像是一年那么长。就在周瞳几乎要放弃的时候，拉扯他的那股力量忽然消失了。求生的本能突然将他惊醒，让他用尽最后的力量向上游去。

刺眼的阳光泛成一片白色，周瞳奋力一跃，只听耳边突然变得嘈杂——树林里的风声、头顶上的鸟叫声、草丛里的虫鸣声……一切象征着生机的事物都是那样可爱。

周瞳奋力游到岸边，倒在地上，贪婪地大口喘气。如今还不是休息的时候，他爬起来抹了把脸上的水，把目光投向水面，寻找着其他人的身影。

过了片刻，卓戈突然从水里冒出头来，周瞳大喜，急忙上前把他拉上岸。紧接着，金焕恩、刘青特也都跃出了水面，唯独不见袁子淇。

就在众人焦急万分的时候，下游忽然传来一声尖叫，正是袁子淇的声音。他们急忙循声跑去，却见到了意料之外的人。

袁子淇被人挟持，那人不是别人，正是袁天合。他不但没死，身上还看不到任何枪伤，仅凭一只手，就把袁子淇提在半空中。

"我明明看见他中枪了！"卓戈当时就在袁天合身旁，亲眼看见子弹打中袁天合的胸膛，血还溅到他的脸上。

"永生花……"周瞳知道永生花可以使伤口愈合，没想到功效竟然如此之强。袁天合以前就吃过永生花，而刚才他失踪时，手上还有刚摘下来不久的永生花。

"袁老爷，袁小姐可是您孙女，别伤了她。"刘青特装作什么也不知道，希望安抚袁天合，救下袁子淇。

袁天合冷哼一声，看向袁子淇，手上又是一紧："少装了，你在下面说的话，我都听到了。我虽然和你没有血缘关系，但也一直把你当亲孙女，可你太让我失望了。你也像你父母一样，处心积虑要背叛我！"

"爸爸……妈妈……是不是……你……"袁子淇的喉咙被掐住，艰难地吐出这几个字。

"他们是咎由自取！"袁天合冷漠地说道。

袁子淇闻言伤心欲绝，内心还存有的一丝幻想终于被彻底碾灭，泪水夺眶而出。

"老贼！"这时只听一声怒吼，悄悄绕到袁天合侧面的金焕恩突然发难，一拳直击袁天合的太阳穴。

即使是严咏洁那样的高手，面对金焕恩的偷袭，恐怕也会猝不及防。可袁天合已非常人，他的身体已经完全被永生花病毒改造，成为嗜血的恶魔。他一只手甩开袁子淇，反身一只手接住了金焕恩的重拳。

金焕恩曾在地下室里与同样变异过的吴波小姨王淑华交过手，那时候王淑华的力量和速度已经十分惊人，袁天合比起她有过之而无不及，金焕恩的攻势顿时被阻断。

“金叔叔小心！不要被他抓伤，会感染病毒！”袁子淇在一旁提醒。

“你们带着袁子淇到边上去，我去帮金焕恩。”周瞳说完，就绕到袁天合背后，准备看准时机从后面偷袭。

袁天合的攻击没有什么章法可言，全靠力量和速度。正所谓“天下武功唯快不破”，技巧再精湛，在速度面前都不堪一击。而且，周瞳和金焕恩还有一个劣势，就是他们必须避免自己受到皮外伤，否则病毒就会侵入他们的体内，把他们也变成怪物。几轮下来，周瞳和金焕恩十分狼狈。

“老刘，带他们先走！”周瞳向刘青特喊道。

刘青特明白周瞳的意思，他们在这里帮不上忙，如果一会儿袁天合脱离了周瞳和金焕恩的控制，他们都是待宰的羔羊。刘青特二话不说，拉着袁子淇和卓戈就走。

“我们不能把他们留在这儿！”袁子淇不愿意离开。

“留在这儿只会让他们分心，这样反而害了他们。”刘青特劝说道。

“这里离我们的村子不远，我们可以去找帮手！”卓戈这时提议道。

袁子淇犹豫片刻，终于下定了决心，三个人离开水边，钻进丛林。周瞳看到他们离开，终于放下悬着的心，给金焕恩使了个眼色。

金焕恩心领神会，和周瞳一左一右佯装攻击，身体却不断往后移，借着袁天合格挡时视野受限之际跳进水里，溅起一片水花。

他们不占上风，没必要在这里与袁天合拼个你死我活。

出乎他们意料的是，袁天合并没有追上去，而是表情阴晴不定地看着周瞳和金焕恩顺着激流往下游漂去，转身消失在了丛林中。

周瞳和金焕恩确认袁天合没有追上来后，才从水里游到岸上，呼哧呼哧喘着粗气，在地上坐了好一会儿才缓过劲来。

“我们去找小姐会合。”金焕恩担心袁天合会追上袁子淇他们。

“好。”周瞳站起身，正准备和金焕恩离开这里，这时，八个持枪的雇佣兵忽然从树林里冲出来，把他们团团围住。这些雇佣兵样貌凶恶，其中有三个还是金发碧眼的欧美人，个个装备精良。

“目标人物已控制，请指示。”一个雇佣兵拿起对讲机，用流利的中文说道。

“带到营地。”袁天合的声音从对讲机里传来。

几个雇佣兵用手铐把他们铐上，又把黑布套在他们头上。对方有枪，周瞳二人不敢轻举妄动，只得被这帮雇佣兵推搡着在丛林里穿行。

周瞳他们目不能视物，不时就会被树枝划伤或者被树根绊倒。雇佣兵有意作弄，直接伸脚绊他们，看到他们狼狈不堪的样子，发出阵阵刺耳的嘲笑声。

金焕恩受不了这种屈辱，反抗了几下，却招来一顿毒打。

“别打了，BOSS 还等着。”其中一个雇佣兵提醒道，那些围着金焕恩的人这才散开，继续赶路。

周瞳和金焕恩大概在丛林中步行了一个钟头，一路磕磕碰碰，身上添了不少伤，终于在某个地方停了下来。头上的布套被掀掉，刺眼的阳光让他们一时间睁不开眼睛。

适应了一会儿，周瞳终于看清了四周的状况。他们来到了一处临时搭建的“营地”。说是“营地”，其实只有几栋建在峭壁下的小木屋。从这里望去，往上看是悬崖，往下只有一条曲折的小路。

袁天合此时已经换了衣服，看上去神清气爽，一脸祥和，与刚才判若两人。

“皮特，赶快解开两位贵客的手铐。”袁天合热情地说道。很难想象一个小时前，他们还在生死相搏。

两个雇佣兵上前解开了金焕恩和周瞳的手铐。金焕恩身子一晃就想冲上去，却被周瞳拉住。四周的雇佣兵立刻举起枪，枪口对着二人的脑袋。

“二位一路上辛苦了，先喝杯咖啡，吃几块烤饼。”袁天合笑了笑，并没有为难两人，而是将他们带进了一栋木屋，屋里有一张简易木桌，上面摆着精美的糕点和一壶煮好的咖啡。

“袁天合，你少玩花样！”金焕恩呵斥道。

一旁的周瞳好像毫不在意之前发生的一切，在椅子上坐了下来，不客气地倒了杯咖啡，把一块烤饼塞进嘴里。“金大叔，你尝尝，还挺好吃的。”

金焕恩一脸恨铁不成钢的表情，想说什么却一个字也说不出来。

袁天合笑笑，也不说话，安静地坐在周瞳对面，等他喝完咖啡，吃完烤饼。

周瞳慢慢放下咖啡杯，忽然看着袁天合说道：“你手里没有永生花了。”

袁天合眼角轻轻抽动了一下。正如周瞳所言，那些跟随他进入遗迹的保镖全都死了，他自己背包里的两朵永生花，一朵为自救吃了下去，另一朵则被激流冲走了。

“坦率地讲，我不喜欢打打杀杀。只要我拿到永生花，一定保证你们的安全，也会救你的妻子。”袁天合说得十分诚恳。

周瞳摊摊手，说道：“这么好的买卖，我没理由不答应，但是永生花不在我手里。”

袁天合闻言沉默不语，盯着周瞳，想要分辨他话里的真假。

“袁老先生，你一定以为你现在掌控着全局，必胜无疑。我想告诉你，你实在是太小看你这个孙女了。”周瞳镇定自若地看着袁天合。

袁天合皱皱眉头，嗤之以鼻：“少故弄玄虚，看来你老婆也没那么重要啊。”

“我当然要救我老婆，但现在我要谈判的对象不是你，而是袁大小姐。”周瞳语气平缓，拿起咖啡壶，又倒上一杯咖啡。

“胡说八道。”

“袁小姐，我说得对吗？”周瞳喝了口咖啡，突然冲着空气大喊道。

木屋的门“吱呀”一声被推开，袁子淇一脸冷漠地从外面走进来，看着袁天合一字一句地说道：“爷爷，我们是时候做个了断了。”

● ● ●

李兴雯接到医院的电话——吴波醒了。与此同时，医院的专家们夜以继日地对病毒进行研究，有了新的发现。

这种“朱山骨”病毒和一般病毒一样，无法自行繁殖，需要寄生于其他细胞才能存活。它会寄生于宿主的血细胞，通过病毒自身的DNA合成病毒蛋白，不断复制。简而言之，这是一种依靠血液保持活力的病毒，所以会催生宿主对血液的极度渴望。

这也能够解释为什么感染病毒的人会变得嗜血，身体又为何会发生改变。原因虽然不难解释，但是想要完全抑制、消灭病毒，治愈患者，医学专家们目前仍束手无策。

对于病毒的处理，一般有两种选择，一种是阻止病毒对细胞的入侵，另一种是在某个环节阻断新病毒的复制，但这两种方式都不能完全杀死病毒，只能在一定程度上抑制病毒的扩散。天合生物公司组织人力、物力研究了几十年，也没能取得突破性进展，更别说突然接受任务开始研究的专家们了。

不过，专家们的一个推断还是令李兴雯备受鼓舞——病毒进入人体后已经发生了巨大改变和进化，正因为如此，专家们才无法掌握这种病毒的原始样本。如果能拿到病原体，那么对于治愈病毒可能会有巨大帮助。

周瞳能否带回原始病毒，对病毒的研究至关重要。

任勇已经抵达青贡两天了，依旧没有周瞳的消息。唯一值得庆幸的是严咏洁的病情没有继续恶化，但是她的身体正渐渐被病毒侵蚀，完全恶化只是时间问题。

吴波身上的病毒含量和强度是康皓月身上的十几倍，专家们初步推断他应该是直接接触了病原体，而康皓月身上的病毒经过多个环节的削弱，毒性已经减弱许多。

医生们给吴波输了大量血浆，他的身体在血液的刺激下，比预想中恢复得更快。如今他被安置在一个特殊房间里，手脚被钢锁锁着，四周还布置了带电的围栏。

李兴雯隔着钢化玻璃，终于看见了吴波。

如今的吴波和照片上有了很大差别，胖嘟嘟的脸庞消瘦了许多，眉宇间的书卷气荡然无存，五官好似被人打过，有些扭曲变形。如今的容貌，就算是熟悉他的人也未必能认出来。

吴波喉部发生了明显异变，失去了说话的能力。专家们推断他是因为很长一段时间没有吸食血液，导致病毒与身体发生排斥，造成了不可挽回的伤害。

吴波血瘾没有发作的时候，神志还是清醒的，虽然不能用语言交流，但可以写字。李兴雯用笔在一张白纸上写下：你是怎么变成这样的?

吴波看到这段文字，眼神闪烁。过了三四分钟，他终于拿起桌子上的笔，写下了所有事情的前因后果。

当年，吴波和孟博文虽然在拉格古城找到了朱山骨，却和当地的拉格族人发生了冲突。吴波受伤后，情急之下吃了朱山骨，虽然朱山骨帮他愈合了伤口，但也让他感染了病毒。吴波也给孟博文的嘴里塞了朱山骨，但孟博文受伤太重，没能把朱山骨咽下去，最终，他因失血过多而亡。

吴波背着孟博文的尸体游出深潭，在袁子淇的帮助下，回到了南渡市。

袁子淇把他带到了芪江森林，在一个隐秘的木屋里，他见到了很多研究人员，还有一些被感染的“不死之徒”。这些“不死之徒”都被控制，成了袁子淇的实验品。也是在那个时候，吴波知道自己被耍了。

袁子淇早就知道陈俊的事情，而这本自己偶然得来的书，不过是袁子淇故意“送”给他的。袁子淇利用他的知识破解了书中的密码，就是为了寻找朱山骨。令吴波更为愤怒的事情是自己的小姨王淑华并没有死，而是被袁子淇变成了“不死之徒”。

“你为什么这么做?！”当吴波看到被绑在床上当作实验品的王淑华时，悲愤地问道。

“也不为别的，只是为了告诉你，如果你不好好配合，我会把你的妻儿也带来这里。”袁子淇的答复是赤裸裸的威胁。

吴波明白袁子淇非常痛恨他吃了朱山骨，使得她精心布置的计划功亏一篑，也知道自己没有选择。

这之后，袁子淇一方面强迫吴波继续研究遗迹入口之谜，另一方面也用吴波的身体做实验，寻找朱山骨的秘密。直到有一天，木屋的实验室人员忽然全部撤离，大量设备和实验品都被转移，只留下了吴波和王淑华。

吴波一头雾水，直到周瞳和刘青特闯入，他才明白原因。袁子淇知道有人发现了研究基地，为了不让周瞳和刘青特对她起疑心，这才留下自己和王淑华，让自己成为替罪羊。

吴波逃进森林后，跑去了青贡，在那里没有血浆可以吸食，他的身体开始被病毒摧残。正当他陷入绝望的时候，袁子淇竟然又找到他，以提供人血为条件，让他袭击严咏洁。

吴波在最后写道："我愿意尽我所能协助侦查，恳请警方保护我的妻儿，不要让袁子淇伤害他们！"

● ● ●

袁子淇的出现，只有两个人感到不可思议，一个是袁天合，一个是金焕恩。

袁天合只惊讶了几秒钟，很快就按下情绪，看着袁子淇冷笑道："你是自己把永生花交出来，还是让我动手？"

"我选择动手。"袁子淇目光冷峻，丝毫没有犹豫。

这里全是袁天合的人，金焕恩担心袁子淇吃亏，立刻向前一步，想要护住袁子淇。令人意外的是，袁子淇"动手"两个字一出口，一直站在周瞳身后的两名雇佣兵忽然举起手里的枪，毫不犹豫地对着袁天合连续射击。

两秒钟后，袁天合被打成了筛子，血溅了周瞳一脸。

这下，无论是周瞳还是金焕恩，都被这血腥的一幕所震惊。虽然袁天合算不上什么好人，但毕竟也养育了她这么多年，整个过程中，袁子淇眼睛都没有眨一下。

两个雇佣兵上来，用一块毛毯包住袁天合的尸体，像扔垃圾一样，把尸体扔下了山崖。

"小姐——"金焕恩不知道该说些什么，他对袁子淇的忠心毋庸置疑，但他并不傻，从头至尾他都不知道袁子淇的计划，这也意味着，袁子淇并不信任他。

袁子淇仿佛能看透金焕恩的心思："金叔叔，你不必多想，我不是不信任你，瞒住你才能瞒住袁天合，我要确保计划万无一失。"

金焕恩闻言身体微微一颤，他自然明白袁子淇的意思。所有人都认为自己是袁子淇最亲近的人，袁天合也不例外，如果自己有任何不适当的举动，都会引起袁天合的怀疑。道理他虽然明白，但情感上还是难以释怀。

雇佣兵们动作迅速，很快就清理了现场，除了一些难以清除的血迹，这里就像什么也没发生过一样。

“你是什么时候知道的？”袁子淇把目光投向周瞳，眼神里露出复杂的情绪。

“你对袁天合会不会太狠了？”周瞳问道。

“既然恩怨已分，就要干脆利落。不要岔开话题，回答我的问题。”袁子淇说得轻松，实际上，为了这一天，她已经隐忍了好多年。

周瞳用手擦净脸上的血，继续说道：“你编的故事近乎完美，表演也足够有说服力，但是忽略了一些细节。我劝你及时收手，你想做的事情比袁天合疯狂多了。”

袁子淇此时已经换过衣服，脸上挂着淡淡的妆容。她朝周瞳慢慢走过来，在周瞳对面的椅子上坐了下来。“你帮我拿到了永生花，我不会杀你。所以满足下我的好奇心，到底是哪些细节被我忽略了？”

“那可要从头说起了。第一个疑点是你的失踪。你在遗迹入口出现，就意味着你和袁天合是同伙，所谓的劫持根本不存在。我们之前查到你和面具人一起坐车离开，如果面具人不是袁天合找来威胁你的，那么只有一个可能，面具人和你是一伙的。”

“这推断合情合理。”袁子淇给周瞳倒了一杯咖啡。

“第二个疑点是吴波。芪江森林的木屋虽然被清理得十分干净，但是地板上的刮痕难以抹去，那么多杂乱的划痕不可能只是两个人留下的痕迹。而且，吴波是研究历史的，为什么会懂操作精密的医疗器械？”周瞳喝了口咖啡，继续说道，“刚开始我想不通为什么那些人要撤走，只留下吴波和王淑华。后来我想明白了，那是因为通风报信的人与他们有关，不想引火上身，所以才特意留下吴波二人，转移我们的视线。而知道这件事的，除了引我们前往森林的面具人，就只有你和金焕恩。”

“我有些糊涂了。你说我和面具人是一伙的，可面具人带你们到木屋，又是在破坏我的事情，这不矛盾吗？”袁子淇反问道。

周瞳活动活动肩膀，往后靠了靠：“这就是你聪明的地方。正是这看似自相矛盾的布局，降低了我对你的怀疑。后来仔细一想，面具人所做的那些事，其实于你有利无害。一方面可以考验我是否真的有能力进入遗迹，另一方面又为你洗清嫌疑，扰乱警方的调查，一箭双雕，而你损失的不过是一个简陋的实验基地。”

“用王淑华做实验的也可能是袁天合啊，你为什么觉得是我？”袁子淇打断了周瞳，质疑道。

“袁天合确实一直在研究永生花的秘密，但是他没必要躲到人迹罕至的原始森林里，天合生物公司就是他的最佳实验基地。只有你，才需要掩人耳目。”

“你又是怎么发现这些人是我的人的？”

“J'ai étudié le français.”（我学过法语。）周瞳微微一笑，举杯向袁子淇致意。

雇佣兵首领安德烈不由得一惊，袁子淇脸色也是一变。

“金大叔，你应该感谢安德烈，是他喝止了手下，才没让你被打得太惨。”周瞳侧过身，对金焕恩说道。

“你会法语……”袁子淇查过周瞳的资料，里面可没有提到这一点。

“我记得你留学的地方就是法国，你调查我，我又怎么能不‘以礼相待’呢？好在你对金焕恩还有些情谊，通过对讲机让安德烈阻止手下对他施暴。”

“小姐，这是我的疏忽。”安德烈惭愧地看着袁子淇。

袁子淇却笑了："不愧是周瞳，也免了我多费口舌。你救过我，我不为难你，你走吧。"

周瞳却摇摇头，坐着不动，又给自己倒了一杯咖啡。

"你放心，有了永生花，抑制病毒初期的感染是没有问题的，试剂很快就能研制出来，我会给严姐姐送去一份。"袁子淇语气亲切，仿佛在送朋友小礼物一般。

"我哪能就这么糊里糊涂地走？还有许多事，你得给我个交代。"周瞳收起那副轻佻的样子，变得严肃起来，"比如你害我老婆！"

袁子淇眼角一动，急忙辩解："我和严姐姐无冤无仇，何必——"

"为了逼我帮你们找永生花。"

"逼你的是袁天合。"

"那晚袭击严咏洁的不是别人，正是吴波。袁天合手下的'不死之徒'要多少有多少，为什么单单选了吴波？可你就不一样了，要瞒着袁天合行动，你能用的，只有吴波。"

整个营地忽然安静下来，周瞳紧紧盯着袁子淇，袁子淇却回避着周瞳的目光。

"敢做不敢当？那傅教授的死，你又怎么解释？"

"我需要和你解释吗？"袁子淇脸色一变，眼睛里闪过一丝杀气。

周瞳深吸一口气，一字一句地慢慢说道："你我也算是同生共死过，所以我劝你，悬崖勒马，跟我去公安局自首。"

袁子淇闻言一愣，接着笑了起来，一旁的雇佣兵闻言也都轻蔑地笑了，就连金焕恩也皱起眉头，想不出周瞳在这种境地下怎么还说得出这番话来。

"周瞳，你别以为我不会杀你。"袁子淇一边笑着，一边眼露寒光。

安德烈立刻举起枪，红色的激光点在周瞳的脑门上跳动。

周瞳依旧面无惧色，神态自若，也不介意他人的嘲笑和威胁，反而露出痞态，笑道："如果我真的只会耍嘴皮子，不知道已经死过多少回了。”

袁子淇内心不安起来，表情依旧镇定自若。她不知道周瞳葫芦里卖的什么药，但在这绝地之中，自己占尽天时地利人和，孤身一人的周瞳又能耍出什么花招儿？

“你要是不走，我就让人请你走了。”虽然袁子淇没有杀周瞳的心思，但她还有更重要的事情，不愿再和周瞳继续磨嘴皮子。

“我不能走，走了你就没命了。”周瞳还是摇摇头。

袁子淇不想再听周瞳危言耸听，她挥挥手，让手下带他走。

“让已经死去的人再复活是绝无可能的，你勉强而为，不过又多了两具行尸走肉。收手吧，让他们安息。”周瞳站起身来，终于说出了袁子淇的真正目的。

袁子淇闻言脸色苍白，身体也跟着微微颤抖。被人戳破幻想的她怒火中烧，愤怒把她的脸烧得通红，眼睛里也要喷出火来。

一时间，整个营地鸦雀无声，雇佣兵手中的枪纷纷对准周瞳的脑袋，只等袁子淇一声令下。

周瞳却毫无畏惧，一口气说道：“一个年纪轻轻的女孩为什么要忍辱负重，冒这么大风险，不择手段地对付自己的‘爷爷’，还热衷于研究永生花？你知道你父母的死疑点重重，顺着这条线索，早就能查到他们的死与袁天合脱不了干系。这么看来，你的目的也就显而易见了。一、你是想复仇；二、你是希望借永生花的功效，复活自己的父母。孟博文的头颅长时间没有腐烂，正是因为嘴里的永生花。奇怪的是，我检查尸体的时候，并没有在他的口腔里发现任何永生花的残留，很显然，他的口腔被人清理过了。其实你早就得到了永生花的原始样本，并用它来做实验，王淑华就是你的实验品。”

“小姐，这，这是真的吗？老爷太太……他们现在在哪里？”金焕恩声音颤抖地问道。

“他们很好，我一定会让他们好起来的，一定会的……”袁子淇眼睛里泛着泪光。

就在这个时候，负责警戒的雇佣兵忽然发出警报，营地中的人都转头向外看去。

“有人靠近！”雇佣兵大喊。

“什么人？”安德烈立刻问道。

“无法识别，有十几个，不，几十个……无法确定准确人数，他们持有武器，正向这边靠近。”警戒的雇佣兵一边观察，一边向下面的人汇报情况。

“警察？”安德烈把目光投向周瞳，眼里迸出杀意。他们是从边境非法入境的雇佣兵，并不愿意和官方发生冲突，否则会惹出许多麻烦。

“你们杀了袁天合，却忘了他并不是一个人，他还有一拨狂热的信徒。”周瞳微微皱眉，看向远方呼啸而来的“不死之徒”们。

“可是他们怎么会知道这里？”袁子淇脸上露出惊恐的神色。没有人比她更清楚这些“不死之徒”的可怕。“不死之徒”与遗迹里的活尸截然不同，他们有意识、聪明又残忍，还拥有可怕的速度与力量，无惧疼痛和死亡。

“当你出现的一刹那，袁天合就知道这些雇佣兵不可信。”周瞳弯下腰，从咖啡桌下掏出一枚血迹斑斑的戒指。之前清理现场的人员太匆忙，并没有注意到这枚藏身于桌下的戒指。戒指看起来平平无奇，上面没有任何花纹和装饰，但袁子淇一眼就认出，这正是袁天合一直戴在手上的那枚戒指。

“这不是一枚普通的戒指。你一出现，我就看见袁天合转动了手上这枚戒指，应该是发出了求救信号。但他做梦也想不到，你会如此干脆利落地痛下杀手。”周瞳转动戒指，戒指内侧露出了微小的电子芯片。

袁子淇恍然大悟，额头冷汗直冒，转身冲守在营地外围的雇佣兵们喊道：“开枪！不要让他们靠近营地！”

一时间枪声四起，十几名雇佣兵分别占据有利地形，朝疯狂扑来的“不死之徒”开火。然而这些子弹就像是打在沙包上的拳头，并没有给对方造成致命伤害，只是稍稍减缓了他们移动的速度。

“不死之徒”同样还以颜色。他们虽然枪法不准，但是人多，火力密集，一时间双方血肉横飞。“不死之徒”一边还击，一边继续向前冲，离营地越来越近。

“打头！”安德烈发现这些“不死之徒”只有被子弹爆头才会倒下，立刻提醒手下。

雇佣兵虽然枪法准，可要枪枪爆头并不容易，“不死之徒”并非木桩，他们也善于利用树木、岩石作为掩体，互相配合掩护进攻。

“这里守不了多久，还有其他出口吗？”周瞳问袁子淇。此刻，他们正和金焕恩躲在掩体后，子弹不断地打在他们身后的岩石上，发出“砰砰”的声音。

“没有。”袁子淇脸色苍白，她没想到自己费尽心机把袁天合带到这个易守难攻的位置，却也把自己困死了。

“那现在只能指望老刘了。”周瞳吐出一嘴土渣，抬头望向蔚蓝的天空。

“刘青特？”袁子淇一愣，终于想起自己遗漏了什么。

几个小时前，袁子淇从水里出来的时候，没想到袁天合还活着。她本以为周瞳的那几枪已经帮她解决了问题，用不着后续计划，显然事情没那么简单。

袁子淇跟着刘青特和卓戈去寻找援手，不过她心里另有盘算。没走几步，她就告诉刘青特和卓戈，自己要去附近找天合生物公司派来的帮手。刘青特当时并没有提出要陪袁子淇去，甚至没多问几句，只是眼神有些闪烁，脸上的表情也有些僵硬。

袁子淇当时只觉得刘青特的行为有些奇怪，但并没有过多在意，如今想起来，那时他应该就知道些什么了。

袁子淇离开后，立刻拿出自己一直随身携带的微型通信器，与安德烈取得了联系，并告知他们袁天合的位置。

“不死之徒”虽然对袁天合忠心，但因为病毒的干扰，行为并不稳定，容易失控，所以大部分不能出岔子的工作，袁天合都是聘请雇佣兵，或者派给自己的保镖们。安德烈在袁子淇的安排下与袁天合合作过几次，表现出色，赢得了他的信任。

袁天合自从对袁正刚和李瑶痛下杀手后，就对袁子淇有所提防，但他内心始终还是把袁子淇当成没长大的孩子。他恐怕做梦也想不到，这支雇佣兵竟然是袁子淇安插到他身边的。

“你对刘青特说了什么？我们分开的时候，他确实有些奇怪。”袁子淇不是傻子，她知道刘青特对她爱慕已久，也正因为如此，刘青特当时的反应并不寻常。

“我说什么并不重要，当你离开的时候，他就知道真相了。”周瞳一边说，一边透过石头缝隙，查看外面的情况。

“不死之徒”越来越近，又有几个雇佣兵倒下，他们的时间已经不多了。

袁子淇这时忽然冲出掩体，金焕恩急忙将她拉了回来。一颗子弹刚好打在袁子淇身前，如果金焕恩稍慢一点，后果不堪设想。

“小姐！太危险了，不能出去！”金焕恩把袁子淇拉回掩体后面。

“不行，永生花还在里面！”袁子淇又想往外冲。

“我去！”金焕恩按住袁子淇，自己冲了出去。

金焕恩动作敏捷，几个纵身就到了木屋里。此时，一个“不死之徒”也冲到了门口，身上还绑着炸药。

安德烈那边被火力压制，一时无法顾及，但是他也看到了“不死之徒”身上绑着的炸药。“打他头！快——”

安德烈呼喊另一边的雇佣兵，话还没说完，只听“轰隆——”一声，炸药已然被引爆。整个营地轰然倒塌，守在门口的几个雇佣兵被气浪震飞，重重摔落在地。

周瞳知道大势已去，他们不能在这里坐以待毙，于是匍匐在地上，慢慢向悬崖边爬过去。

悬崖之下，云雾缭绕，深不见底。峭壁边缘有许多凸出的岩石，看起来可以落脚，只是距离有些远，不知徒手能否够到。

正当他准备回头叫袁子淇过来时，只见金焕恩背着一个包从浓烟中冲了出来，几个翻滚便回到掩体后，把包递给了袁子淇。袁子淇拿过包，看到里面安然无恙的永生花，这才放下心来。

“金大叔，包里有绳索吗？到这边来，我们下去！”周瞳对着袁子琪和金焕恩大喊道。

金焕恩听到呼喊，看向袁子琪手中的包。袁子琪会意，忙查看包中物品。好在里面装备还算齐全，袁子琪从包中拿出绳索，冲周瞳挥手。

“小姐，你跟周瞳先走！”金焕恩说道。

“你呢？”

“我帮你们挡一会儿。”

“快走！”只听安德烈大喊一声，从掩体后冲出来，端起手里的枪，对着另一侧蜂拥而至的“不死之徒”疯狂扫射。终究寡不敌众，安德烈瞬间被包围。没过多久，地下漫开刺眼的血泊，血泊中，安德烈已经不成人形。

剩下的几个雇佣兵见安德烈已经倒下，开始边打边回撤。杀红了眼的“不死之徒”扑在尸体上，拼命吸食死者还温热的血液，仿佛来自地狱的恶鬼修罗。

就在这时，两个还未失控的“不死之徒”发现了掩体后面的袁子淇和金焕恩，开始一边射击，一边向他们靠近。

再不走就来不及了！金焕恩一把将袁子淇推向周瞳，大声喊道：“小姐，相信老爷太太无论是活着，还是在天上，他们最大的心愿都只有一个，就是希望你幸福快乐地活着！”

说完，金焕恩毫不犹豫地转身，大吼着扑向“不死之徒”。

“金叔叔！”袁子淇再也忍不住，眼泪夺眶而出。

“走！再不走，金大叔的心血就白费了。”周瞳已经系好绳索，一把拉住袁子淇，跳下了悬崖。

他们安全地落到一块凸出的岩石上，接着就往下一块岩石跳，但绳子的长度只够他们跳到第三块石头。周瞳准备解开绳子，就在这个空当，一个“不死之徒”也顺着绳子跳了下来。

“不死之徒”在他们上方的岩石上站定，举枪就要射击。一扣扳机，却没有声响。“不死之徒”这才发现自己的子弹打完了，便扔掉枪，直接朝周瞳和袁子淇立身的岩石跳过来。

这些凸出的石块只够两三个人勉强落脚，一旦“不死之徒”跳过来，周瞳避无可避。

周瞳根本没有思考的余地，只能依靠本能，在“不死之徒”跳下来的一瞬间，用尽全力往外一推，希望能把对方推下悬崖。

“不死之徒”在半空中无法闪避，眼见就要坠崖，情急之下，他一把抓住了周瞳的胳膊。

周瞳心中暗叫不好，来不及回撤，直直就被“不死之徒”拽着一起往下坠去。袁子淇眼疾手快，一把拉住周瞳。

就这样，周瞳悬在了半空中。

他试图摆脱“不死之徒”，但对方的手就像一把铁钳，死死钳住了他的手臂。更要命的是，“不死之徒”此时已完全丧失理智，正拼命张开嘴，想要咬住周瞳的手。周瞳不得不晃动手臂，同时踢打“不死之徒”，想摆脱对方的纠缠。

上方的袁子淇拼尽全力抓住周瞳的手，指甲已经渗出血来，被两人的重量拖着，一寸寸往岩石边缘滑动。她用左脚钩住一棵矮松的树根，才勉强稳住自己的身体。

“放手吧，不然我们都会掉下去。”周瞳看到袁子琪所在的那块岩石已经开始碎裂，再这么下去，即使袁子淇能坚持，也于事无补。他现在想的不是自己的安危，而是如果他和袁子淇都掉下去，就没人能把永生花带回去，病床上的严咏洁也就失去了唯一的希望。

“我不放！你不是说你早有安排吗？刘青特呢？你的援兵呢？”

“有时候也需要一些运气，看起来今天我的运气不怎么样。”周瞳笑了，一点一点把自己的手往回抽。

“周瞳，你不准放手！听见没有？你再坚持一下，一定会有人来救我们的！”袁子淇拼命把周瞳往回拉，眼泪一颗颗落在周瞳的脸上。

“告诉严咏洁，让她好好治疗，好好吃饭。”

周瞳手腕突然用力一转，挣脱了袁子淇，和“不死之徒”一起消失在云雾中。

这一瞬间，仿佛什么也看不见、什么也听不见了。袁子淇想哭，却哭不出来；想喊，却喊不出声音。

空荡荡的山谷间只有呼啸的寒风掠过，好像什么都不曾发生。

这时，三架直升机从远处飞来，机身上“南渡公安”四个字，在阳光的照耀下熠熠生辉。

# 尾声

袁子淇做了一个很长的梦。

梦里，小女孩穿着碎花裙子，在海边的沙滩上奔跑。父亲笑着护在她身后，抱起她，把她稳稳抛起，又稳稳接住。

母亲站在一旁看着，脸上满是幸福的笑容。浪花像白色的雨点，轻轻打在她的脸上，有些许咸味，也带着丝丝甜意。

“爸爸，大海有多大？”女孩累了，趴在父亲的背上，搂着父亲的脖子，脸贴在父亲温热的皮肤上，侧着头，看着一望无际的海，问道。

“你想知道海有多大，就要自己去看看。”父亲笑着说道。

“我要和爸爸妈妈一起去！”女孩把父亲抱得更紧。

“傻孩子，长大了总要学会自己飞。”父亲把女孩从背上放下来。

母亲拿着毛巾跑过来，把孩子裹住，亲了亲女儿的脸蛋。“别听你爸的，妈妈陪你去。”

女儿一把抱住妈妈，笑道：“还是妈妈好。”

夕阳下，一家三口漫步在金色的沙滩上，从远处看，仿佛一幅令人陶醉的油画。

就在这时，狂风暴雨突至，把这幅画撕得粉碎。

海面巨浪翻腾，浓雾乍起，一个张牙舞爪的怪物从大雾中冲出，裹着海浪奔袭而来，瞬间将父母卷走。

小女孩不知所措，坐在沙滩上失声痛哭。

“爸爸！妈妈！”

袁子淇从梦中惊醒，看到自己躺在草地上，四周站满了人。有穿着白大褂的医生，有穿着制服的警察，刘青特和卓戈也在，还有几个她不认识的人……

她想透过这些人寻找那张熟悉的脸，却一无所获。

“周瞳呢？”刘青特急着问道。

“你们没找到他吗？”袁子淇这才缓过神来，想起身坐起来，发现自己的双手被铐住了。

“我们是在悬崖边的岩石上发现你的，你那时昏迷不醒。我们搜遍了整个营地，也没看到周瞳。”刘青特说道。

“他，他掉下去了……”袁子淇脸色一片苍白。

“你是说周瞳掉、掉下去了?！是你干的吗？”刘青特一把抓住她，声音颤抖地问道。

“救援队，救援队！我是任勇，立刻安排人去搜索峡谷。”一旁的任勇听到两人的对话，皱着眉头，拿起对讲机立即发布指令。

● ● ●

不久前，金焕恩与袁天合还在激流旁斗得难解难分。

周瞳寻得机会，把一个微型追踪器塞进刘青特的手里，在他耳边轻声说道：“联系警方，寻找救援。袁子淇一定会先走，找借口单独行动。”

说完，周瞳就上前去帮金焕恩，留刘青特一人在原地。刘青特心里五味杂陈，袁子淇会先走是什么意思，她为什么要单独行动?

这个微型追踪器是老毕的东西，两个追踪器之间可以利用微波定位，有效距离在十公里左右，他没想到周瞳一直把这东西带在身上。

既然周瞳给了他一个追踪器，那么他自己身上应该还有一个。

刘青特遵照周瞳吩咐，带着袁子淇和卓戈离开，没想到刚走一会儿，袁子淇果然说要独自行动。刘青特虽然心里百感交集，但并不糊涂，知道此时绝不能感情用事，只要警察控制了局面，所有事自然真相大白。

卓戈带着刘青特来到村子，没想到正好碰到警察在这里调查，领头的人正是任勇。任勇受李兴雯所托，一路追查周瞳他们的踪迹，这才来到拉格族人的村落。

刘青特告诉了任勇他们的遭遇，带着他们去救人。当他们回到原来的地方时，却找不到周瞳等人的踪影。

任勇见状，立刻呼叫了直升机救援和特警部队协助。警方借助刘青特手里的追踪器搜寻，但墨沱地区地形复杂，海拔又高，还靠近边境，搜寻工作十分困难。历尽千辛万苦，他们终于找到了营地，没想到还是来晚了一步。

特警很快控制了局面，击毙了完全失控的“不死之徒”，抓捕了几个侥幸活下来的雇佣兵。整个营地血流成河，大多数尸体都残缺不全，望之令人作呕。

刘青特一眼就看到了金焕恩的尸体，他的胳膊下还夹着一个被扭断脖子的“不死之徒”。

警方随即对营地进行了搜索，在悬崖边的岩石上发现了昏迷的袁子淇，周瞳却活不见人、死不见尸。

他们现在所处的地方海拔有三千八百多米，下面就是奔腾的雅林江，从这么高的地方掉下去，周瞳还能生还吗？

● ● ●

一周后，袁子淇向警方交代了自己的犯罪事实，并把永生花的研究资料提供给官方科研所。

科研所的专家们有了永生花的原株，以及天合生物公司的研究资料，很快就研究出了病毒抗体。

严咏洁醒了，她睁开眼睛，寻找自己丈夫的身影。这一刻，有许多人围绕在她身边，李兴雯、刘青特、方远、任勇……唯独不见周瞳。

见严咏洁苏醒，围绕在她身边的人都默默离开，只留下了李兴雯。

李兴雯明白严咏洁现在最需要知道的就是真相，所以她并没有隐瞒事实，也没有用无力的话语安慰严咏洁，只是把自己知道的事情都说了出来。

警方在雅林江峡谷的搜索已经持续了近两周，既没有找到周瞳的尸骨，也没有找到他的下落。

严咏洁听完，扯下身上的输液针，一瘸一拐地走出病房。

李兴雯并没有阻拦严咏洁，这个时候除了周瞳，没人有资格阻止她。

严咏洁换了衣服，拖着虚弱的身体去了拘留所。她要见袁子淇，因为袁子淇是最后一个见过周瞳的人。

袁子淇听到严咏洁要见她，身体忍不住发抖。她不知道如何面对严咏洁，周瞳的死与她脱不了干系。如果不是她利用周瞳去找永生花，周瞳本可以安安稳稳做他的历史老师，与严咏洁过着幸福的生活。

袁子淇看着对面的严咏洁，不知该做何表情。这是她们第二次见面，严咏洁看起来十分虚弱，不过眼里的光芒还是那般灼人。

“我想听你亲口说出整件事。”她盯着袁子淇，说话声不大，但字字清晰。

袁子淇没打算隐瞒。她恨的人死了，她爱的人也不在了。

警方在她的另一处秘密实验基地里找到了她的父母，两人被浸泡在特殊的药液中，封闭在低温隔氧舱内，身上并未发现永生花病毒。警方在征得袁子淇同意后，将两人的遗体送去火化了。

袁子淇想到这儿，低下了头，将整个故事和盘托出。

袁子淇收到父母的信后，就感觉事情有些不对，便用假护照悄悄回国，赶去找父母，但依旧晚了一步。迎接她的，只有那条残酷的新闻报道和两具冰冷的尸体。所有的一切都从这时开始分崩离析，悲伤和愤怒令她丧失了理智，她决定不惜一切代价，向袁天合复仇。

袁正刚和李瑶不是溺死，而是被毒死的。袁天合安排人破坏了邮轮，打算把他们沉尸大海。

袁子淇偷偷带走父母的尸体，把他们保存在特殊的隔氧舱内，保持着肌体的完好无损，之后忍着悲痛，重新回到国外，装作什么也不知道，依旧给袁天合打电话问候，就像一个无忧无虑的少女。

她假意帮袁天合寻找永生花，却在暗中悄悄开展自己的计划。

一切本来都很顺利，让袁子淇没想到的是，就在将要拿到永生花之际，受伤的吴波竟然私自吞下了珍贵的永生花原株。吴波伤势的愈合程度，让她更加坚信自己不是妄想，坚定了永生花能让父母起死回生的想法。

于是，袁子淇将计就计，对袁天合说墨沱的计划失败，却用孟博文嘴里残存的永生花做实验，可是实验一次次失败。

袁子淇认为，这是永生花不完整导致的，便想了许多办法再次进入遗迹，但都无功而返。

而刘青特的出现，无疑给绝望中的她带来了一丝希望。

袁子淇一开始并不相信刘青特口中“无所不能”的周瞳，但还是去调查了他，因此发现了他过去那些不同寻常的故事。将信将疑之际，袁子淇决定赌一把。

她知道袁天合的“不死之徒”经常戴着面具出去作恶，于是设计了一个“面具人”计划，一方面可以把责任全部推给袁天合，另一方面也可以试试周瞳的能力。

为此，她不惜杀死傅教授，绑架刘青特，安排吴波偷袭严咏洁，总算逼着周瞳去了墨沱，帮她寻找永生花。

“我，我尽了全力……我想拉他上来，可为了让我把永生花带回来，他挣脱了我的手……”

“即使没有永生花他也会放手，他就是喜欢装英雄。”严咏洁眼睛红了。

袁子淇一直用“周瞳是为了严咏洁才放手”这个理由来麻痹自己，因为只有这样，她才能好受一些。当她听到严咏洁的这句话后，再也无法欺骗自己，流出了悔恨的泪水。

“周瞳放手的时候，让我转告你……”

“有什么话，他会回来亲自对我说！”一直平静的严咏洁忽然变得愤怒，打断了袁子淇，转身离开。

严咏洁一口气跑出拘留所，仰面看向灰蒙蒙的天空，终于失声痛哭。

● ● ●

拉尔今年刚满十三岁，生活在阿察姆小镇。按照他们族人的传统，他已经是独当一面的小伙子了。

每天放学后，拉尔都会帮母亲放羊。这一天，他赶着羊，沿着雅林江的河岸行走，忽然看见一个人半身躺在岸边，半身浸在水里，一动不动。

拉尔在学校学过急救常识，他赶紧冲到岸边，把那人从水边拖上岸，进行心肺复苏。一番努力后，那人终于“哇”的一声吐出水来，渐渐有了呼吸。

这是拉尔第一次救人，不由得欣喜若狂。这人睁开眼睛，看到拉尔，一脸茫然，嘴里嘟囔着拉尔听不懂的语言。

拉尔兴奋地说道：“我去找人来，你等一下。”

说完，拉尔迎着阳光，爬上堤岸，欢快地呼喊着寻人去了。

（全书完）